あなたはなぜ「カリカリベーコンのにおい」に魅かれるのか

Why You Eat What You Eat by Rachel Herz

においと味覚の科学で解決する
日常の食事から摂食障害まで

レイチェル・ハーツ 著
川添節子 訳

あなたはなぜ「カリカリベーコンのにおい」に魅かれるのか

Why You Eat What You Eat by Rachel Herz

においと味覚の科学で解決する
日常の食事から摂食障害まで

レイチェル・ハーツ 著
川添節子 訳

WHY YOU EAT WHAT YOU EAT

by

Rachel Herz

Japanese translation rights

arranged with W. W. Norton & Company, Inc.

through Japan UNI Agency, Inc., Tokyo

目次

謝辞

まず、根気よく私を導いて、惜しみなくサポートしてくれたエージェントのローレン・マクラウドに最大の謝意を表したい。それから、この本を世に送り出すために、尽力してくれたノートン社の方々にもお礼を申しあげる。とくに、編集のジル・ビアロスキーにはお世話になった。それから、アレグラ・ヒューストンに原稿整理をお願いできた私はラッキーだったと思う。

本書に記した知識の数々は、私が数年かけて調べた、食と感覚の専門家たちの研究成果によるところが大きい。なかでもチャールズ・スペンスの研究と洞察には大いに刺激を受けた。以下の研究者たちにも謝意を伝えたい。リンダ・バートシュック、ゲイリー・ビーチャンプ、エミリー・コントワ、デブラ・ファドゥール、ティモシー・マクリントック、ローズ・マクダーモット、アダム・ゴプニク、レイチェル・ローダン、チャールズ・ミシェル、ハリエット・オスター、パトリシア・プリナー、ジャネット・ポリビー、マルテ・ルバック、エドマンド・ロールズ、ダイアナ・ローゼンスタイン、ダナ・スモール、レスリー・スタイン、ベバリー・テッパー、マイケル・トルドフ、ホン・ワン、ジェレミー・ウルフ。みなすぐれた見識と研究材料を提供してくれた。なかでも、ニューロガストロノミー（神経美食学）という分野を確立し、精力的に活動しているゴードン・シェファードには心より感謝する。

ゲイブリエル・G・Hとスマヤ・パートナーをはじめとして、興味深い話をしてくれたりインスピレーションをくれたりしたたくさんの友人たち、それから、私の調査に協力してくれた嗅覚を失った人たちにも心からお礼を言いたい。この本は、大切なことを気づかせてくれたり、さまざまな局面で助けてくれた友人や家族の協力がなければ、完成しなかっただろう。ありがとう、ジュディス・ハーツ、ジェイミー・ポイ、ナザニエル・ハーツ、キャスリーン・マッキャン、ジョン・マッキャン、エリザ・ヴァン・リーン、キャスリン・ゲッツキー、スティーヴ・マースマン（最高においしいキャロットケーキも）。ロン・セアバージからは、マインドフルネスを利用して渇望を抑えるという話を聞かせてもらった。睡眠と概日リズムと食物摂取の研究にさそってくれたメアリー・カースカドンには、長年のサポートと友情も含めて、感謝してもしきれないと思っている。

私と同じように「においと味」を研究するテレサ・ホワイト、ジョン・プレスコット、マーサ・バジェクには、笑いと刺激を与えてくれたことを感謝する。それからいつも励ましてくれる友人たちにも。そして、本書を執筆しているあいだ、自宅で私の心を満たし続けてくれた大切な人たち。清らかな心を持っていつも私に喜びを与えてくれるモリーと、私に新しい人生と愛をくれたゾーイ。ふたりの際限のない食欲はいつもいい刺激になった。母のジュディスは、メンターとして友人として言葉をかけてくれた。夫のジェイミーは、いっしょにご飯を食べながら、私の話に耳を傾け、考えてくれた。本当にありがとう。

序文

二〇一三年九月、イギリスのテレグラフ紙は、キャドバリーの看板商品である〈デイリーミルク〉チョコレートが新しくなって、ちょっとした騒ぎになっていると伝えた。〈ハーシーバー〉と同じように角ばった形をしていたチョコレートバーが、丸みを帯びた形に生まれかわったのを受けて、不満の声が殺到していたのである。消費者からあがっていたのは、前のチョコレートにくらべて「甘すぎる」「しつこい」という味に対する不満で、「前のほうが絶対においしかった」とはっきり言う人もいた。[1] しかし、それに対して、二〇一〇年にキャドバリーを買収した大手食品メーカーのクラフトは、レシピは変えていない、中身は同じだと反論した。もしそれが本当なら、なぜ多くの人が味に文句を言ったのだろうか。その答えを探るために、ニューロガストロノミー（神経美食学）――脳と食べ物と食べることの関係を科学的に解明しようという新しい学問――の世界をのぞいてみよう。

振りかえってみれば、私はいつも五感を通して食べ物に魅了されてきた。パンの手触り、チョコレートの舌触りや思いとどまって箱に戻したときの見た目、ニンニクやコーヒー豆のにおい、ファヒータ（細長く切った牛肉または鶏肉を焼いてマリネにしたもの。トルティーヤとともに食べるメキシコ料理）の焼ける音――。一九九〇年から嗅覚心理学を研究してきた、知覚と認知の神経科学者として、心理状態が、自分をとりまく世界に対する認識をどのように変えるのか、という問題には非常に興味がある。とくに、口に入れたものに対する反応がどう変わるのかということについては、興味がつきない。本書は、こうした私の問題意識に加えて、次のような疑問を解きあかしたいという気持ちから生まれた。感覚、心理状態、環境が、私たちの食体験や食欲にどのような影響を与えるのか。それはなぜか。そして、食べ物は私たちの気持ちや行動をどのように変えるのか。

本書にはさまざまな人が登場する。極端な偏食家、嗅覚を失った男性、ライスを食べないと満腹感を得られない人、仕事に打ちこむと食が乱れる政治学者——いずれも人間が食と複雑な関係を持っていることを教えてくれる人たちだ。それから、においが味覚をどのように変えるのか、音楽や色によってワインの味はどう変わるのか、目の錯覚が皿に盛りつける食べ物の量や、食べる速さをどのように変えるのか、なぜ多くの人が飛行機のなかではトマトジュースを頼むのか、といったことも解きあかしていく。

味覚と感情が切っても切れない関係にあることも説明する。たとえば、甘いものを食べると、なぜ人はやさしくなれるのか。憂鬱なときには、なぜブドウが酸っぱく感じるのか。苦味によって道徳観が変わるのはなぜか。さらに、オーガニック商品を買うことで、人への接し方が驚くほど変わるといった、食べ物が人の行動に与える影響や、逆に、エコバッグを持参するとお菓子をたくさん買ってしまうといった、行動が食に与える影響についても見ていきたい。

本書を読めば、おいしそうなお菓子の誘惑に屈するとき、自分のなかで何が起きているのか、スーパーボウルを見ながら食べるチキンウィングの数はどうして普段と違うのか、そして試合の勝敗は翌日の食事にどう影響するのかということがわかるだろう。食べ放題のビュッフェで、何回もお代わりをしないようにする秘訣もお伝えする。それから、食欲のコントロールや、食生活の改善につながるちょっとした情報も。たとえば、食べるものに集中しながら食べれば、よりおいしく感じるのはなぜか。食欲を抑える香りとは？　食べる量を減らしたいときに効果的なお皿の形は？　パイを食べるとき最初の一口がいちばんおいしく感じるのはなぜ？　マーケティング会社が、私たちの感覚と欲望を結びつけるためにこうした科学を利用していることや、食べたもののカロリーを消費するために必要な運動量を知らせるだけで、食べ物や飲み物の購買活動によい変化をもたらすことができることもあわせてお話ししたい。

一日の時間帯、年齢、ホルモン量、気分、活動、性格、信念、ドラッグやアルコールの量といったものが、食べ物の認知、食べたいと思う量、実際に食べる量、さらには食べたことで増える体重にまで影響することも示したいと思っている。「塩は体に悪いのか」といった、食習慣と健康についての最新情報や、食べるものによって病気になりやすくなったりするのかといったこともとりあげる。また、雑食の快楽主義者から厳格な完全菜食主義者《ヴィーガン》まで、どんな人にも食の強みと弱みがあり、現代の文化や肥満になりやすい二一世紀の環境が、私たちにこれまで経験したことのない問題を突きつけていることを明らかにしたい。

本書は、みなさんを感覚、科学、自己発見の旅にいざなう。読めば、食との関係には心理学、神経学、生理学が深くかかわっており、食が自分自身との関係、社会との関係、他者との関係に影響をおよぼしていることがわかるだろう。こうした知識があれば、私たちの感覚や心理状態や環境が、食体験と密接に結びついていることがよく理解できるし、自分の食欲をより深く理解すれば、食との関係を健康的で幸せなものにすることができるはずだ。

それでは最初から見ていこう。

1章　すてきな四人組

地球上の最初の生命体には、私たちが味覚と呼ぶものがあった。自分のまわりにある化学物資を認識し、栄養になるものか、害になるから離れたほうがいいのかを判定する能力である。味覚と嗅覚は化学的感覚として、最初に進化した。味覚はあらゆる場所にある。蛾の味覚受容体は羽にあり、ハエやタランチュラは足にある。タコは体全体（まぶたまで含む）で味を感じる。人間も例外ではなく、体じゅうに味覚を持つ。

私たち人間は、膵臓《すいぞう》、肝臓、そして男性の場合には精巣にも、味覚受容体を持つ。肺にもあり、有害なものを吸いこんだときには、咳をして外に出すように、脳に信号を送る。鼻のなかの味覚受容体は、感染を防ぎ、消化管にあるそれは食物の認識を左右する。また、消化管の味覚受容体は、アイスクリームサンデーやチーズバーガーを食べ続けるべきかどうか、脳に指令を送る役割も果たす。この指令がうまく出せなくなることで、過敏性腸症候群や糖尿病といった、食事が誘発する疾患を助長すると言われている。[1] しかし、舌、そして意外かもしれないが、口蓋や喉にもある五〇〇から一万の味蕾《みらい》に含まれる味覚受容体だけが、脳の味覚野につながっていて、私たちが味と呼ぶものを認識させてくれる。リンゴが酸っぱいかどうかは肝臓では判断できない。

味覚にまつわる謎や誤解は多い。動物の味覚がまちまちなのも謎のひとつで、家にいる猫からライオンまでネコ科の動物は甘さを感じることができず、クジラやイルカは塩味しか感じない。また、人間は塩味、酸味、甘味、苦味を舌の別々の部分で感じるという通説があるが、これは間違っている。誤った「舌の味覚地図」は次のような経緯で生まれた。

一九四二年、ハーバード大学の心理学の教授エドウィン・ボーリングは、一九〇一年にドイツの大学院生が書いた味覚に関する論文を読んだ。学生のあいまいな記述をボーリングが翻訳するあいだに、事実は失われてしまったらしい。ボーリングは、舌の各部位がそれぞれ特定の味を探知する――舌の奥が苦味、先が甘味、両側が酸味と塩味――ということにしてしまい、こうして有名な「舌の味覚地図」ができあがった。その後、一九七四年に、ピッツバーグ大学の研究者ヴァージニア・コリングスが、ドイツ人学生のオリジナルのデータを再検証したところ、多少の違いはあるが、それはほんのわずかな差で、すべての味は舌のどこでも感知できることがわかった。ただし、ひとつ例外があって、舌の真ん中のラインは味盲となっている。塩水に指をつけてから、舌の真ん中に置いても何も感じないが、右か左にずらせば塩味を感じるはずだ。この四〇年のあいだに、だいぶ知られるようになったが、それでもいまだにこの「舌の味覚地図」を載せた書籍やネット上の解説を見ることがある。

「舌の味覚地図」は実際には存在しないが、脳の味覚野には、基本の味それぞれに反応するニューロンが、地図を描くようにまとまって配置されているという。酸味に反応する場所、苦味に反応する場所、甘味に反応する場所、塩味に反応する場所といった具合である。最新の研究からは、味を感じるのにそもそも舌は必要ないかもしれないという見方が出ている。

　コロンビア大学の神経科学者チャールズ・ズッカーが、自身の研究室でおこなった実験によれば、マウスの脳の苦味をつかさどるニューロンを電気で刺激した場合、マウスは口をすぼめ、苦味を感じているかのように体を震わせるが、本当に苦い液体を与えながら、甘味を感じるニューロンを刺激すると今度は喜んで苦い液体を飲むというのだ。[2] 私たちは口のなかで、塩味、酸味、甘味、苦味の化学物質を探知するが、アンチョビとアップルソースの違いを知らせたり、甘味は快いもので、苦味は不快なものだという信号を伝えるのは脳の役割となっている。甘い食べ物や飲み物に抵抗できないという私たちの悩みは、特定のニューロンのスイッチを入れることで解決できるようになるかもしれない。ＳＦの世界の話ではない。製薬会社は、より健康的な食習慣を目指して、ゼリーのおいしさを感じなくさせたり、ケールをキャンディのような味にする薬を開発しようと躍起になっている。

　味とは何か、ということについてはさまざまな見解があり、「基本味」ですら完全に一致したものはない。現時点で広く受けいれられている「基本味」の定義とは以下のようなものだ。（一）唾液中に溶けでた特定の化学物質群によって生じる。（二）味が独特で、ほかと明確に区別できる。（三）認識されると、個別の生化学的反応が起こる。（四）栄養になるものか毒かを見分ける必要から、本能的に好きか嫌いかという反応を引きおこす。現在は、塩味、酸味、甘味、苦味だけがこの基準を満たしている。

　この四つの基本味は、私たちに特有の反応を起こさせ、その味がする物質をもっと食べさせたり、吐きださせたりする。けれども、こうした反応には、食べ物を判別する以上の意味がある。基本は、私たちの過去の経験や隠れた遺伝を明らかにし、気分や行動を変え、痛みや道徳的な判断に影響し、病気になる可能性を左右する。つまり、基本味は人生のさまざまな側面に関係していると言える。

◎甘味

新生児の舌に砂糖を置くと、本能的に喜びの声をあげる。生まれつき脳の主要部分が欠落している幼児であっても、甘味には笑顔を見せる。甘味は、依存性のある麻薬やアルコール同様、脳のなかの報酬回路を活性化させ、ドーパミンを放出させる。

食品が加工されるようになる以前の時代には、甘味はもっぱら炭水化物に由来した。そこには生きていくために必要なカロリーがあった。歴史を振りかえれば、人類はつねに次の食事を心配しながら生きてきたわけで、甘味を感じる力は人間を飢えから救ってきたと言える。さらに、ジャガイモやデンプン質を含んだ植物などの炭水化物を、おいしく摂取できるようにした火と料理の発見は、地球上でもっとも複雑な創造物である人間の脳の進化を促したと言われている。[3]

二〇一五年、バルセロナにあるカタルーニャ調査・先進研究機関のカレン・ハーディは、イギリスやオーストラリアの研究者といっしょに、考古学、人類学、遺伝学、生理学、解剖学の観点から研究を進めた結果、過去一〇〇万年にわたって人間が炭水化物、とくにデンプンを摂取したことが脳の飛躍的な発達につながったこと、そして、私たちの先祖はジャガイモと穀物を好んで食べていたことをつきとめた。本当のパレオダイエット（野草や野生動物を中心とした旧石器時代の食生活をまねるダイエット法）を目指すなら、炭水化物を中心にしなくてはならないようだ。さらに、いまでは悪者扱いされることが多い砂糖も、一六世紀から一七世紀のヨーロッパにおいては貴重品で、目の感染症から下痢にいたるまであらゆる病気に、砂糖を混ぜた薬が処方されていた。その効果のほどは疑わしいが、私たちの体に砂糖が必要であることは間違いなく、人間にとってもっとも重要な器官にエネルギーを供給してくれる。[4]

脳のエネルギーになるのは、純粋な甘味、つまりブドウ糖である。私たちが消費する全カロリーの二〇から二五パーセントおよび血糖の六〇パーセントは、脳を活性化させるために使われる。砂糖をとらなければ、私たちは正しく機能しないロボットのようになるだろう。いまでは、ノンカロリーの化合物から、スクラロース、アスパルテーム、アセスルファムKといった人工的な甘味をつくることができる。最近もっとも注目されているアルロースは、味や働きはほぼ砂糖と同じで、アイスクリームなどのお菓子に使用することができる。近いうちにスーパーで見られるようになると思うので、チェックしてほしい。

甘味は依存性のある薬といっしょに使うとき、その依存性をより高める。電子タバコ用の液体ニコチンの多くは、人工甘味料のスプレンダ（スクラロース）が添加されているし、自分で甘味料を加えて使っているティーンエイジャーも多い。[5] 最新の研究によれば、ニコチンによる陶酔感に甘味が加わることで、電子タバコへの依存性はより高まるという。[6]

甘い体

甘さを強める化学物質がある。ミラクリン——その名も「ミラクルフルーツ」という、西アフリカ原産の果物の実から抽出される——は、酸っぱいものを甘くする性質がある。この実自体はほんのりとした甘みしかないが、ミラクリンは酸っぱい食べ物に加えることで、酸味受容体をブロックし、甘味受容体を作動させるため、たとえばサワークリームに加えれば、砂糖衣のようになる。しかも、酸っぱいものであればあるほど、甘くなるという特色を持つ。レモンジュースはレモネードのように、赤ワインはポートワインのように感じられるだろう。しかし、わざわざ異国の果実を手に入れようとする必要はない。じつは、アーティチョークにもほかの食べ物を甘くする力がある。アーティチョークには、シナリンという酸が含まれており、これを口にしたあとに食べたものは本来の味より少し甘く感じるようになる。この魔法を起こしているのは、味蕾ではなく脳だ。シナリンは味蕾が甘味を探知するのを邪魔する。そして、その後食べたり飲んだりしたときにシナリンが洗い流されることになり、脳はこの変化を甘さが高まったと解釈するのだ。ワインの愛好家はワインとアーティチョークを使った料理を合わせるのを嫌がるが、苦い葉物にアーティチョークを混ぜることで、ヘルシーなサラダがおいしく味わえるようになるという利点はある。[7]

甘さを強化する化学物質がある一方で、甘さを消してしまうものもある。朝、歯を磨いたあとに飲んだオレンジジュースが苦く感じた経験はないだろうか。歯磨き粉には甘味受容体をふさぐ成分が含まれており、ジュースの苦味しか感じなくなるのだ。さいわい、この効果は一時的なもので、トーストやコーヒーなどを少し口にするだけで、舌からその成分が剝《は》がれ落ちて元に戻る。

化学物質のなかには、体のほかの場所にある甘味受容体の働きを阻害するものもある。じつは、精巣と精子にも甘味受容体がある。研究者のベドリッチ・モジンガーは、においと味覚を研究するフィラデルフィアのモネル化学感覚研究所で、T1R3――うま味とカルシウムの味（いずれも次の章でとりあげる）と甘味を探知する受容体――をふさがれたマウスが不妊になることを発見した。[8] 除草剤や、脂質異常症を治療するためのフィブラートという薬（モダリムなど）には、甘味受容体をブロックする働きがあり、こうしたものが、世界の男性不妊の増加の原因になっているかもしれないということは、昔から指摘されている。もし、父親になりたいと思っているなら、自分の投薬リストをチェックし、除草剤をまくのをやめたほうがいいだろう。ただし、精子は何度も再生されるので、これらの化学物質の摂取をやめれば、男性の不妊は数日で解消される。その一方で、この発見は、バースコントロールのための男性用ピルの開発につながるかもしれない。

甘味受容体は消化器官でも仕事をしていて、腸から血液への糖の流れを調整し、インスリンのスイッチを入れたり切ったりしている。だから、甘いものを食べると代謝機能は直接影響を受ける。腸内の甘味受容体は、私たちが食べた甘いものに反応し、インスリンの分泌を促す。これがうまく機能しなくなると、インスリンが多すぎたり、抵抗性ができたりする。インスリン抵抗性が生じると、インスリンが正常に機能しなくなり、メタボリックシンドロームへの第一歩となる。２型糖尿病、脂質異常症、高血圧は、いずれも貯蔵する脂質を適切にコントロールできないことから発症する。脂肪細胞に貯蔵できる量が限界に達したときには、肝臓などのほかの器官に貯蔵されていく。インスリン抵抗性がある場合には、体は超過したブドウ糖を吸収できない。食事をすると体はインスリンを分泌するが、抵抗性があると、炭水化物が分解してできたブドウ糖を貯蔵するのを助けなくなり、ブドウ糖とインスリン血中濃度はつねに高いまま推移することになってしまう。

　アメリカ人の三人にひとり、世界の成人の二五パーセントは、インスリン抵抗性による疾患を持ち、心筋梗塞や脳卒中について二倍のリスクを抱えている。いまでは世界的に見れば、飢餓による死者より、肥満に由来する病気で亡くなる人のほうが多い。[9] しかし、不思議なことに、肥満体の人々の一〇から二〇パーセントは、決してメタボリックシンドロームにならない。彼らの脂肪細胞には拡張能力があり、超過したカロリーまで貯蔵できるから、というのが理由だそうだ。逆に、太っていなくても、脂肪を貯蔵できずにメタボリックシンドロームになる人も少数ながらいる。[10] つまり、脂肪そのものが健康のリスクを高めるのではなく、体が脂肪を蓄えられるかどうかが分かれ目になるということだ。

　一般にインスリン抵抗性は、長年にわたる不健康な食生活と運動不足の末に生じるものだが、極端な状況下なら二日間でも生じさせることができる。ある実験に参加した、標準体重の健康な男性六人は、一日六〇〇〇キロカロリー（普段の二・五倍）を摂取した。食べるのはポテトチップス、ハンバーガー、ピザといった典型的なファストフードで、運動は禁止。ただひたすらベッドに寝転がり、テレビを見る。すると、全員が四八時間でインスリン抵抗性を得た。一週間後には、平均で三、四キロ体重が増えていた。[11]

しかしながら、この結果に飽き足らず、さらに長期にわたって『スーパーサイズ・ミー』（一日三回マクドナルドのハンバーガーだけを食べて三〇日間を過ごした男の記録映画）さながらにおこなわれた実験の結果わかったのは、体重の増加は避けられないものの、メタボリックシンドロームを示す数値は時間とともに落ちつくということだった。つまり、時間がたつにつれて、不健康な生活をしたからといって、メタボリックシンドロームを原因とする死に直結するとはかぎらなくなる。人間の体は順応性があり、環境の変化に応じてつねに調整しているのである。薬が効かなくなるのも同じ理屈だ。鎮痛剤依存症の人は、最初はオキシコドンでハイになるが、体が慣れるにつれてハイになれなくなる。食べ物と同じように、個人の代謝、遺伝、とくに食べたものと運動量もその順応性を左右する。

甘党

健康問題はさておき、往年の女優メイ・ウエストの「いいものがたくさんあるってすてき」という言葉に賛同する人は多いだろう。とはいえ、みんなが甘いものを好きなわけではない。面白いことに、甘いものがどのくらい好きかということと、甘さのレベルをどうとらえるかということは別の話となる。あなたが友人といっしょに白ワインのピノ・グリージョを飲んでいて、すごく甘い、ということで意見が一致しても、ふたりとも気に入るとはかぎらない。甘さの好みが人によって違う理由ははっきりしないが、甘味が大好きで甘いものには目がないという人たちには、共通の遺伝子があり、遺伝するらしいということはわかっている。[12]

本物の砂糖と人工甘味料の好みを決める遺伝的要素も同じであることがわかっている。オーストラリアで双子を対象におこなった調査によれば、一卵性双生児の場合、二卵性双生児や他人同士と違って、果糖のような自然な甘味であっても、アステルパームのような人工甘味料であっても、ふたりが感じる甘さは同じだった。[13] つまり、自然な甘味も人工的な甘味も同じように味覚受容体を通して処理されるということであり、反応を引きだすのは化学物質ではなく甘味であるということだ。もし、甘味についての自分の遺伝タイプを知っていたら、好みに合う食べ物も選びやすくなるだろう。同様に、食品をつくる側も加える砂糖や人工甘味料の量を変えることができるだろう。ある人にはより甘くしたコーラ、別の人には甘味を抑えたコーラといったように。それによって、より健康的な食生活を送れる人も出てくるかもしれない。

子どもは甘いものが大好きだが、ほかの子よりも砂糖に強く反応する子どももいる。モネル化学感覚研究所の生物心理学者ジュリー・メンネッラと遺伝学者ダニエル・リードが、七歳から一四歳の男女合わせて二一六人を対象に、甘味に対する感度を調べたところ、砂糖にもっとも過敏に反応する子は、もっとも反応しない子にくらべて二〇倍の感度を示したそうだ。[14] 大人の場合、甘さの感じ方はおもにふたつの味覚受容体遺伝子によって決まる。しかし、子どもの場合はこの遺伝子は関係なく、苦味受容体遺伝子のほうが決め手となっている。苦味に強く反応すればするほど、甘味にも強く反応するのである。大人は甘味への感度が低ければ低いほど、砂糖をたくさん消費する傾向があり、体重も増える傾向にある。ところが、驚いたことに、子どもは砂糖への感度が高ければ高いほど、砂糖を消費し、太る傾向にあるのだ。前述のふたりの研究者は、子ども時代には甘味と塩味の嗜好が強まる傾向にあり、しかも、ふたつの味は切り離せないということも発見している。つまり、子どもの場合、甘いものが好きになればなるほど、塩味も好むようになるということだ。[15]

とはいえ、もしあなたが親であっても、子どもがキャンディのボウルを手放さないと嘆く必要はない。最近の研究からは、子どものときに甘いものをたくさん食べたからといって、一生甘いものを求めるようになるとはかぎらないという結果が出ている。[16] 大人は甘党と塩辛いものが好きな人に分かれることが多い。塩辛いものが好きな大人は、たいてい甘いものを苦手とする。[17] この点に関して子どもと大人で異なる理由は、いまのところ科学的に解明されていない。研究が進めばそのうちわかるだろう。

甘い痛み

偽薬《プラセボ》のことを「シュガーピル」と呼ぶのはなぜだろうと、不思議に思ったことはないだろうか。もともとは砂糖をカプセルに詰めていたということに加えて、砂糖には人を笑顔にする効果だけではなく、痛みを鈍くさせる効果もあるからだ。幼児の苦痛をやわらげるために砂糖を利用する方法は昔から使われており、現代でも、予防接種から割礼まで多くの医療現場で利用されている。[18] 新生男児に割礼をおこなうとき、水につけたおしゃぶりを与えられた子よりも、甘くしたおしゃぶりを与えられた子のほうが、泣き方が弱くなるという。[19] ユダヤ教で昔から割礼の際に、赤ん坊の舌に甘いワインか砂糖水を少し置くようにしているのは、このためだ。[20]

この効果の秘密は、砂糖そのものではなく、舌で甘さを感知することにある。ノンカロリーの人工甘味料でも効果は同じだ。そして、甘いものが好きな子どもであればあるほど、鎮痛効果も高くなる。[21]

甘味の苦痛をやわらげる効果は、おしゃぶりを卒業したあとも続く。二〇代前半の学生を集めたある実験では、零℃から二℃という冷水に手首までつけてもらい、どのくらい耐えられるかを試した（最長三分まで）。その際、グループに分けてそれぞれ口に甘いもの、苦いもの、ただの水を含んでもらった。甘いものを口に入れたラッキーな学生たちは、平均で八〇秒耐えることができた。これは水を含んだ学生より一八パーセント長かった。[22] 神経画像処理技術を利用した実験では、氷を腕につけたときに、砂糖を口にした二〇歳から三五歳の被験者は、味のしないものを口に入れた被験者よりも、痛みに対して高い耐性を示した。感情の揺れも少なく、痛みを認知する神経ネットワークも反応が少なかったという。[23] 甘味はエンドルフィン――人間の体が持つ鎮痛剤――を放出させ、気分をよくしてくれるのである。

甘い幸せ

甘党の人が、そうではない人よりも、甘いものを我慢できなかったり、太っていたりするのは意外ではないだろう。しかし、甘党であることは幸せにもつながる。甘党の人は甘いものを食べることで、甘党ではない人よりも幸せを感じ、前向きになれるというのだ。[24] 甘いものがどのくらい好きかにより、あなたがどのくらい人に好かれるかも決まる。

ノース・ダコタ州立大学とペンシルバニア州のゲティスバーグ大学の研究プロジェクトにより、甘い《スウィート》ものを食べることといい人《スウィート》であることには、高い相関関係が見られることがわかった。[25] 私たちは、甘いものが好きな人はいい人だと信じているようだ。見知らぬ人を蜂蜜が好きな人と紹介されたときには、苦いグレープフルーツ、酸っぱいレモン、塩辛いプレッツェル、辛いトウガラシが好きな人と紹介されたときよりも、相手のことを親しみやすく、協調性があり、思いやりのある人だと感じるという。さらにふたつの調査によって、甘いものが大好きな人は、実際に協調性があり、親切で、思いやりのある行動をとるということがわかっている。たとえば、災害時の救援活動ではボランティアとして参加し、困っている人を助けるためなら親身になって話を聞く。また、別のふたつの研究からは、チョコレートなどの甘いものをほんの少しでも食べた人は、プレーンなクラッカーを食べたり、あるいは何も食べなかった人にくらべて、愛想がよくなり、しかも実際に人を助けるためにより多くの時間を割くようになることが明らかになっている。砂糖は甘味以上のものを与えてくれるようだ。甘党であるかどうかにかかわらず、私たちは甘いものを味わうことで、幸せを感じ、いい人になれる。

甘味は気持ちを明るくする。しかし、逆に、どの程度甘く感じるかは気分に影響される。ミネソタ大学の研究チームは、ストレスや安らぎが味覚に与える影響について調べた。被験者を集め、「安らぎ」の日には、三〇分間、自然を映した映像を見てもらい、「ストレス」の日には、三〇分間、苦痛を感じる作業（スピーチの準備と実演、難しい暗算問題、九〇秒間氷水に手をつけるなど）をしてもらった。[26] 安らぎと苦痛の時間をそれぞれ過ごしてもらったあとには、塩味、酸味、甘味、うま味の入った液体を飲んで、その濃さとおいしさを評価してもらった。結果、安らぎもストレスも被験者が感じるおいしさには影響しなかったが、ストレスの日の甘味は、明らかに弱く感じられたという（塩味、酸味、うま味は変化なし）。つまり、ストレスは砂糖を甘く感じさせなくなる効果があるということだ。私たちはストレスを受けた穴埋めに甘いものを求める。だから、疲れたり、緊張したときには、甘いものを余計に食べたくなるのである。要するに、私たちは甘いものを少し食べることでいい人になれるが、あまり気分がよくないときには、食べすぎないように気をつける必要があるということだ。

◎酸味

水素イオン濃度を示すpHは〇から一四で示される。水は中性でpHは七となる。酸っぱさは、pHが七以下の酸が作用する。pHが低くなれば、酸性が強くなり、ほとんどの場合は酸っぱさも増す。しかし、なかには酢のように酸性が弱くても、pHが示すよりもずっと酸っぱく感じるものもある。酢といっても、種類（たとえばホワイトビネガーなのか、リンゴ酢なのか）によって、pHは二・四から四・五と幅がある。[27] アメリカのチーズのpHが四・九あることを思えば、pHが四・五の酢と言われても、それほど酸っぱくないと思うかもしれない。だが、弱い酸は、酸っぱさを感じさせる水素イオンを発生するだけではなく、細胞膜を突きぬけて細胞のなかの液体を酸性にするため、より酸っぱく感じさせることになる。[28] プロセスチーズがリンゴ酢のように酸っぱくないのは、チーズに含まれる脂肪が酸味受容体をブロックするからだ。ハラペーニョ（メキシコ料理に使うトウガラシ）を食べるときに、脂肪分をいっしょにとると、辛さがやわらぐのも同じ理屈だ。ハラペーニョのチーズ詰めは、何も詰めずに食べるよりずっと辛味がやわらぐ。

人間の酸味を察知する能力は、酸の強い食物の摂取を避けるために進化したと考えられている。強い酸は体の表面だけではなく内部にもダメージを与えるため、人間は本能的に酸味を不快に感じるようにできている。ところが、子ども、とくに一〇歳前後の子どもは酸っぱいキャンディが大好きだ。〈アルトイズ〉のマンゴー・サワーズのpHは一・九だが、pHが四以下で歯のエナメル質は溶けはじめる。[29] これは人間の体に備わった本能に反する一例だ。

酸は唾液を分泌させる。酸っぱいものを思い浮かべるだけで――いまこの文を読んでいるだけで――同じように唾液が出るのは、持って生まれた反応である。唾液は、消化を助けたり、口のなかの化学物質を希釈して酸っぱい食べ物の酸を弱めたりする役割を果たしている。また、酸を察知することで、昔から人間にとって重要な炭水化物で主要なカロリー源だった果物がどのくらい熟しているかもわかる（酸味が弱いほうが熟している）。とはいえ、酸味を完全に拒絶すべきではない。少し酸っぱいくらいの果物のほうが体にいいからだ。マイルドな酸は細菌の増殖を防ぎ、また、毒素が少ないから食べても大丈夫だと教えてくれる。[30]

経験を重ねることで、酸味の強い食べ物が好きになることもある。アジアの食は一般に西洋のものよりも酸味が強い。キムチ（野菜を塩漬けにして発酵させた韓国の料理）や梅干し（日本の塩漬けにした梅）は、現地では一般的な食べ物だ。アジアの人々は頻繁に食べることで、酸っぱい食べ物への嗜好を強めてきたと言える。

酸っぱさを感じるとき

たとえばリンゴのグラニースミスの酸っぱさは、いつも同じように感じると思うかもしれないが、じつはそうではなく、気分や疲れ具合によって左右される。ある実験によれば、中程度の強度でエアロバイクを三〇分こいだ被験者たちにクエン酸水溶液を飲んでもらったところ、運動前ほど酸っぱく感じなかったという。[31] 別の研究では、勝ち負けによる感情が、フローズンデザートの味を変えたという結果が出ている。

コーネル大学の研究チームは、二〇一三年から二〇一四年のシーズンのアイスホッケーの八試合を観戦した五五〇人を対象に調査をおこなった。[32] コーネル大学のチームは四勝三敗一引き分けという結果に終わった。観客の大半はコーネル大学を応援しており、試合が終わったあとに、試合結果についてうれしいかどうか訊き、それからレモンライム・シャーベットの味を判定してもらった。

うれしく思っている観客は、残念に思っている観客よりもシャーベットをおいしく感じ、甘味が強く、酸味が弱いと評価した。一方、残念に思っている観客は甘味が弱く、酸味が強いと評価した。つまり、ひいきのチームが勝てば、ブラウニーはいつもより甘く感じるし、負ければレモンタルトは酸っぱく感じるということだ。どうやら心や体が興奮状態になったとき、人が感じる酸味は違ってくるらしい。これはどういうことなのか。

運動したあとに酸味を感じなくなるのは、体を酷使することで唾液が増え、酸っぱさが薄まるからだと思われる[33]。気分に関して言えば、酸味や甘味の感じ方の変化は、セロトニンかノルアドレナリンが増えることによる。気分をよくする神経伝達物質であるセロトニンは、甘さを認知する力を高め、陽気になったときに増える。だから、応援するチームが勝ったときには、綿菓子はいつもより甘く感じる。反対に、ストレスホルモンであるノルアドレナリンは酸っぱさを感じさせ、落ちこんだり動揺したりしたときに増える。応援するチームが負けたときには、何もかもが酸っぱく感じるかもしれない[34]。

◎塩味

塩にはいろいろな種類があるが、塩化ナトリウムがもっとも塩辛く、もっとも味がいい。塩を好む人間の嗜好は、生きるうえで重要な役割を果たす。塩味はタンパク源に含まれることが多く、人間の体はタンパク質を必要としているからだ。塩そのものも人間の体にとって欠かせない。神経や筋肉を正しく機能させ、体液バランスを一定に保つのを助けてくれる。塩分をとらなければ人間は死ぬ。さいわい、そうした過酷な環境に置かれても、人間の体はなんとか対応しようとする。何日もいかだで海を漂流したときに海水を飲めば、命を縮めるよりも生きながらえる可能性を高めるだろう。塩は本来、魅力あるものだが、私たちが食べるものにどのくらい塩をかけるかは、過去にどれだけ摂取してきたかによるところが大きい。基本的には、使えば使うほど、塩を好きになる。逆もまた真なり。意識的に塩を控えることで、好みの塩の量も減らすことができる。

一九八〇年代のはじめにおこなわれた実験では、五カ月間、塩の摂取を控えめにした被験者は、おいしいと感じる塩の量が劇的に減り、実験前に好んでいた塩加減ではおいしくないと感じるようになった。[35] また、別の実験では、体内に摂取する量を維持するために、被験者には塩のピルを飲んでもらい、そのうえで料理に使う量を減らし、薄味で食べてもらうようにした。すると、やはり被験者は薄味を好むようになった。[36] つまり、塩加減の好みは、摂取した量ではなく、味わいによって決まり、味わう量を減らすことで好みの量も減らすことができるということだ。ということは、食卓に塩のボトルを置かないようにするだけで、減塩できるはずだ。塩のダイエットは最初はつらいが、驚くほど簡単に慣れる。実際にやってみれば、塩加減の好みの変化にびっくりするだろう。

過去の塩分摂取

過去の塩の摂取量によって現在の好みが決まるわけだが、驚いたことに、その過去というのは生まれる前にさかのぼる。一九九〇年代の半ば、シアトルにあるワシントン大学のスーザン・クリスタルとアイリーン・バーンスタインは、生後三カ月の乳児を対象に、普通の水と塩水のどちらを好むか調査した。あわせてその母親が妊娠初期に、つわりがきつかったかどうかも調べた。すると、つわりが重かったという母親の赤ちゃんのほうが、つわりが軽いかまったくなかった母親の赤ちゃんよりも塩水をよく飲むということがわかった。[37] また、ふたりは、ひどいつわりを経験したという母親を持つ学生のデータも収集し、そういう学生のほうがそれ以外の学生より、塩辛い食べ物を好むということも発見した。[38] 吐くことで水分が失われて脱水状態になり、母親に塩分の補給が必要になるのはわかる。しかし、そういう母親から生まれた子どもが塩味を好むのはなぜなのか。

ひとつの説明としては、つわりのきつい母親は、失われた水分を補うときに多めに塩を摂取するため、羊水のなかにいる胎児も塩分にさらされるというものだ。母親が口に入れるものに含まれる化学物質は、胎児がいる羊水に運ばれる。私たちはこの世に生まれ落ちる前から、母親が食べたものに慣れ親しむようになっているのだ。だから、塩分の高い羊水に浸ることで、生まれたあとも塩を好むようになるのかもしれない。もうひとつの可能性は、胎児が子宮にいるときに軽い塩分不足になったことで、塩を好むようになったのかもしれないというものだ。ナトリウム不足は強い塩分欲求を引きおこすことがある。つわりでよく吐いた母親の子どもは、胎児のときにナトリウム不足を経験したことで、つねに塩分を求めるようになったのかもしれない。

また、幼いうちにナトリウムが不足したり水分を失ったりする経験が、塩を好む原因となる可能性がある。この見方は偶然生まれた。一九七八年から一九七九年にかけて、製造工程でミスがあったために塩化物が大幅に不足してしまった大豆ベースの粉ミルクが、約二万人の乳児に与えられるという事態が起きた。塩化物不足は、ナトリウム不足と同じような影響を人間におよぼす。アトランタにあるアメリカ疾病管理予防センターは、この乳児たちをその後何年にもわたって追跡し、粉ミルクが悪影響をおよぼしていないか、調査を重ねた。あるときは、青年期に入った一六九人が、件《くだん》の粉ミルクを飲まなかった歳の近い兄弟とくらべて、どのくらい塩味を好むか、また、両者に甘いものに対する嗜好の差があるかを調べた。結果、塩化物が不足した粉ミルクを飲んだ子どものほうが、はるかに塩辛い食べ物を好み、実際に多く食べていた。[39] 一方、甘いものに対する嗜好に違いは見られなかった。

　また、別の研究からは、ティーンエイジャーが塩味を好むかどうかは、小さいときによくおなかを壊して、水分不足になっていたかどうかによるという結論が出ている。[40] 母親には、子どもが生まれてから六歳になるまでに、どの程度頻繁に吐いたり、下痢になったりしていたかをインタビューし、それから子どもたちに、甘いスナック菓子と塩辛いスナック菓子を食べてもらい、好みの甘さと塩辛さを訊いた。小さいときに水分不足を経験した子はそうでない子にくらべて、塩辛いスナックをよく食べ、塩分の多いスープのほうを喜んで飲んだ。塩辛いスナックは六四パーセントも多く食べていた。ところが、甘い菓子を食べた量と、甘さの好みには差がなかった。これがどういうことなのか、正確なところはまだわかっていないが、小さいころの塩分不足が、その後長年にわたって塩味の嗜好に影響することは間違いないようだ。過剰な塩分摂取は健康問題になっているので、これは重要なポイントだろう。

塩と健康

最近まで、塩は尊いものだと思われていた。塩を使う宗教儀式はたくさんあるし、通貨として使われていた時代もある。ローマ人は兵士に塩（salt）で給与を払い、これがサラリー（salary）の語源となっている。しかし、現代では、塩の評判はすっかり落ちてしまった。

一般的なアメリカ人は、一日に小さじ一・五杯の塩（ナトリウム三・四グラム）を摂取している。しかし、アメリカ心臓協会はその半分の量にすべきだと警告する。私たちは摂取する塩分の約七五パーセントを加工食品からとっている。問題は、加工食品にしても、それ以外の食品にしても、塩味が利いているほうがおいしいということだ。長年、多くの研究が、塩分の過剰摂取が高血圧や心臓血管系疾患、早すぎる死につながることを示してきた。しかし、最近の研究によれば、塩は思われていたほど悪者ではないかもしれないという。

二〇一四年、ニューイングランド・ジャーナル・オブ・メディシン誌が公表した、一七カ国の二五歳から七〇歳の一〇万一九四五人を調査した結果によれば、塩の摂取が、アメリカ心臓協会が推奨する一・五から二・四グラムともっとも少なかった人たちは、調査した四年のあいだに心臓疾患にかかったり、死にいたったりすることがいちばん多かった。しかも、推奨レベルの四倍となる、一日あたり六グラム以上を摂取している人よりも、死亡者数が多かった[41]。重大な心臓血管系疾患にかかる確率がもっとも低かったのは、一日にほどほどの量、三から六グラムを摂取している人だった。二〇一六年に医学雑誌ランセットに発表された、別の大規模な調査によれば、高血圧の人は塩分を多く摂取している（一日七グラム以上）と、摂取量がそれほどでもない人にくらべて、心筋梗塞や脳卒中、死亡につながるリスクが高まるが、高血圧ではない人のあいだでは、塩分の過剰摂取と循環器疾患のつながりを示す数字は見られなかった[42]。その一方で、塩分の摂取が少ない人（一日三グラム以下）は、高血圧であるかどうかにかかわらず、循環器疾患にかかるリスクが上昇するという結果が見られた。だからといって、食事どきに気兼ねなく塩のボトルに手を伸ばしていいのかと言えば、そうとも言えない。さまざまな研究が進められているなかで矛盾する結果が出てくる現段階では、塩と健康に関するアドバイスは話半分に聞いておくほうがいいだろう。それから、塩の摂取が症状の悪化につながることがわかっている高血圧などの人は、医者の言うことを聞いて、十分に注意したほうがいい[43]。

◎苦味

苦味はpHで言えば、酸味の逆にある。苦味はアルカロイドが含まれていることを示し、pHが七より大きい物質であることを示す。pH値が大きくなればなるほど、その物質はアルカリ性が強く、味は苦く、危険なものとなる。苛性アルカリ溶液――映画『パルプ・フィクション』では、掃除屋

〝クリーナー〟が死体を溶かすために使っていた――のpHは一三・五だ。パイプに詰まった髪の毛や汚れをあっという間にきれいにする液体パイプクリーナーのpHは、最高値の一四となっている。

自然界では、苦味はたいてい毒があることを示しており（毒のある果実や腐った肉など）、人間は本能的に苦味を嫌うようにできている。苦味を感じたときには思わず顔をしかめ、それ以上口に入れるのを防ぐ。面白いことに、その表情は嫌悪を感じたときの顔と同じだ。嫌悪感と、苦味に対する本能的な不快感は根が同じらしい。じわじわと痛みを感じたり、内臓が飛び出たリスの死体を見たり、人前で足の爪をいじっている人を見たりしたときにいだく嫌悪感は、口に入れたまずいものを拒否するという基本的な反応から派生したものなのだろう。こうした不快感は、心と体の幸福を守るうえで大きな役割を果たしている。[44]

人は二五種類ほどの苦味受容体を持っている。味覚受容体のなかではいちばん種類が多い。苦味を持つ化合物は種類が多く、また苦味を感じることが健康上の危険を回避するうえで重要だからだろう。アメーバでさえ苦味を探知できる。ところが、人はみな同じように苦味受容体を持っているにもかかわらず、同じように苦味を感じるとはかぎらないのである。

スーパーテイスター

苦味をどのくらい感じるかはその人の遺伝的性質による。とくに生まれながらに持つ、TAS2R38という五番染色体にある遺伝子の変異体によるところが大きい。もしあなたが「スーパーテイスター」なら顕性（優性）遺伝子のコピーを二個、「ノンテイスター」なら潜性（劣性）遺伝子のコピーを二個持っている。そして「テイスター」なら顕性と潜性のコピーを一個ずつということになる。白人の六〇パーセントはテイスターで、残りの四〇パーセントはノンテイスターとスーパーテイスターが半々となる。[45] アフリカ人とアジア人はテイスターとノンテイスターにくらべて、スーパーテイスターの割合が高い[46]。

遺伝子を調べずに自分のタイプを簡単に知るには、エンダイブ、ブラックコーヒー、IPA（インディア・ペール・エール。明るい琥珀色をした苦味のあるビール）が好きかどうかを思い出せばいい。これらが嫌いだったら、おそらくあなたはスーパーテイスターで、大好きだったらノンテイスターだ。どちらでもない、好きなときも嫌いなときもあるというのであれば、テイスターだろう。もう少し専門的に調べたければ、おそらく高校の化学の授業で実験したと思うが、少量のプロピルチオウラシル（PROP）かフェニルチオカルバミド（PTC）を浸した紙片を舌にのせてみればいい。もし今まで感じたことがないほどまずければ、あなたはスーパーテイスターだ。ただ紙が舌にのっている以外のことを感じなければノンテイスターで、苦いけど耐えられるというならテイスターだろう。スーパーテイスターには、テイスターよりも多くの味蕾があり、さらにチリの辛さにひりひりしたり、カラメルのクリーミーさをより鮮明に感じたりと、口のなかの感覚が鋭くなっている。そして、テイスターの味蕾はノンテイスターよりも多い。

もしあなたがスーパーテイスターであれば、極端な味の世界に生きていることになる。何を食べても味も口あたりも強く感じるだろう。だから、スーパーテイスターの人は、濃い味やスパイス、脂っこい食べ物をあまり好まない。ところが、矛盾するようだが、スーパーテイスターはその一方で塩を好み、ほかの人よりも多くの塩を摂取する。これは塩が、スーパーテイスターがとくに嫌う苦味を減らすからである。芽キャベツやスイスチャードを食べるときにたっぷりと塩をふることで、使う塩の量はどんどん増えていく。スーパーテイスターの人は、塩をたくさん使うことでさらに好きになって、ますます多く使うようになるという悪循環に陥りやすい。興味深いことに、テイスターのタイプは、サイドディッシュやカクテルのオーダーに影響をおよぼすだけではなく、健康にも影響する。

体にいい緑色や紫色の野菜の多くは苦味があるため、スーパーテイスターの人はどうしても避けたがる。だが、こうした野菜にはフラボノイドが多く含まれ、抗酸化作用があり、癌を防ぐ効果がある。コネチカット大学の保健学者ヴァレリー・ダフィが、アメリカ退役軍人省病院の協力を得て、定期的に大腸内視鏡検査を受けている高齢者を調査したところ、スーパーテイスターの人にポリープ——癌の前段階——が多いことがわかった。[47] 女性のスーパーテイスターはほかのテイスターよりも婦人科系の癌にかかるリスクが高くなっている。[48] つまり、スーパーテイスターは、たとえ塩を多めにとることになっても、意識的に苦い野菜を食べるようにしないかぎり、癌になる可能性が高いということだ。パルメザンやロマーノなど塩気のあるチーズをかけて野菜を食べるのもひとつの方法だろう。

味覚が健康に問題を起こす可能性があるのは、スーパーテイスターにかぎった話ではない。ノンテイスターにも病気になるリスクはある。とくにアルコール依存症だ。アルコール依存症の人の多くはノンテイスターなのである。[49] アルコールは苦いため、苦味を克服しなければ飲めない。だが、苦味をあまり感じなければ、抵抗なく大量に飲めるだろう。アルコール依存症になるかどうかは、大量のアルコールをどのくらいの期間飲んでいたかによる。たとえば、一三歳で親のウォッカをジュースで割らなくても飲めたので、早い時期から飲酒するようになったという人は、高い確率で依存症になることが予想される。

　苦味とアルコールの深い関係を示す事例はほかにもある。苦味を感じることで、お酒を飲んでいないにもかかわらず、条件反射的に酩酊した感覚を持つ人がいるというのだ。インディアナ大学は、ビールを飲む習慣のある健康な成人に、ドーパミン受容体と結合する放射性薬剤を投与し、ドーパミンの放出を観察した。[50] ドーパミンとは、快楽や報酬を支配する神経伝達物質である。実験では、少量のビールかゲータレードを味わう被験者の脳を、PET（陽電子放射断層撮影）を使って観察した。報酬回路のある腹側線条体《ふくそくせんじょうたい》からドーパミンを放出させたのは、塩気があり、かすかに甘くて酸っぱいゲータレードではなく、苦いビールだった。なかでも、家族にアルコール依存症の人がいる被験者のほうがドーパミンがより多く分泌された。つまり、過去にビールを飲んで酔っぱらった経験が、ビールの味を条件反射的に酔いの心地よさに結びつけたのである。アルコール依存症の家族歴がある人の報酬系のほうが、ビールの味から大きな刺激を受けたという事実は、飲酒を思わせる刺激がアルコール消費の快楽に結びつきやすくなるという遺伝的な性質があることを示している。さらに家族歴に加えて、もし本人がノンテイスターであれば、ビールの苦味は問題にはならず、飲酒をはじめたときからおいしく飲めたはずだ。

苦い感情

面白いことに、それぞれのテイスターには特有の性格がある。ある研究によれば、スーパーテイスターの人は、映画『プリティ・ウーマン』のレイプシーンを見たあと、テイスターやノンテイスターよりも激しい怒りを感じていたという。[51] また、スーパーテイスターの人は、嫌悪感もいだきやすいようだ。私の研究所でおこなった実験では、スーパーテイスターの人は、体が濡れること、腐ったもの、病気、切断された手足に、ほかの人よりも嫌悪感を示した。[52] 一方、苦味に鈍い人たちにも特徴がある。無作為に集めたアメリカ人約一〇〇〇人を対象に調べた結果、苦味が好きであることと相関が見られたのは、精神病質人格につながるとされる人の不幸を喜ぶ性質、とくに人に痛みを与えて喜ぶ、俗に〝日常的なサディズム〟と言われる性質だった。甘《スウィート》いものを好きな人はやさし《スウィート》いということを示した研究結果と同じように、この研究でも、甘いものが好きな人は親切で愛想がいいという結果が出た。塩味や酸味を好きな人に結びつけられる特徴的な性格はなかった。[53] サイコパスとノンテイスターをつなぐ直接的な証拠はない。友だちが苦いブロッコリ・レイブを食べたり、ダブルIPAをおいしそうに飲んでいたら、用心したほうがいいと言うつもりはないが、何かあって人に助けを求める必要が出てきたときには、まず甘いものが好きな友だちに声をかけたほうがいいかもしれない。

テイスターのタイプにかかわらず、苦味を味わったとき、人は道徳的に厳しくなるようだ。サイコロジカル・サイエンス誌に掲載されたある論文には、スウェディッシュ・ビターズ（苦味の強いハーブエキス）を飲んだ大学生は、甘いベリーのパンチを飲んだ大学生よりも、不道徳な行い――不正をおこなう政治家やまたいとこ同士の結婚など――を激しく批判したとある。[54]

逆に言えば、道徳的な信念が脅かされていると感じるとき、味覚は変わる可能性がある。イリノイ大学で実施された実験では、敬虔《けいけん》なクリスチャンに、リチャード・ドーキンスの『神は妄想である』の一節を書き写してからレモン水を飲んでもらったところ、メリアム・ウェブスター辞典の序文を書き写してから飲んだレモン水よりずっとまずいという答えが返ってきた。[55] ブルックリン・カレッジの研究者による実験では、被験者に道徳的に問題のある行為について書かれた文章を読んでからゲータレードを飲んでもらうと、善行（たとえば、ホームレスのためにプレゼントを用意した話）や、道徳に関係ないこと（たとえば、学生の専攻の選択）について書かれた文章を読んでから飲んだゲータレードよりも、やはりおいしくなく感じられたということだった。[56]

これらの調査結果から言えることは、道徳的に許せないと思ったときには、その状況そのものではなく、苦いものを口にしたせいかもしれない、というのも一考に値するということだ。同様に、とくにまずいはずはないものを口にしてまずく感じたときは、自分の倫理観が傷つけられるようなことがなかったか考えてみるとよい。ゲータレードを捨てるのはそのあとでいい。

アルコール依存症、癌、ネガティブな感情、食べるものの選択に影響するほかに、苦味を感じるかどうかは痛みの感じ方にも影響する。それを実証するために、緊急ではない手術を受ける若者一

○○人を対象に、まずＰＲＯＰ――スーパーテイスターにとっては拷問のような苦い物質――による味覚テストをおこない、それから手術の際に、痛みにどのくらい反応するかを調べた。[57] 痛みについては、注射時に焼けつくような痛みを起こす麻酔薬のプロポフォールを打ったときの反応を見て、被験者がどの程度の痛みを感じているかを判定した。被験者が声をあげたり、腕を引っこめたり、顔をしかめたときには「激しい痛み」。見た目は平静だが、痛いかどうか訊くと痛いと答えたときには「マイルドな痛み」。痛そうにも見えず、実際に痛くないというときには「痛みなし」。結果、ＰＲＯＰの苦味の強さと感じる痛みとのあいだには、強い相関関係があることがわかった。苦味を感じれば感じるほど、痛みも強く感じていたのである。

痛みを感じることは生きていくうえで重要だ。生まれつき痛みを感じない先天性無痛症の人は、けがや感染による症状を感じることができないため、それが原因で命を落とすことが多い。苦味も同じように、私たちを危険なものから遠ざけてくれる。さらに、怒りや嫌悪の感情も生きていくうえで重要な役割を果たしている。そのおかげで私たちは恐怖と闘ったり、避けたりできる。生き抜くという観点から見た、食べ物、状況、感覚に対する人間の反応には共通点がある。

苦味に対する反応は、遺伝によるところが大きいので基本的には変わらないが、大きな変化があったときには影響を受けることもある。妊娠した女性は苦味に敏感になり、とくに初期はその傾向が強い。これは生物学的適応と言える。妊娠初期は胎児が脆弱であり、母体が有害なものを摂取しないことは重要だからだ。[58] また、ブラウン大学で睡眠と概日リズムについて研究しているメアリー・カースカドンとすすめた共同研究のなかで、私たちは苦味の感度が一日のうちの時間帯によって変わることをつきとめた。朝早くがもっとも敏感で、正午にもっとも鈍くなるのである。[59] 朝早くに苦味を感じるピークがくることの説明として考えられるのは、人類の歴史を振りかえってみれば人間はいつもおなかを空かせていたこと、とくに一晩絶食したあとは、なんにでも手を出してしまう可能性が高いことがあげられるだろう。おなかが空いたときに、苦味を鋭く感じることができれば、危ないものを飲みこむのを防ぐことができる。

人間は、生きるのに必要な炭水化物とタンパク質を含むことを示す甘味と塩味は好み、たいていは有毒であることを示す苦味は拒絶するようにできている。現代の人間が塩分と甘いものを過剰に消費して、健康を危うくしている一方で、苦い薬物を食べずに、人生を短くしているかもしれないというのは皮肉なことだ。そして、エンダイブを食べて口のなかに苦味を感じるのは健康な証拠だが、何も食べていないのに口のなかが苦いのは、病気の印である。

苦い薬

朝、目が覚めたときに具合が悪くて起きあがれず、しかも口いっぱいに苦い味が広がっていたという経験はないだろうか。そういうときの苦い味は、あなたが本当に病気であることを示している。

ホン・ワンはモネル化学感覚研究所の分子生物学者で、子どものころは病気がちだったため、具合が悪いときに感じる苦味をよく知っていた。その経験が研究に役立ち、彼女は病気のときの苦い味は、体内にできる、腫瘍壊死因子（ＴＮＦ）と呼ばれる免疫調節タンパク質によるものだとつきとめた。[60]ＴＮＦは病原体が入ってきたときに免疫システムから分泌され、炎症を誘導する。ＴＮＦは病原菌と闘ってくれるので短期的には役立つが、長期的に見れば、癌やアルツハイマー病など多くの病気を進行させる要因となる。ワンらは、ＴＮＦが苦味の感受性を加減することも発見した。ＴＮＦを持たないマウスは苦味に反応しないこと、そして普通のマウスのＴＮＦは、苦味を感知する苦味受容体のなかにあることをつきとめたのである。[61]病気のときに口のなかが苦くなるのは、ＴＮＦの分泌が増加したことで、自身の唾液が苦く感じるからだ。

ＴＮＦが増加すると食欲が減るということは、しばらく前からわかっていた。ワンの研究により、病人の食欲が減る理由のひとつとして、ＴＮＦが増えることで苦味に敏感になり、食事がまずく感じるからということが考えられるようになった。カロリーや栄養を充分にとれないことは、癌や慢性疾患などの進行性の炎症を患っている患者にはマイナスだが、短期的に見れば、食欲が減ることで増加したＴＮＦが活性化するのでプラスになるかもしれない。風邪をひいて食事をあまりとれなければ、体は消化にエネルギーを使わずにすみ、そのぶんを病原体との闘いに費やせるからだ。「熱があるときには食べない」という言い伝えは、ここから生まれたのかもしれない。また、ＴＮＦは発熱を促す。発熱は体が侵入した病原菌と闘っていることを示すものだ。

口のなかの苦味は病気のサインかもしれないが、そんなときは鼻のなかにある苦味受容体が回復させてくれるかもしれない。二〇一二年、ペンシルバニア大学で耳鼻咽喉科学を専門とするノーム・コーエンは、鼻と上気道にある苦味受容体の細胞から殺菌因子が放出されることを発見した。

同時に、自分が診ている患者のなかで、細菌の感染を原因とする慢性副鼻腔炎の患者には、スーパーテイスターがほとんどいないことに気づいた。これは単なる偶然なのか。それとも何か意味があるのか。可能性があるのは、口のなかに味蕾を多く持つスーパーテイスターは、鼻などのほかの場所でも苦味受容体を多く持っていて、そのために細菌を防御する力が強く、慢性副鼻腔炎にかかりにくいのではないかということだ[62]。

　基本味を知ることは、人間を知ることでもある。しかし、私たちの口のなかでは、ほかの感覚も明らかになる。それらは私たちの食体験を左右し、性格や文化、健康を考えるヒントをくれる。

2章　おいしい仲間たち

一七五二年のある日、なぜそんなことを思いたったのか定かではないが、スイスの数学者ヨハン・ゲオルク・ズルツァーは、異なる種類の金属片二枚を用意して、その端が触れるように自分の舌先をはさんでみた。すると、電気が生じた。ズルツァーは、自身の名を有名にした電解質を利用した電池をつくる方法を発見しただけではなく、おそらく、はじめて電気味覚を体験した人でもある[1]。広く認められた四つの基本味のほかにも、味の地位を求めている口内感覚は、電気の味、金属の味、せっけんの味などを含めて少なくとも二〇はある。この章では、そうしたその他の味覚のなかで重要なものを四つ取りあげる。いずれも、私たちが普段の食事で摂取しているもので、食べ物への反応や認知、さらには心と体の状態や健康に影響をおよぼす力を持っている。うま味、脂肪、カルシウム、辛味の四つである。

◎うま味

シェフや食通の人たちは、うま味の話が好きだ。しかし、うま味とは何なのか。一九〇八年のある日、東京帝国大学（現・東京大学）の池田菊苗《きくなえ》教授は、夕食に出されたきゅうりのスープを飲んで、いつもよりおいしいと思った。かき混ぜてみると、普段は入っていない昆布があり、これがおいしさの秘密だろうと考えた。池田教授はその後半年かけて昆布を研究し、この風味――おいしさをそのまま表現して、うま味と名づけた――が、タンパク質を構成するアミノ酸のひとつであるグルタミン酸に由来するものであることをつきとめた。こうして、風味を高めるMSG（グルタミン酸ナトリウム）は生まれた。MSGはグルタミン酸の塩《えん》である。うま味は、〝風味がよい〟と言われるほかに、〝肉の味〟〝だしの味〟〝食欲をそそる味〟〝塩辛い〟と表現されることもある。MSGには、ぱっとしない料理に光を当て、味に奥行きや広がりを与え、苦味を抑えて、食べる人を夢中にさせる効果がある。

　新しい基本味の議論のなかでもっとも多く取りあげられるのが、このうま味で、多くの科学者が五つ目の基本味だと主張している。池田教授による発見以降、すでにグルタミン酸受容体の存在が確認され、グルタミン酸が認知される生化学的なメカニズムも解明されている。だから、生理学的に見れば、うま味は基本味の条件を満たしていると言える。議論となっているのは、塩味である点と栄養的に明確な特徴がない点だ。[2]

　グルタミン酸がうま味だけではなく、塩の味がするという事実は、うま味特有の味がないということを意味する。研究者たちは、うま味特有の味と塩味を区別しようと躍起になってきた。最近では、多くの被験者が塩だと思ったために、うま味の味を特定することをあきらめたという実験もある。このようにうま味には、基本味であればあるはずの特有の味がない。栄養を示す特徴については、うま味の支持者は、うま味は高タンパクの食品にあるので、それを感じるということは、この主要栄養素の生物学的なシグナルなのではないか、と言う。しかし、牛乳や卵などの高タンパクの食品の多くは、グルタミン酸をほとんど含んでいないし、逆に、うま味を多く含みながら、タンパク質は含まない食品もある。後者の代表例がマッシュルームで、ビタミンとミネラルは豊富だが、タンパク質は非常に少ない。それにもかかわらず、肉に似たうま味を持つために、レストランでは、ベジタリアン料理として肉の代わりにポルトベロ・マッシュルームを使ったりしている。うま味とタンパク質論議のもうひとつの問題は、タンパク質分子が大きすぎるため、味覚ニューロンが感知できず、また、タンパク質に含まれるグルタミン酸は咀嚼《そしゃく》や唾液で放出されないという点だ。グルタミン酸は消化管に到着してはじめて探知される。このように、「うま味には主要栄養素が含まれていることを示しており、ゆえに基本味である」とする人たちの前には悩ましい事実が立ちはだかる。

消化管には、甘味と苦味の受容体だけでなく、グルタミン酸受容体もあることがわかっている。グルタミン酸受容体がうま味をとらえる場所は舌ではなく消化管で、消化されてはじめて私たちはうま味をとらえることになる。消化管はグルタミン酸を分析し、脳にタンパク質が摂取されたことを伝える。タンパク質はエネルギーになり、生きていくうえで欠かせないものであるため、体はタンパク質を食べたことを知って、気持ちが良くなる。私たちがうま味の味を好きなのは、タンパク質を食べて体が新しい活力を得るときに、グルタミン酸の吸収がそれを知らせる引き金となっているからだ。

口ではなく消化管が、グルタミン酸とタンパク質と味をつないでいることを示す実験がある。用意されたのは、ヒヨコマメ、ほうれん草、きくらげ、食用花という変わった組み合わせのスープで、これにMSGが加えられた。[3] 知りたいのは、スープをおいしく味わうということが、グルタミン酸に消化管が反応した結果なのか、それともグルタミン酸の味に反応した結果なのかということだ。被験者はスープを一皿か、小さじ一杯、それぞれMSGを加えたものとそうでないものを飲む。もしMSGそのものに味があれば、参加者は小さじ一杯飲むだけで、MSG入りのほうがそうでないものよりおいしいと感じるはずだ。もし、MSGが消化管内のグルタミン酸受容体を通らなければおいしいと感じないのであれば、MSGを加えたスープをある程度を飲んだときにだけ、おいしく感じるだろう。

結果、MSGはスープをおいしくしたが、おいしいと感じたのは、一皿全部を飲んだ人だけだった。小さじ一杯だけを味見した人たちは、MSGを加えたものとそうでないものの差を感じなかった。このように、グルタミン酸のおいしさは、味そのもののよさではなく、タンパク質を消化することで肯定的な反応が起こることを覚えた結果なのだ。経験によりグルタミン酸とタンパク質がつながるようになると、今度はマッシュルームのようにタンパク質を含んでいない食べ物であっても、口にしただけで心地よく感じるようになる。池田教授が昆布ときゅうりのスープを飲んだ瞬間においしいと感じたのも、これで説明できるだろう。

タンパク質を消化することでうま味を覚えるというのは、消化管内にある味覚受容体が私たちの食べ物の好みに影響をおよぼしていることを示す一例だ。それにもかかわらず、MSGを好むかどうかは人によってばらつきがある。ＭＳＧには舌にまとわりつくような後味があり、それが苦手だという人もいる。つまり、消化後に肯定的な反応を起こし、一般に好まれる多くの食べ物に含まれ、ほかの味や風味を深めるにもかかわらず、うま味特有のおいしさというものはない。また、うま味はＭＳＧに敏感な人に害をもたらすことがある。有名な「中華料理店症候群」である。

一九六八年、ニューイングランド・ジャーナル・オブ・メディシン誌は、編集部に宛てられたある医師の手紙を掲載した。友人たちと中華料理店に行くと、食後に赤面、めまい、胃痛、発汗、震え、胸の痛み、頭痛と、具合が悪くなることが多いというのである。その医師は、中華料理には、ほかの料理ではあまり使われないＭＳＧがよく使われることから、それが原因なのではないか、と述べていた。その後、中華料理店で食事をして具合が悪くなったという手紙が多数寄せられた。科学的な検証はされることなく、メディアはこの「医師の発見」を取りあげ、こうして事実無根の「中華料理店症候群」が広まった。[4]

いまでは「中華料理店症候群」が話題になることはない。理由のひとつには、アジア料理のレストランで使われるＭＳＧの量が、過去数十年で減ってきたことがある。それに、どうやらこの現象の主な原因は、大量に摂取すると気分が悪くなる塩（ＭＳＧのナトリウム成分）にあったらしい。しかし、ＭＳＧの健康への悪影響を調べようと、たくさんの研究がおこなわれてきたにもかかわらず、ＭＳＧが「中華料理店症候群」の原因であると実証できた研究はただのひとつもない。それに、グルタミン酸は、赤ワインは言うまでもなく、トマトやパン、パルメザンチーズにも多く含まれているのに、イタリアンレストラン症候群を唱える人はいない。なかには、うま味受容体遺伝子の変異により、グルタミン酸に本当に敏感に反応する人もいるが、[5]「中華料理店症候群」騒動は、メディアのあおりに多くの人が暗示にかけられた結果だと思われる。焼きそばやツォ将軍のチキン（揚げた鶏肉に甘辛いソースをかけたアメリカでは定番の中華料理）を食べすぎて気持ちが悪くなったときに、言い訳としてちょうどよかったのだろう。

◎脂肪

「新しい味が発見される。肥満問題の解決に役立つかもしれない」という見出しが、二〇一五年七月、サイエンス・アラートのウェブサイトを飾った。[6] すぐに、同様の見出しが世界中の新聞を駆けめぐった。驚いたことに、脂肪と闘うこの新しい味は、脂肪の味がすると言う。さらに、記事が言うには、本物の脂肪の味がする人工脂肪が開発されたら、私たちが愛する、肥満の原因である脂肪の代わりに使われるようになるということだ。

いまのところ、人工脂肪は実現していない。よく知られているのはオレストラ（ブランド名はオリーン）で、一九九六年に塩味のスナック菓子の代替油脂として使われて市場に登場したが、腹痛や下痢を起こすかもしれないという注意書きや、「便失禁」の可能性まで言及されたことで、売れなくなった。[7] 消費者にやさしい人工脂肪の開発の可能性を否定するつもりはない。ここで問題にしたいのは、脂肪は味と言えるのかということだ。

パデュー大学の摂食行動研究センターのコーディリア・ラニングとリック・マッテスは、舌は脂肪をはっきり探知できると言う。脂肪は基本味であると主張する科学者は、「脂肪の味」という意味のラテン語を用いて、「オレオガスタス」と名づけた。しかし、うま味と同じように、脂肪が基本味に含まれるかどうかは議論の余地がある。脂肪の味も「化学的な特性を持つ」「特定の生理的反応が起こる」という基準は満たすが、ほかの基本味の基準については、はっきりと満たしているとは言えないからだ。脂肪の味は簡単に探知して、ほかの味と区別できるという証拠はないし、その味覚が栄養素としての脂肪の重要性を反映しているとも言えない。

人間の体は、必要な脂肪のほとんどを炭水化物から合成することができるが、リノレン酸とリノール酸という、ふたつの必須脂肪酸はつくることができない。オメガ三脂肪酸とオメガ六脂肪酸を摂取するには、どちらも直接取りいれるしかない。このふたつの脂肪酸は、人間のあらゆる生理的なシステム——体の成長から肝臓の働き、免疫、肌の状態——を正常に機能させるうえで、重要な役割を持つ。[8] 脂肪は、同じ量であればほかのどの食べ物よりも、カロリーが高い（炭水化物の二倍以上）。これは、カロリーのある食べ物を見つけるのが大変だった原始の時代には重要なことだった。こうした生物学的な特徴を備えているのだから、あとは脂肪の味が人間にとって好ましいものであれば基本味を満たすことになる。ところが、脂肪酸の味をわかるかどうかは人によって違い、わかる人もそれだけを口にしたときにはまずく感じる。脂肪は、塩味や甘味などほかの味といっしょになったときにだけ、おいしく感じるのである。[9] オレオガスタス支持者は、脂肪は単体で自然界に存在することは少ないので、肉やナッツ、現代では揚げ物のなかにあってはじめて味、風味ともにおいしく感じるのだと反論する。脂肪が本当に味覚なのかどうかはともかく、口に入れたときには特徴的な感覚を引きおこすことは間違いなく、その感覚は純粋に喜びであることが多い。

脂肪は至福

私たちは七ドルも払って、アイオリがたっぷり添えられたピクルスのフライを注文するのに、サンドイッチに添えられた普通のピクルスは手つかずのまま残したりする。なぜかと言えば、ほとんどの人にとって、脂肪分のある食べ物は口のなかに至福をもたらすからだ。脂肪への情熱は、太古の昔に生きた祖先から受けつがれた災いのように感じるかもしれないが、じつは、自然淘汰を経て進化してきたものだ。脂肪への情熱があるから、私たちは栄養のあるものを見つけるために山をのぼり、谷をくだり、そして、カロリーたっぷりの食べ物を手にすることで、また山に向かえたのである。現代では、愛する脂肪を手に入れるために、スーパーの通路をうろうろしたり、ファストフード店に行ったりするが、それは生存のためではない。むしろ害になっているかもしれないくらいだが、私たちは脂肪を愛するようにプログラムされた状態から抜けだすことができずにいる。

ドーパミン――快楽や報酬を支配する神経伝達物質――は、ドラッグやセックスからコメディ鑑賞まで、あらゆる楽しい経験によって放出のスイッチが入る。また、食べ物から感じる喜びを伝える役割も果たしている。脂肪分の含まれたものを食べるとドーパミンが大量に放出される。ピクルスのフライが無性に食べたいと思ったり、普通のピクルスよりもおいしいと感じるのは、このドーパミンによって脳の一部が活性化するからだ。脂肪分を飲みこまずに、ただ舌の上に置くだけで、脳の報酬と感情をつかさどる部分は活性化する。とくに、前帯状皮質《ぜんたいじょうひしつ》（感情をつかさどる大脳辺縁系《だいのうへんえんけい》と思考をつかさどる前頭葉を神経解剖学的につなぐ）と扁桃核《へんとうかく》（人間の感情や記憶を支配する大脳辺縁系の中核をなす）で見られる。

脂肪は前向きな感情を呼びおこすが、逆に心の状態が脂肪の認識を変えることもある。健康な若者を集めて、うつの症状がないかどうかを診断し、その結果によってふたつのグループ――うつ症状なしのグループと軽いうつ状態のグループ――に分けて、ある実験がおこなわれた。参加者は、まず脂肪分が〇・二パーセントから一〇パーセントまでの六種類の牛乳を飲み、それぞれの脂肪分を予想する。[10] この一回目のテストのあとは、二分間の映像を三本見て、一本見終わるたびにふたたび牛乳を飲んで、評価する。一本目は映画『チャンプ』の一シーンで、少年が父親が死ぬところを見ている場面だ。二本目は『愛と青春の旅だち』で気持ちが盛り上がるもの、そして三本目は感情に訴えるところはない銅についてのドキュメンタリーだ。

最初に評価したときには、参加者全員が脂肪分を当てた。その後、悲しい映像、ハッピーな映像、どちらでもない映像を見たあとには、うつ状態ではない参加者は、脂肪分をやはり正しく予想した。軽いうつ状態にある参加者も、ニュートラルな映像を見たあとには脂肪分を当てることができた。しかし、ハッピーあるいは悲しい映像を見たあとには、違いがわからず、すべて同じ脂肪分と評価したのである。牛乳は脂肪分の少ないものから多いものへと順番に並べられたうえに、いちばん多いものはいちばん少ないものの五〇倍になっていたというのに！

この結果が示唆していることは多岐にわたる。落ちこんでいるときに、心を揺さぶられるようなことがあると、人は脂肪分が認識できなくなるようだ。とすれば、同僚と笑い話をしながら、無意識のうちにコーヒーにミルクを余計に入れたり、予想していなかった請求書を開けたあとで、トーストにいつもより多めにバターを塗ってしまうということが起こるかもしれない。こうした積み重ねもいつしか一、二キロになるだろう。だから、気分がふさいでいるときには、食べている脂肪分を気にしたほうがよさそうだ。しかし、ものは考えようで、軽いうつ状態にある人は脂肪分が多くても少なくても同じように感じるわけだから、落ちこんでいるときに動揺することがあったら、クリームやバターは少量にしておけばいいとも言える。

脂肪は善か悪か

一九八〇年、アメリカの保健福祉省ははじめて食生活のガイドラインを発表した。これが、脂肪がいわれのない非難を受けるきっかけとなった。ガイドラインには、アメリカ人は循環器疾患のリスクを減らし、肥満を防止するために、食事性コレステロール同様、牛肉やバターや卵などに含まれる飽和脂肪酸の摂取を減らすようにと記されていた。ところが、その内容が簡略化されすぎて、すべての脂肪が悪役となってしまったのである。いまではその多くが間違いとされている。まず、コレステロール値の上昇を気にしながら、ホタテや卵（コレステロールを多く含む食べ物）を食べなければならないのは、コレステロール値の高いごく少数の人だけだ。それ以外の人は、食べ物に含まれるコレステロールは、血中コレステロールの値にほとんど、あるいはまったく影響しない。それから、飽和脂肪酸についても間違っていたようだ。

二〇〇六年、女性の健康イニシアチブが、閉経後の女性の病気の原因や死因を調査するために、五〇歳から七九歳の四万八八三五人を調べたところ、低脂肪の食事をしても心臓疾患や脳卒中、結腸癌のリスクは下がらないことがわかった。[11] 逆に、この調査以後、多くの飽和脂肪酸は心臓に負担をかけず、スリムな体を保つのに大切な栄養素だと見なされるようになった。バターは、汚名を返上し、「おいしくて栄養たっぷりの食品」になったものの筆頭だ。バターは悪役から解放されたばかりか、いまもっとも手ごわい病のひとつを治す力があるかもしれないとして注目されている。バターに含まれるヘプタデカン酸が、前糖尿病状態のイルカ——イルカも人間と同じように糖尿病になる——の症状を改善することはすでにわかっている。[12] ヘプタデカン酸は、ボラやサバなどの魚のほか、成分無調整牛乳にも含まれている（無脂肪牛乳には含まれない）。

マイナス面もある。最近公表された実験で、ラットに高脂肪の餌を与えると、腸内細菌のバランスが変わり、脂肪を好む細菌が繁殖し、ほかの栄養素を好む細菌を殺してしまうことがわかっている。[13] 腸内には何兆個もの細菌や微生物がいて、消化やその他の重要な機能を担っているが、この腸内細菌叢のバランスが崩れると、おなかがいっぱいになったので食べるのをやめるように信号を出せと脳に伝える神経が炎症を起こす。そのため信号が正しく送られず、ラットは必要な量をはるかに超えて食べ続けることになる。ネズミと人間をいっしょにすることはできないが、私たちもチーズやベーコン、ハンバーガー、揚げ物をたくさん食べると、腸内環境が乱れ、健康全般に悪影響をおよぼす炎症を起こすかもしれないし、正しく信号が送られずに、食べすぎてしまうかもしれない。

脂肪の危険性について議論するときの対立軸は、最近は飽和脂肪酸か不飽和脂肪酸かではなく、トランス型かシス型かとなっている。不飽和脂肪酸とは、炭素原子の二重結合を少なくともひとつは持つ脂肪酸鎖から成る。飽和脂肪酸は一重結合しか有しない。ナッツや種子、植物を原料とするオイルや魚の脂肪には不飽和脂肪酸が含まれていて、これらが体にいいとされる証拠はたくさんある。世界でもっともヘルシーと言われる地中海料理は、心臓発作、認知症、脳卒中、糖尿病、肥満、循環器疾患のリスクの低さと結びつけて語られることが多い。バターのように良質な飽和脂肪と魚や植物の不飽和脂肪酸は、すべてそれらをつくる有機体の自然な副産物である。問題になるのは不自然な脂肪だ。

トランス型の脂肪酸は、自然界に存在するシス型脂肪酸に水素を添加してつくる。シス型からトランス型への転換は、室温で伸ばしやすいというトランス型脂肪酸の特性が発見されたのをきっかけに、一九五〇年代にはじまった。マーガリンの製造に利用されたのを皮切りに、いまではスナック菓子、サラミやソーセージなどの肉加工食品、砂糖でコーティングされたお菓子、冷凍食品など、スーパーの棚に並ぶ加工食品の多くに使われている。データは一貫して明確なメッセージを発している。トランス型脂肪酸は体に悪く、死を早める多くの病気に直結している。つまり、脂肪が基本味かどうかはともかく、脂肪の味を楽しみたいのであれば、自然な食品からとったほうがいいということだ。

◎カルシウム

ロレインはウォールストリートで働く四八歳の弁護士で、二〇一一年、年に一度の健康診断で血液検査を受けた。一週間後、結果を聞きに医者のもとへ行くと、カルシウムの値が異常に高く、問題があるかもしれないと告げられた。驚いたロレインは専門医を訪ね、詳しく調べてもらった。くだされた診断は、副甲状腺機能亢進症《ふくこうじょうせんきのうこうしんしょう》。この病気になると、副甲状腺のうちのいずれか、あるいは複数が正しく機能しなくなり、骨からカルシウムを吸いあげて、血液中に流すようになる。ロレインの主治医は「あなたが溶けてしまう」と表現した。さらに腎臓結石、潰瘍、動脈の石灰化も引きおこす。

副甲状腺は、首の左右にある甲状腺の上下にそれぞれひとつずつあって、全部で四つある。解剖学的には甲状腺につながっているが、その働きはまったく異なり、血中のカルシウム濃度を調節する役割を担っている。機能的にはひとつあればいいのだが、カルシウムが多すぎたり、少なすぎたりすると、人間の重要な生理機能が危機にさらされることを踏まえ、重要な役割を果たしているということで余分についているのだろう。

ロレインは、昔から健康には気をつけていたため、当面は定期的に血液検査をして様子を見ることになった。しかし、二〇一三年の秋、副甲状腺ホルモンと血中カルシウムの量が著しく上昇したことから、問題のある副甲状腺を切除することになった。いまではすっかり元気になっている。彼女の話で注目すべきは、手術を受ける前の二年間、カルシウム量を調整するために、カルシウムが含まれたものを食べないように医師から言われた点だ。これは、栄養が強化されたオレンジジュースなどのカルシウムが添加された食品や、すべての乳製品をとらないことを意味した。大好きなチーズを食べられないのはつらかったと言う。しかし、ロレインが避けなければならない食べ物はほかにも多数あった。ここで疑問なのは、彼女はカルシウムが含まれているかどうか、味で判断できただろうかということだ。

一九三〇年代に、ボルティモアのジョンズ・ホプキンズ大学の精神生物学者のカート・リクターは、カルシウム不足のラットは、カルシウムを求めるようになることを発見し、カルシウムには特定の味があるに違いないと考えた。この見解は約七〇年のあいだ日の目を見ることはなかったが、二〇〇〇年代のはじめに、モネル化学感覚研究所の行動遺伝学者マイケル・トルドフがよみがえらせた。マウスと人間の両方で研究を重ねた結果、トルドフはカルシウムは基本味であると提唱するにいたった。[14]

子どものころ、学校の黒板のチョークをこっそりかじったり、煉瓦《れんが》を積むときにモルタルをちょっとなめてみたりしたことはないだろうか。もしあるなら、カルシウムの味がわかるはずだ。トルドフによれば、カルシウムは「カルシウム味」がして、少し苦味と酸味があるという。[15] カルシウムのチョークのような味は、粘土を食べたときに感じる味に似ている。粘土には一般にカルシウムが多く含まれている。アメリカ南部、インドネシア、サハラ砂漠以南のアフリカで、妊娠した女性が粘土を食べることがあるのはそのせいだろう。[16] 妊娠中の女性は、食事だけでは充分なカルシウムをとれないため、サプリメントとして粘土を食べるのだ。ナトリウムが不足した人が塩を求めるのと同じである。過去の慢性的なカルシウム不足が原因で、カルシウムが足りている妊婦も粘土を食べることが風習になっている地域もある。また、粘土には抗菌作用があるため、寄生虫の保有率が高い地域ではよい効果が期待できるのかもしれない。粘土を食べる風習がある地域が暑い地域に多いのはそのためだと思われる。

カルシウムは、チョークや粘土の味のほかに鉛の味もする。これは、子どもたちが鉛入りのはがれたペンキを口にして鉛中毒になることがあるのは、カルシウム不足が原因ではないか、という話に起因する。このような粘土を食べる妊婦や鉛中毒の子どもの話から、人間はカルシウム不足に陥ったときには、カルシウムが含まれたもの――食べ物であろうとなかろうと――を食べようとするという説が生まれた。

異食症とは、栄養価のないものを食べる症状で、たとえばガラスや紙や土などを食べる。医学的に処置が必要だとされるためには、食べるものが社会的に認められていないもので、危険なものということになる。粘土は、ジョージア州では「白い土」と言われて好まれているように、食べても異食症とは見なされない。大量に食べる、汚染されたものを食べる、ほかの栄養素をとらない、というのでもないかぎり、危険性もないし、とやかく言われることもない[17]。

カルシウムが豊富なものを食べるのは、カルシウムが不足しているときには有効な手段で、これがカルシウムは基本味であるという主張を後押ししている。しかも、舌にはカルシウムに反応する受容体がある。しかし、このＴ１Ｒ３という受容体は、うま味と甘味にも反応する[18]。つまり、カルシウムの味には生理学的な独自性はない。ほかの基本味――とくに苦味と酸味――に似ていると表現されることが多いので、味が独特でほかと明確に区別できる、という基準も満たさない。さらに、私たちがカルシウムの味を好むのかどうかはいまでもはっきりしないし、その味から栄養価の有無を判断できるのかどうかもわからない。

水道水やミネラルウォーターなど、カルシウムの濃度が低いものの味はニュートラルか、どちらかと言えばおいしく感じる。だが、カルシウム量が増えるにつれて、味は格段にまずくなる。ある種の野菜では、苦味とカルシウム含有量は見事に比例する。乳製品以外でカルシウムがもっとも多く含まれているのは、コラードグリーン（ケールの一種）だ。次に来るのが、ケールとブロッコリ・レイブ[19]。いずれも苦いから嫌いだと言う人が多い野菜である。脂肪と同じように、ここにも問題がある。私たちの反応が栄養的に価値があるかどうかを判断するサインとなる、というのが基本味の基準のひとつになっているからだ。

カルシウムは人間にとって必要な栄養素である。となれば、探知できて、しかもおいしいはずだ。乳製品や油ののった魚では、カルシウムは脂肪やタンパク質と結びつき、カルシウム自体の味はしない。甘いもののなかにも、オレンジやイチジクなど、カルシウムが多く含まれた食べ物があるが、その場合には、T1R3受容体はカルシウムよりも甘味に反応する。栄養的に意義のある量のカルシウムは、それ自体はおいしくないし、ほかの味に覆われて別の味のように感じてしまい、探知できないことも多いので、基本味として主張するのは難しいのではないか。

ロレインは現在、これまでとは逆に、カルシウムを積極的にとっている。骨が「溶けた」結果、骨粗しょう症の前段階である骨減少症となったためだ。骨が健康な人でも、カルシウムが充分にとれているとは言えないという医者は多い。おそらく、葉物野菜のように苦いものが多いので、嫌いな人が多いからだろう。さらに、私たちはカルシウム摂取の不足を脂肪と塩で補っている可能性もある。

カルシウム不足のラットは、カルシウム源を探すだけではなく、塩も多く摂取しようとする。ナトリウムが解放したカルシウムがタンパク質と結合して、血液中に入るため、一時的に不足が解消されるからだ。妊婦や育ちざかりの子ども、そしてカルシウム不足の人は、そうではない人にくらべて、塩辛い食べ物を好む傾向がある。カルシウムが足りないと、塩辛いものを食べるようになるということだ。

さらに、私たちが脂肪たっぷりでクリーミーな食べ物に惹かれるのは、濃厚な乳製品のようにカルシウムをたくさん含んだものを食べたときと同じような感覚を味わえるからだという説もある。つまり、ファッジ（砂糖、バター、牛乳、チョコレートなどを混ぜてつくるキャンディ）やフォアグラに目がないのは、乳製品に似た濃厚さを持つこれらの食品に、無意識のうちにカルシウムの代わりを求めた結果だというのだ。カルシウム不足が脂肪の多い食べ物に向かわせるという説を後押しする根拠として、体内のカルシウム量が少ない人は体重が重く、適正体重の人はカルシウム量も適正であるという調査結果がある。こうした結果を受けて、乳製品業界は牛乳を飲めば痩せるなどと宣伝するが、これは正しくない。カルシウムを摂取したからといって体重が減るわけではないことは、明らかになっている。

過体重とカルシウム不足が結びつくのは、わずかなカルシウムしか含まないファッジやフォアグラが、成分無調整牛乳といったカルシウム豊富な食材と同じように認知されるからだ。生理的、感覚的な経験を通じて、脳と体は、濃厚な乳製品から重要なカルシウムを摂取していることを学ぶが、私たちはそれを過度に一般化して、カルシウムを含まない脂肪分の多いものを食べたときにも同じように反応するようになったのである。その結果、体重は増えるが、カルシウム量は低いままとなる。[20] 逆に言えば、適正体重と充分なカルシウム量が結びつくのは、脂肪分をあまりとらずに、カルシウムをたっぷり含む苦い葉物野菜をたくさん食べる人が、スリムな体をキープしているということなのかもしれない。

さて、ロレインはカルシウムが含まれているかどうか、味で判断できたか、という最初の疑問に戻ると、答えはノーだったようだ。あいにく彼女はケールが大好きで、カルシウムを節制していた二年のあいだ大量に食べていたらしい。副甲状腺にいいと思ったからだが、実際には悪化させていたかもしれない。あなたが副甲状腺機能亢進症でなければ、おそらくもっとカルシウムを摂取していいだろうし、カルシウム摂取を増やすにせよ、減らすにせよ、カルシウムについて知ったほうが健康には役立つだろう。もっと摂取したいというなら、すでにおわかりのように、チーズでもケールでも、なんなら「白い土」でも食べるといい。

◎お熱いのがお好き

シンシナティの郊外に、ジャングルジムという巨大なスーパーマーケットがある。しかも、北部と東部にふたつも。店に入ったらまず案内図を入手したほうがいい。そうしないと、自分がどこにいるかわからなくなって、延々と歩きまわるはめになる。私は東部にある小さいほうの店を訪ねた。小さいと言っても、フットボールの競技場四つ分の広さがあり、レジは二八台並んでいる[21]。テーマパークさながらの装飾が施され、実物大の船や飛行機、スクールバスがある。扱っている商品は、珍しいものから日用品まで、一五万点を超える。コオロギ粉、ココアパウダーをふった山羊のチーズ、レトルトのインドカレー、あらゆる銘柄のバーボン。これらは私が見てまわったもののほんの一部だ。カナダのクッキーなど、控え目に並ぶ商品もあるが、多くの商品には巨大なスペースが割かれている。あるセクションは、そこだけで小規模なスーパーくらいの広さがあり、すべてがホットソースで占められている。何列にもおよぶ想像を絶する数のホットソースが、わかりやすいようにアルファベット順に並び、「大人限定」といったマークがついている。舌を焼きたいという欲望を満たすために、なぜこんなに巨大な産業があるのだろうか。

特定の物質を舌や口のなか——あるいは鼻のなかや顔の皮膚でも——で感じるとき、かかわっているのは味覚だけではない。五番目の脳神経によって機能する三叉神経系は、刺激や痛み、焼ける感覚、冷える感覚を探知する。ペパーミント・キャンディをなめてスーッとしたり、玉ねぎを刻んで涙が出たり、片頭痛に苦しんだりするとき、この神経系が反応を担っている。また、マグロの握りを食べてうっかり大量のワサビを口に入れたり、「大人限定」のホットソースにチャレンジしたりして、鼻がツンとしたり、口が焼ける感覚を味わうときもこの神経系が作用している。

この焼ける感覚を楽しむのは人間だけだ。唐辛子の刺激に耐えられる動物はほかにいない。リスに花壇を荒らされたくなかったら、チリフレークをまいておけばいい。しかし、人間だけがハバネロを食べるとはいえ、激辛好きの人がブート・ジョロキア（世界一辛いとされる唐辛子）を料理に入れて食べるのに対して、普通の人はそこまでしたいとは思わない。そこには驚き、感興、羨望、嫌悪が入りまじった気持ちがある。では、自ら苦しい思いをしようとする人とそうでない人とのあいだには、どのような違いがあるのだろうか。

カプサイシンは、トウガラシの主成分で、焼ける感覚を起こす。これは口のなかの三叉神経の受容体が刺激されることによる。辛さはスコヴィル値で測ることができる（一九一二年にカプサイシンの濃度を測るためにこの尺度を開発した、アメリカの化学者ウィルバー・スコヴィルの名にちなんでいる）。純粋なカプサイシンは、一五〇〇万から一六〇〇万SHU（スコヴィル辛味単位）となる。マティーニのオリーブに詰められたピメントは一〇〇SHUしかない。タバスコのオリジナル・レッド・ソースは二五〇〇から五〇〇〇SHUくらい[22]、ゴースト・ペッパーとも言われるブート・ジョロキアは一〇〇万SHUを超える。ブート・ジョロキアの威力は並々ならぬものがあり、インド軍はテロリストを一掃したり、暴動を抑えたりするために、トウガラシ手榴弾として利用している（殺傷能力はない）。またレイプ対策のペッパースプレーにも使われている。[23]

現在、世界でいちばん辛いトウガラシは、二〇一三年のギネス世界記録によれば、キャロライナ・リーパーで、スコヴィル値は二二〇万にもなる。[24] しかし、トウガラシ研究所――ラスクルーセスにあるニューメキシコ州立大学でトウガラシの啓蒙と研究に取り組む非営利団体――は、いまだ世界一の地位を認めておらず、新しい競争相手が次々と登場している。ここでやはり不思議に思う。

このような軍事レベルの痛みをなぜ味わいたいのか。

理由のひとつは、当然ながら、マゾヒズムだろう。トウガラシを好むのは、安全な状況で多少の不快感を得ることがうれしいと感じる、軽度のマゾヒズムだと心理学者は言う。この軽度のマゾヒズムがあるから人はジェットコースターに乗ったり、スカイダイビングをしたり、ホラー映画を観たりするのだ。この傾向が普通の人より強い人がいる。もしあなたがそのひとりであれば、キャロライナ・リーパーを食べるコンテストは最高の体験になるだろう。胃は痛み、舌は一枚皮がむけたように感じるだろうが、実際に体が傷つくことはない。もちろん、あなたが極度の興奮状態にあることは、誰の目にも明らかとなるだろう。

もうひとつの理由は、痛みはエンドルフィンを発生させるため、激辛なものを食べた人は麻薬をやっているときのような高揚感を味わえるというものだ。エンドルフィンはすでに述べたように、体内でつくられる鎮痛剤である。トウガラシが媚薬として勧められるのも、このエンドルフィンの刺激があるからだ。トウガラシは体を熱くして、ぞくぞくさせる。おかしな話だが、カプサイシンは口のなかで焼ける感覚を起こし、体を刺激してエンドルフィンを放出させ、痛みをやわらげるのだ。しかし、カプサイシンがどのように痛みをとめるのかは、つい最近までわかっていなかった。新しい研究により明らかになったのは、カプサイシンと結びつき、痛みを感じさせる受容体が、痛みを感知するニューロンを遮断する役割も担っているということだった[25]。まず痛みを感じ、それから痛みはやわらぐ。このように痛みをとめる効果があるため、カプサイシンは昔から薬として使われてきた。最近では、町中の薬局で売っている関節炎や筋肉痛の塗り薬にも使われるようになった。

また、神経痛の治療薬にも使われている。さらに、カプサイシンを食べると長生きするかもしれないという。

アメリカ全国健康・栄養調査は、地域社会に暮らす一八歳以上のアメリカ人を対象におこなわれる大規模な調査である。最近、プロス・ワン誌にこの調査のひとつが掲載された。一万六一七九人を対象に個人の習慣と健康状態を、一九八八年から一九九四年まで調べたものだが、その調査項目のひとつに、ひと月にどのくらいトウガラシを食べるか、という問いがある。[26] トウガラシが健康にいいという中国の研究結果を受けて加えられたものだ。二〇一一年までの国民死亡指標のデータに照らしたところ、調査を受けた人で、日常的にトウガラシを食べている人の二一・六パーセント、トウガラシを食べない人の三三・六パーセントが死亡していた。ライフスタイルや臨床的な要素を調整した結果、トウガラシを食べると、死亡リスクが一三パーセント低下するということになった。死亡率が下がる理由ははっきりしないが、トウガラシが、肥満、癌、呼吸器疾患、循環器疾患の発生率の低下につながることや、カプサイシンが酸化、炎症、菌を防ぐことはわかっている。キャロライナ・リーパーは、死神《グリム・リーパー》に対する最強のディフェンスになるかもしれない。

食べる環境

トウガラシを食べるのを習慣にすれば、口のなかの痛みには慣れるだろう。短期的にもそうだし、長期的に見てもそうだ。つまり、ハバネロをたくさん消費すればするほど、ひりひりしなくなる。もし、はじめて食べたチキン・ヴィンダルー（非常に辛い南インドのカレー料理）がつらいときには、いちばんいいのはビールを飲むことではなく――じつは、ビールの炭酸が三叉神経の働きを刺激し、事態はより悪くなる――何もしないでじっと待つことだ。飲み食いせずに五分待てば、あなたの味蕾はカプサイシンにあまり反応しなくなり、次の一口は耐えられるようになる。氷を口に含むのも手だ。もし何か飲むのであれば、成分無調整牛乳がいい。牛乳に含まれる脂質が舌をコーティングし、カプサイシンの刺激から守ってくれる。とはいえ、味覚が繊細な人、味蕾の数――遺伝的な要素が左右するので人によって違う――が多い人は、何をしても痛みを感じるだろう。

トウガラシが食べ物であるという事実は、私たちがそれを楽しんでいるということを考えるときに重要な要素となる。激辛好きの人に、いつも喜んで食べているトウガラシと同量のカプサイシンを含む液体を飲んでもらうと、だいたいむせてもだえ苦しむ。これはどういうことなのか。楽しく食事をしながら感じる辛さと、無機質な実験室で液体を飲んで感じるものはまったく違うということだ。後者の環境で感じるのは、純粋でむきだしの痛みである。要するに、楽しくて社会的な行為である食べるという文脈が、味覚体験を変え、焼ける感覚をも楽しいものにするが、純粋に辛味を実験で味わうのは苦痛でしかない。これは食べることの心理的な側面が、口のなかでの体験を劇的に変える一例である。

スパイシーな人々

辛いもの好きを科学的に解明しようとした最近の研究は、辛いものの好き嫌いは性格によるところが大きいということを示している。とくに、刺激を求める性格の人――向こう見ずなことをしたり、外国で道に迷っても楽しめる――と、報酬に敏感な性格の人――褒められたり、高く評価されたり、賞金を手にするのは好きで、批判されるのは好まない――は、トウガラシの痛みを喜び、スパイシーな食べ物をよく食べる人たちと、正の相関関係があるという。

研究結果によれば、口のなかが焼ける感覚は、どんな性格の人でもみな同じように感じるが、刺激を求める人と報酬に敏感な人は、そうではない人――死ぬまでにしたいことリストに、パラシュートで飛行機からジャンプするという項目は入っていない人――よりもその感覚を楽しむ傾向がある。一方で、レバーやほうれん草のスフレなど、スパイシーではない食べ物を好きかどうかということと、性格のあいだには関連性は見られなかった。したがって、刺激を求める人と報酬に敏感な人が、単にどんな食べ物も好んで食べるということにはならない[27]。食べ物に含まれる辛さと、特定の性格が組み合わさってはじめて激辛に走る原動力が生まれるようだ。面白いことに、男性か女性かによって、辛いものを好きになる性格に違いがある。辛いものが好きな女性は、刺激を求める性格の人が多い。一方、何にでもシラチャソース（タイやベトナムで使われるチリソース）をかける男性は、報酬に敏感な性格の人が多い[28]。

辛いソースが好きな女性は自分の性格のせいだと思っていいが、男性については、性格のほかに生理機能によるところもあると思ったほうがよさそうだ。

フランスのグルノーブル大学の研究者はある実験をおこなった。まず、一八歳から四四歳の男性を集めて、ボウル一杯の普通のマッシュポテトに、ホットソースと塩を好きなだけかけて食べてもらう。[29]そして食べ終わったあとに、唾液のなかのテストステロンを測定した。テストステロンとは主要な男性ホルモンである。生理的に男性を男性たらしめているものだ。テストステロンは男性であれば誰でも高い値を示すものの、人によってばらつきがあり、その量と、支配欲や攻撃性、新しいものや刺激を求める傾向には相関関係がある。マッシュポテトについて言えば、ホットソースを大量にかけた人のほうが、テストステロンの値も高かった。一方、塩の量とテストステロンの値に関連は見られなかったので、調味料ならなんでもテストステロンと関係があるというわけではない。注意しなければならないのは、この結果をもって、ホットソースを使うとテストステロン値が上がるとも、テストステロン値が高い男性がホットソースを好むとも言えないことだ。しかし、味覚とは無関係な、男らしさや性格を左右するホルモンが、トウガラシの好みや使用量に影響を与えているとは言えそうだ。

テストステロンは加齢にしたがって――三〇歳以降は一年に約一パーセントずつ――減少するため、〝中年の危機〟以降は、たとえかっこいい車を乗りまわしていても、トウガラシの大食い競争に出ようとする人は減るだろう。女性もテストステロンを分泌するが、その量は男性にくらべればはるかに少ない。それでも、女性の場合もテストステロンの量が、トウガラシの好みに影響している可能性はある。テストステロンは刺激を求める気質につながっていて、強い刺激を求める女性にも、スパイシーな食べ物を好む傾向があるからだ。したがって、女性もホットソースに手を伸ばすときには、生物学的な力に動かされているのかもしれない。刺激を求める気質は、男女とも年齢を重ねるうちに、特定の神経伝達物質が減少するため弱まっていく。一般に、加齢とともに香りや風味を味わう力が弱まるので、それを穴埋めすべく味蕾を刺激する調味料、とくに塩の使用量は増えていくものだが、老人ホームの食堂のテーブルにタバスコの瓶がある光景はあまり見ないだろう。

うま味、脂肪、カルシウム、辛味を口に入れたときの感覚は、食べ物を楽しむうえでも、選ぶうえでも重要だ。さらに、そういう感覚は体や心にも影響をおよぼす。同じように、においを嗅ぐ力も、食べ物の嗜好だけではなく、健康やダイエット、心の安定に大きな影響を与える。

3章　嗅覚に従う

スタンは病室のまぶしい光のもとで、意識をとりもどした。復讐に燃えた元従業員が運転するトラックに一度ならず、二度もはねられたのだ。目を覚ましたとき、嗅覚を完全に失ったことには気づかなかった。[1] それが意味することも、しばらくのあいだはわからなかった。そんな小さな欠陥が人生を狂わせるとは考えもしなかったし、何よりも、においが嗅げないというだけで、たった二年で四五キロも太るとは夢にも思わなかった。被害に遭ったのは二〇〇六年。二〇〇八年までに、彼の結婚生活は暗礁に乗りあげ、体重は一六〇キロになっていた。現在、彼は離婚して、肥満体のままでいる。

私がスタンと知りあったのは、トラックの運転手側の保険会社に対する訴訟で、専門家証人として呼ばれたときだった。こうした損傷に対する裁判では、保険会社が賠償金を充分に支払おうとせずに難航することが多い。においがわからなくなった人は、それまで失うことを考えたこともないその能力をなくしたことで、人生が粉々になってしまうというのに。ペンシルバニア大学の調査によれば、失ったときにダメージが小さいと思う身体機能を訊かれた人々は、嗅覚をあげ、足の親指と同等に評価したという。[2] 人は嗅覚をなくしてはじめて、それがあらゆる経験に不可欠であったことに気づく。こうした裁判で、嗅覚を失うことがいかに悲惨なことであるかを説明するのが私の役割だ。

世間の無理解は、アメリカ医師会によるお墨つきも得ている。医師会は、嗅覚を失うことで受ける損失を人生の価値の一パーセントから五パーセントと見積もる一方で、視力の喪失は八五パーセントとしている。[3] 現実には、盲目あるいは無嗅覚症になったときに強いられる生活の変化をくらべた場合、最初のうちは、盲目になった人のほうが大変だが、一年後には無嗅覚症の人よりもずっと快適な暮らしができるようになるのに対して、無嗅覚症の人の生活の質は悪化する一方となる。[4]

二〇〇六年、スタンはトラックにはねられて骨折した頭蓋骨、肋骨、足の骨を治療するために二回の手術を受けた。リハビリも含めてひと月におよんだ入院生活のあいだ、食事がまずいのは病院食だからしかたがない、家に帰れば妻のおいしい手料理が待っている、と思っていた。しかし、自宅に戻って、誰もが料理上手と認める妻の料理を食べたとき、食べたくて仕方がなかったステーキは塩の味しかせず、バターとガーリックの入ったマッシュポテトはねばねばとした物体で、ペカンパイは砂糖の塊にしか思えなかった。ビールでさえ、わずかに酸味と苦味を感じる炭酸水でしかなかった。スタンは、自分は味覚を失ったのだと思った。だが、そうではなかった。スタンが失ったのは嗅覚だったのである。

スタンはトラックにはねられたとき、後ろ向きに地面に落ち、後頭部を強く打った。その勢いで頭蓋骨のなかの眉毛の高さに水平にある篩板《しばん》（非常に薄く、多数の小孔がある骨板）が、前方に揺さぶられ、それにより嗅覚の感覚ニューロンが切断された。

嗅覚の神経細胞はつねに再生するという驚異の力を持っている。私たちは常時鼻をつけ替えていると言ってもいい。だから、スタンの場合も、理屈的には、嗅覚の感覚ニューロンは再生されることになる。しかし、こうした外傷にはつきものの炎症反応により、感覚ニューロンを通す篩板の小孔のほうに傷が残ることとなった。現在の医療技術ではこの小孔を元どおりにすることはできないため、スタンの嗅覚ニューロンはこの先も脳にたどりつけるようにはならない。彼の嗅覚は永遠に失われてしまったのだ。

嗅覚の喪失は、元従業員に二トントラックで殺されかけるという衝撃的な事件でなくても、アメリカンフットボールやサッカー、ボクシングや総合格闘技のほか、車の後部座席にすわっていて衝突事故の際に前のシートに前頭部を強打する、といったことでも起きる。頭を前でも後ろでも揺さぶったことで篩板が感覚ニューロンを遮断してしまえば、誰にでも起こるのである。

◎風味とは何か？

スタンは、当初、味覚を失ったと思ったが、味覚はまったく傷ついていなかった。スタンはなぜそう思ったのだろうか。理由は、私たちが「味（taste）」というとき、それは「風味（flavor）」のことを指していて、その風味を決めるのはにおいだからだ。ベーコンの風味を口のなかで味わうと言うとき、それは錯覚にすぎない。口のなかで感じるのは塩味だけで、ベーコンを塩漬けのサーモンではなく、ベーコンたらしめている香りは鼻のなかにある。

人はものを食べるとき、二回においを嗅ぐ。焼ける音をたてながらベーコンが運ばれてくるとき、私たちは鼻から食欲をそそるにおいを嗅ぎ、それから味つけされたカリカリのベーコンを口に入れて、咀嚼《そしゃく》しながら息を出す。この息が出ていくとき――このとき口のなかのにおいが、塩味、酸味、甘味、苦味と組み合わさる――に私たちは風味を味わう。息を吐きだすとき、口のなかにある食べ物のにおいは口の奥にある通り道から鼻に送られる。このようなにおいの嗅ぎ方はレトロネイザル嗅覚（「レトロ」はラテン語で「後方」を意味する）と呼ばれる。こうしてにおいは口から鼻に抜ける。これは人間だけの嗅ぎ方だ。

風味を認識することにかけては、人間は地球上でもっとも優れた能力を持っている。それは喉、口、鼻の構造によるところが大きい。人間は動物のなかで唯一、呼吸の道と食べ物が通る道が分かれていない生き物で、そのため、残念ながら食べているときに窒息しやすい。

窒息の危険はあるものの、鼻と口と喉の気道がつながったことで、人間は非常に大きな力を得た。話すのに必要な複雑な音が出せるようになったのだ。進化を費用対効果で見たときに、話すことが窒息を上回ったということなのだろう。気道が開かれたのが発話のためであったとしても、この形状は風味の認識にも大いに役立っている。とくに、食べ物を口のなかに入れたまま、飲みこむ前に呼吸をすることで、香りの分子を最大限、鼻に送ることができるのは大きい。こうして脳は、においと味（taste）を風味というひとつの経験に統合する。ところが、香りが最初は口のなかにあるために、私たちは口で風味を感じていると錯覚してしまう。だから、スタンは味覚を失ったと思ったのだ。

食べ物の風味を感知する能力は、料理の発明に大いに貢献したと考えられている。料理は人間だけがおこなうもので、おそらく、毛だらけのマンモスの肉をたまたま火にあぶってみたら、生で食べるよりおいしかった、という偶然の発見から生まれたのだろう。おいしくなる以外にも、調理することで、生で食べるよりも栄養もカロリーも多くとれるという利点もある。したがって、火を通して食べた人のほうが、生食の人よりも健康で強くなり、生き残る確率が高くなっただろう。デンプンだけではなく、調理によりほかの栄養素も摂取できたことは、脳の進化にもつながっている。[5]

火を通すメリットは栄養の強化だけではない。火を通すことで香りの分子がより多く揮発するため、においが届きやすくなる。冷たいトマトソースより、火にかけて煮込んだソースのほうがいいにおいがするはずだ。同じ理屈で、冬よりも夏のほうが生ごみはにおう。また、強火にかけることで、食べ物をよりおいしく感じさせる新たな香りが発生する。このときに起こる反応をメイラード反応という。フランス人化学者のルイ・カミーユ・メヤールが、一九一二年、アミノ酸とタンパク質を合成しようとしているときに発見したことから、この名がつけられた（メイラードはメヤールの英語読み）。メイラード反応は、糖とタンパク質を強火にかけたときに起こる。たとえば、ラムチョップを焼いたり、玉ねぎを揚げたり、クレームブリュレの表面をバーナーで焼きつけたり、パンを焼いたりするときに見られる。メイラード反応が起こると、食べ物が茶色になり、元の食材にはなかった新しい風味と香りが生まれる。

風味を解剖する

風味を認識するときに呼吸の流れがどうなっているのかについては、ごく最近までよくわかっていなかった。この状況を一変させたのが、ゴードン・シェファードである。嗅覚と風味の専門家で、ニューロガストロノミー（神経美食学）という新しい分野を確立した人物だ。[6] 彼は、イェール大学とペンシルバニア州立大学で、研究仲間といっしょに、3Dプリンターを使って、人間の喉と口と鼻のモデルをつくり、風味を認識するときの呼吸の流れを研究した。[7] その結果、上気道の複雑な構造により、食べながら呼吸をするときに香りの分子が口のなかの後方に集まることがわかった。咀嚼しながら鼻から吸った息は、肺に送りこまれ、一種の〝エアカーテン〟ができ、これが喉と口のあいだの壁となって、口のなかの食べ物の香りがとどまるようにし、息を吐き出すときにこの香りが鼻に抜け、最大限の風味を感じることができるようになっている。この〝エアカーテン〟は、食べ物が気管に入って窒息するリスクも減らしてくれる。ただし、それはゆっくりと落ちついて呼吸をするときの話で、興奮して話しながら息をたくさん飲みこんでしまうようなときは別である。だから、安全のために、夕食時に熱い議論を交わすのは避けたほうがいい。窒息は、アメリカの事故死のなかで五番目に多い死因となっている。[8]

鼻が通った状態で呼吸することが、食べ物を楽しむうえでいかに重要かということを考えたことがない人は、風邪やアレルギーで鼻が詰まったときに、食べ物の味がどうなるか思い出してほしい。鼻が詰まっているときには、本来の味がしなかったり、おいしくなかったりするはずだ。これは口から鼻へ空気が流れないためだ。もし、いまあなたの鼻が通っていて、食べ物を味わうときのにおいの重要性を実感したいと思ったなら、ゼリービーンズで実験してみてはいかがだろうか。

ゼリービーンズを用意し、指で鼻をつまんでから口に入れて噛んでみよう。このとき感じるのは甘さだけのはず。それから、つまんだ手を離せば、とつぜんリコリスでもレモンでも、何かのフレーバーが口いっぱいに広がって、さきほどまでとの違いに驚くだろう。これはにおいと味と風味の関係を子どもに教えるときによく使う方法だが、大人がやっても楽しめる。

風邪をひいたときや鼻をつまんだときの味の感じ方が、スタンが生涯にわたって経験することなのだ。しかもスタンの状況はもっとひどい。鼻風邪をひいたとしても私たちは多少はにおいを感じることができるが、スタンはまったく感じないのだから。嗅覚を失った人がステーキを食べて塩味しか感じなかったり、チョコレートケーキの甘さしか感じなかったりしたときに覚える欲求不満や絶望感は、得てして深刻な体重の問題を引きおこす。たとえば、スタンの場合、ステーキを味わいたいという気持ちを鎮めるために、手あたり次第食べていた時期があったかと思うと、どうあがいても味わえないということに失望し、今度は何も食べないといった時期を過ごした。しかし、無嗅覚症患者の場合、食べすぎるケースのほうが多いので、体重増加が問題になることがほとんどである。

そこにはふたつの要因がある。ひとつは、においがわからないので、食べ物から満足感を得たり、満腹感を得るのが難しく、必要以上に食べてしまうということだ。ふたつめは、それ自体は心地よい感覚をもたらす塩味、甘味、脂肪は、においがわからない人が食事から得られる唯一の楽しみであるため、無嗅覚症の人は、高カロリーになる傾向のあるそれらが含まれた食べ物にふける傾向があるということだ。一方、嗅覚に問題のない人にも危険はある。食べ物のにおいに食欲が刺激され、つい食べすぎてしまうことがあるからだ。

◎においが食欲を刺激する

おなかは空いていないし、もうすぐご飯だというのに、おいしそうなにおいに負けて食べ物に手を伸ばした経験はないだろうか。シナモンロールのお店から発せられる強烈な香りは、この人間の弱みにつけこむようにできている。[9] おいしそうなにおいに引きよせられる事実に裏づけなどいらないだろうが、単においしい食べ物のにおい——たとえばオーブンから出したばかりのピザのにおい——が漂っているだけで、人は食欲を感じ、実際にそのピザを目の前にしたときには、いつもより多めに食べることが実験からわかっている。大学生を集めて、ピザを焼くにおいを一〇分間嗅いでもらったあとで、ピザを食べてもらうと、においを嗅がずに食べたときよりも四三パーセント多く食べたという。[10]

食べ物のにおいを嗅ぐことで、人の体は、舌が食べ物に触れないうちから、食べる準備をはじめる。まず、文字どおりよだれが出る。屋台が並ぶなかを歩きながら、オニオンフライや焼いたソーセージ、メイプルシロップ、ベルギーワッフルのにおいに包まれれば、どこで何を買うかを決めるまえに、口のなかには唾液がたまるはずだ。ある研究によれば、ベーコンのにおいは、それがなんのにおいかわからない程度のにおいでも、刺激になって唾液を分泌させるという。[11] 次に、食べ物のにおいは頭相《とうそう》反応——胃腸がよく消化できるように準備を促し、食べる前からさらに食欲を刺激する——を引きおこす。そして、においによる誘惑は、食べ物が持つほかのどんな誘惑の要素よりも強い。

ほかの感覚と違って、においは直接、脳のなかの感情、記憶、動機づけの中枢につながっている。だから食べ物のにおいには抗いがたいのだ。シナモンが焼けるにおいには、本人の意図に反して食べるように誘惑する力があるが、シナモンにかぎらず、人はおいしいもののにおいにはついおぼれてしまうようにできている。

フランスでおこなわれた最近の実験では、ランチのまえに、甘くてバターたっぷりのパン・オ・ショコラの香りを嗅いだ人は、無意識のうちにランチでカロリーを多くとるという結果が出た。ランチは前菜、メイン料理、デザートの三品からなっていて、それぞれふたつずつ選択肢がある。メイン料理はサーモンとリゾットか、ラザニアでカロリーは同じだったが、前菜とデザートにはカロリーが高いものと低いものを用意した。パン・オ・ショコラのにおいを嗅いだ人は、嗅がなかった人にくらべて、低カロリーのアップルソースのデザートより、高カロリーのワッフルを選ぶ傾向にあった。しかし、その一方で、パン・オ・ショコラの香りは前菜には影響せず、高カロリーの薄切り冷肉の盛り合わせと低カロリーのニンジンのサラダのあいだで、差は見られなかった。[12] この実験から、香りに刺激されるには、同じカテゴリーである必要があることがわかる。また、別の実験では、ランチの前にセイヨウナシの香りを嗅いだ被験者の五七パーセントは、デザートに三二八キロカロリーのブラウニーではなく、七八キロカロリーのリンゴのコンポートを選んだ。一方、香りを嗅がなかった被験者でコンポートを選んだのはわずか二八パーセントだった。[13] このように、食べ物のにおいにはヘルシーな選択をさせる効果もある。

これらの実験は、ダイエットをしていない人を対象におこなったが、ダイエット中の人を対象にした場合、また違う結果となる。万年ダイエットをしている人は、一度踏みはずすだけで、節制することを完全に放棄してしまう傾向があるようだ。ある研究からは、食事制限をしている人がダイエットには適さないもの、たとえばミルクセーキを飲んだときには、その後、甘いものでも辛いものでも、さらに食べ物に手を出すのに対して、ダイエットをしていない人はミルクセーキをおいしく飲んで終わり、という結果が出ている。[14] しかも、つねに体重を気にしている人のほうが、食べ物のにおいの誘惑に弱い。[15] トロント大学でおこなわれた実験では、ピザやクッキーを食べるまえにそのにおいを嗅いでもらったとき、ダイエット中の人は、ダイエットをしていない人のほぼ二倍の量を食べたという。

食べ物のにおいの誘惑は、過体重の人（子どもを含む）にはとくに威力がある。六歳から一〇歳の適正体重と肥満の子どもを集めて、玉ねぎとチョコレートのにおいを嗅がせて、脳の画像を観察すると、衝動性をつかさどる帯状回《たいじょうかい》がより激しく反応したのは、肥満の子どものほうだったという。一方、適性体重の子どもは、脳のなかでも楽しみを抑制したり、決断をくだす部分がより活発に機能したという。マニキュアのにおいなど、食べ物以外のにおいを嗅いだときには両者に違いは見られなかった。つまり、食べすぎる傾向のある子どもの場合、食べ物のにおいは衝動性を高める脳回路のスイッチを入れる可能性があるということだ。[16] この衝動性は食べ物に関しては大人も抗えない。ボルティモアで、性格が体重増加にどのような影響を与えるかというテーマで長期にわたる調査が実施されたことがある。その結果、調査開始時の体重にかかわらず、衝動性が高い――計画性がなく、よく考えずに行動する――と診断された中年の被験者は、一〇パーセント以上体重が増加していた。[17]

食べ物のにおいは、体に消化する準備をさせ、私たちの意識をおいしそうな食べ物に向かわせ、さらにダイエット中の人や肥満の人の意思を砕く。しかし、誰にとっても最高というにおいがひとつある。

◎ベーコン・ラブ

二〇一五年春、イギリスのタブロイド紙デイリーメールは、国民が好きなにおいを調査して発表した。[18] トップに輝いたのは焼きたてのパンのにおいで、次がベーコンだった。この本を執筆している時点で、同じ調査がアメリカでおこなわれたというニュースはないが、もしおこなわれたら一位になるのはベーコンだと思う。この国には、ベーコンのにおいがついた商品がたくさんある。キャンドルや目覚まし時計から、なんと下着まで。[19] シアトルのジェイ・アンド・ディーズ・フーズは、ベーコンのにおいがするブリーフを開発し、「なかはアツアツのフライパン」と宣伝した。[20] その実用性については疑問があるところだが（「ペットがいたら？」とか「下品すぎない？」と考えてしまう）、ここでの問題は、なぜ私たちはベーコンのにおいにこんなにも惹かれるのか、ということだ。

私たちは生まれつき特定のにおいが好きだったり、嫌いだったりするのではなく、後天的に学ぶことで好みが決まる。信じられないかもしれないが、人は生まれつきベーコンのにおいが好きなわけではないし、最初からスカンクのにおいを悪臭だとも思っていない。ほかの一例をあげれば、ウィンターグリーン・ミントのにおいはアメリカでは好まれるが、イギリスでは嫌がられる。イギリスではトイレの清掃用品と医薬品にしか使われないため、そのにおいを嗅ぐとそうした製品を想起するからだ。一方、アメリカではキャンディやガムなどのお菓子に使われるため、好きな香りとして認識される。たとえ悪臭であっても、そのにおいがその人にとってどういう意味を持つかによって反応は変わってくる。アメリカ軍は、暴動を抑えるための催涙ガスに代わる、におい爆弾を開発しようと試みているが、いまだに成功していない。真剣に取り組んでいないからではない。さまざまな悪臭弾が試され、なかには「アメリカ軍野営地の便所のにおい」まであったが、全世界で通用するものは見つかっていないという。[21]「アメリカ軍野営地の便所のにおい」が効かないなんて信じがたいが、下水道が完備されておらず、水洗トイレがない地域に住んでいれば、それは日常のにおいでしかない。地下鉄の排気格子やディーゼル車が排出するにおいとたいして変わらず、好きではないものの、驚いて逃げまどうようなものではないということになる。

ただし、においを後天的に学ぶといっても、一概には言えない部分もある。たとえば、ひりひりする感覚を伴うトウガラシのように、痛みを伴うにおいは、においそのものではなく、痛みのせいいうこともある。

でにおいまで嫌いになることがある。また、私たちひとりひとりの鼻が遺伝子的に異なっているということもある。

人間の鼻には三五〇から四〇〇種類の嗅覚ニューロンがあるが、一卵性双生児でもないかぎり、完全に符合する受容体を持っていることはない。つまり、カルダモンから新しい車のにおいまで、どんなにおいも、ひとりひとり少しずつ違って感じる。違うのはおもににおいの強さであり、それによって私たちはウィンターグリーン・ミントやベーコンを好きになったり、嫌いになったりする。特定のにおいに反応する受容体の数は人によって異なる。もし、ベーコンのスモーキーな香りに反応する受容体を多く持っていれば、ベーコン一袋全部を目の前で音をたてて焼かれたときのにおいは強すぎるかもしれず、受容体の数が少ないくらいが、ちょうどよく感じるかもしれない。なかには、ある受容体が完全に欠落しているため、ほかの人が経験している喜びを感じられないケースもある。いい例がメキシコ料理に使われるパクチーだ。あのにおいは好きな人と嫌いな人にはっきりと分かれる。もし、あなたが後者なら、このハーブに反応する受容体を持っていないことになり、せっけんのようなにおいしかしないだろう。そういう人はどんなにおいしいメキシコ料理でも、パクチーを食べたときには、口のなかにせっけんを入れているような気になる。

もしベーコンのにおいを至福に感じれば、においの強さがちょうどよいということだ。それから、すでにおわかりのように、タンパク質と糖に火を通すことで起こるメイラード反応によりさらに香りが立つので、口のなかではさらなる至福が味わえる。ちなみに、食肉加工品を扱うオスカー・マイヤーは、二〇一五年秋にデートアプリをリリースした。これを使えば、ベーコンの好みがぴったり合う恋人が見つかるという。[22]

◎鼻をつく味

香水のにおいを嗅ぐときも、ベーコンの香りが口から鼻に抜けるときも、揮発したにおい分子は同じ場所に到達する。嗅上皮《きゅうじょうひ》という、鼻腔上部の骨にそった粘膜に覆われた部分で、においを探知するためにおよそ一〇〇〇万個の感覚ニューロンがある。しかし、脳のほうでは、恋人の首筋から漂う香りなのか、朝食を食べたときに鼻に抜けたにおいなのかによって、別々に扱う。

鼻腔から吸いこんだにおいの情報は、脳のなかの嗅覚の中枢である眼窩前頭皮質《がんかぜんとうひしつ》に到達する。ここは、快楽、感情、記憶、動機づけの中枢でもあり、そのため、人はにおいによって心を揺さぶられたり、過去を思い出したりする。対照的に、食べながら息が鼻に抜けているとき、におい分子は脳のなかの味覚の中枢と嗅覚の中枢で処理される。つまり、ものを食べているときは、香りはにおいであると同時に味としても認知されているが、香水や花の香りはにおいとしてしか認知されない。においの情報は脳のなかで違った処理をされるため、食べ物とそれ以外のにおいの感じ方は異なってくる。

口から入る食べ物のにおいは、同じ濃度のにおいを鼻腔から吸いこんだときよりも、強く感じる。脳が味情報とにおい情報をいっしょにして処理するため、一カ所で処理するよりも強く感じるのだ。しかし、口のなかを通したほうがにおいが強く感じられるのは、この神経学的な理由よりも、心理学的な理由のほうが大きい。ベーコンのにおいも口のなかを通したほうが強く感じるのは、ベーコンが香水ではなく食べ物であることを知っているからだ（シカゴのある会社はベーコンのにおいの香水とコロンを販売している。キャッチコピーは「神がもたらした香り」）。一方、あなたが日々口にしていないことを前提として述べるが、シャネルNo.5は、口のなかにふきかけたときよりも、あなたの愛しい人から香ったときのほうが、より強く感じるはず。その香りが香水のものであって、キャンディではないことを知っているからだ。ベーコンにしても香水にしても、口と鼻のどちらかでにおいを強く感じるように決定づける要素は何もない。すべては経験によるものなのだ。私たちはそれまでの経験にもとづいてにおいの好き嫌いを身につけるように、においを、食べるという行為か嗅ぐという行為のいずれかに経験的に結びつけることで、それぞれの行為のときににおいを強く認識するようになっているのである。

◎おいしいにおい

においには、当然ながら味はないが、私たちはよく「甘いにおい」「酸っぱいにおい」「塩辛いにおい」という言い方をする。これは、普段から食事で、甘味や酸味、塩味といっしょににおいを経験することを繰りかえしているためだ。つまり、クッキーのにおいが甘く感じるのは、クッキーが甘いから。たとえば、バニラの香りを添加した低脂肪牛乳は、香りをつけない牛乳よりも甘く感じる。これは、バニラの香りが甘いものに使われることが多いからだ[23]。また、母乳と乳児用ミルクにはバニラの成分が含まれていて、どちらも甘い。私たちは生まれたときからバニラと甘味を結びつけていて、そのため、バニラのにおいがするものはなんでも甘く感じるのだ。バニラの香りを嫌う人がほとんどいないのも同じ理由からである。

私たちがにおいと味を経験によって結びつけていることは、オーストラリア連邦科学産業研究機構（CSIRO）とシドニー大学で、香りの心理学を研究しているディック・スティーヴンソンらによって証明されている。実験の参加者に選んだのは、ライチのにおいを嗅いだことがなく、ライチのにおいが甘いのか酸っぱいのかわからない人だった。彼らには、ライチのにおいをつけた砂糖水か、ライチのにおいをつけた酸っぱい水を飲んでもらった。結果、甘い水を飲んだ被験者は、ライチのにおいを甘いと評価し、酸っぱい水を飲んだ被験者はにおいも酸っぱいと判定した。[24]

この法則は塩味にも当てはまる。塩を控えなければならない人のために、昔から塩の代替品を開発しようとする試みがおこなわれてきたが、なかなかうまくいっていない。塩味が薄すぎるか、おいしく感じないものが多いからだ。しかし、朗報がある。これからは塩をまったく加えずに塩辛くすることができるようになるかもしれない。二〇一三年、ドイツのドレスデン工科大学の研究により、ベーコンのにおいが塩水をより塩辛くすることがわかったのだ。[25]そのほかアンチョビや醤油、ハムといった塩辛い食品のにおいが、食品の塩味をより強くすることもわかっている。たとえば、チーズフランにハムの香りを加えた場合、加えなかったものにくらべて四〇パーセント塩辛く感じたという実験結果がある。[26]つまり、キッシュを食べるときに、ほんの少し「ハムの香りの水」をかければ、塩のボトルに手を伸ばす必要はなくなるかもしれない。

◎においと味のシナジー

一九五〇年代から食品会社は、甘味を加えればブドウジュースはよりブドウの味がするし、コーラはよりコーラらしくなることを知って実践してきた。いまでは、ハムなどの塩辛いにおいや、バニラなどの甘い香りを加えれば、味が塩辛くなったり、甘くなったりすることがわかっている。そして、不思議なことに、それ自体は甘い香りがしないのに甘さを強める香りもある。

フロリダ大学で味覚を研究しているリンダ・バートシュックと園芸学者のポール・クリーは、スーパーで売られているトマトをもっとおいしくするための研究を共同ではじめた。スーパーで売っているトマトは、昔のものよりも見た目がよく、長持ちするが、その多くは水分が少なく、酸味があって風味がない。この七〇年あまりのあいだ、農家は消費者が望む、色むらのないきれいなトマトを育てるよう腐心してきたが、見た目をそろえるための品種改良は思わぬ結果を招いた。糖度を決めるタンパク質の生成が阻害されるようになり、味が落ちたのだ。[27]

こうした甘味の少ないトマトは、スーパーで売られる以外に、スパゲッティのトマトソースやケチャップなどの原材料になるが、自然の甘味が足りないために、砂糖が加えられる。しかも、大量の。大さじ一杯のトマトケチャップに含まれる砂糖は、同量のアイスクリームに含まれる砂糖より多い（ケチャップが三・七グラム、アイスクリームは一・七五グラム）。

バートシュックとクリーは研究の途中で、偶然、トマトに含まれるいくつかの芳香族化合物が、トマトピューレを甘くする可能性を発見した。しかし、面白いことに、発見した化合物のすべてが甘いにおいを有しているわけではなかった。なかでもイソ吉草酸《きっそうさん》は、汗臭い靴下のにおいがする。[28]甘さを強めるとは思えない化合物に可能性があるのは、トマトに含まれる芳香族化合物のあいだで相乗効果があるからだろう。これは香水の世界では常識であり、いくらコンピューターが処方箋通りに化学品を調合しようと、高給取りの調香師が不要になることはない理由でもある。どのような香りになるかは、組み合わせる香りからは予想できないのだ。たとえば、マッコウクジラの排泄物や、ジャコウネコの肛門腺からとれる分泌物は、有名な香水の貴重な原料となっている。同様に、やはり汗臭い靴下のにおいの酪酸は、キャンディの原料になることが多い。

においと味の驚きのシナジーの例はほかにもある。サクランボの香りを、ほとんどそれとはわからない程度に漂わせた場所でおこなった実験がある。被験者はその香りをあびながら、やはりほとんどわからない程度の甘さのものを口にする。すると、とつぜん、サクランボの香りを認識できるようになるのだ。[29]しかし、与えられるのが甘味ではなく、塩味でうま味があるものだと、サクランボの香りが認識できるようにはならなかった。においと味は、一方が一方の効果を高められるようにするには、あわせて体得する必要があるということだろう。

このにおいと味のシナジーには、脳も騙される。味を認識するプロセスをおもに請け負うのは島皮質前部で、においを処理するのは眼窩前頭皮質だが、どちらも、もう一方の感覚を融合する。つまり、食べ物のにおいを感じているとき、脳の味覚中枢も反応するのである。[30]ドレスデン工科大学の実験では、ベーコンのにおいを嗅いだ被験者の脳内では、島皮質前部と眼窩前頭皮質の両方が反応していた。[31]

この発見が示唆するものは大きい。においは、本来ならにおいを担当する皮質に神経反応を起こすだけだが、そのにおいが味とつながる経験があったときには、味をつかさどる皮質にも神経反応を起こすのである。言いかえれば、私たちの脳は鼻を通して味を覚えているということだ。まずい塩の代用品は捨てて、塩のにおいを加えればいい。食品の製造業者や科学者は、加工食品の砂糖や塩分を少なめにしながら、甘さや塩味を充分に感じてもらえるように、どのようなにおいを追加すればいいのか、日々取り組んでいる。

健康の観点から言えば、加工食品に入る塩の量は少ないほうが望ましい。ところが、消費者のほうでは、塩分少なめであることを知りたいとは思っていない。商品として販売されているチキン・ヌードル・スープの三種類――レギュラー、塩分一五パーセントカット、塩分三〇パーセントカット――に、それぞれ三種類のラベルを貼っておこなわれた実験がある。貼ったラベルは、普通のラベルと、「塩分控えめ」の文字が入ったラベル、それから、心臓にやさしい食品であることを示すヘルシーの文字が入ったラベルだ。[32]被験者は九種類のスープを味見して、好きなだけ塩を追加していいと言われた。予想どおり、レギュラーのスープにいつものラベルが貼られたものがいちばん好まれ、塩の量もちょうどいいと評価された。ところが、「塩分控えめ」のラベルを貼ったスープはどれも、きっとおいしくないだろうと予想され、実際に味はいまいちで、入っている塩分に関係なく、どれも塩気が足りないと評価された。つまり、レギュラースープでも、「塩分控えめ」とラベルに書かれていれば、実際にはちょうどよい味なのに、塩気が足りなくておいしくないと評価されたのである。さらに、塩分カットのスープに「塩分控えめ」と書かれたものを試したときには、レギュラースープに含まれる塩分を超える量の塩を追加していた。塩分に気をつけるように言われているにもかかわらずだ。

この結果は、塩分を減らしたことをラベルに表記して強調すれば、客はおいしくなさそうだと思ってしまうため、塩分を控えるという目標にとって逆効果となることを示している。とくに消費者が味の薄さを実感したときにはそうなるだろう。というわけで、食品会社は実際に塩を量を減らすときには、それを表記せずに実施するしかない。「無糖」をうたった炭酸飲料は大ヒットしているが、食品に「塩分ゼロ」や「塩分控えめ」とうたうのは、マーケティング戦略として間違っているようだ。

塩辛いにおいに可能性が見える一方で、甘いにおいは痛みを減らすために医療の場で使われるようになるかもしれない。甘味には鎮痛効果があるが、味とにおいが結びつくことで、甘いにおいにも同じように痛みをやわらげる効果が生まれるからだ。風味と食べ物の嗜好に関する専門家で、『Taste Matters（味覚の問題）』[33]という著書もあるジョン・プレスコットは、オーストラリアのクイーンズランド州にあるジェームズ・クック大学で、このときはまだ学生だったジェネル・ウィルキーといっしょに、単にいいにおいではなく、甘いにおいが痛みを軽減することを確かめる実験をおこなった。

ふたりはこの実験のために、九四人の勇敢な学生を集め、利き手のひじまでを痛いほど冷たい水に、あいだに一五分の休憩をはさんで二回、四分ずつ浸してもらった。二回のうち一回目は被験者ににおいつきのマスクをつけてもらい、二回目はにおいのついていないマスクをつけてもらった。マスクは三種類。ひとつめのグループにはカラメルの甘い香り。ふたつめのグループにはコロンのいい香り。最後のグループにはなじみのないにおいで、いいにおいでも悪いにおいでもない。全員に、できるだけ長く冷水につけるようにお願いした。結果は明白だった。被験者全員が冷たい水に腕をつけるのは苦痛で、カラメルとコロンのマスクをつけた人は同じようにいいにおいだと言ったが、カラメルの香りを嗅いだ被験者は、それ以外の被験者にくらべて、二倍の時間、腕を冷水につけていられたのだ（五〇秒に対して二分間[34]）。

なぜ甘いにおいを嗅いだ人は、甘くはないが同じようにいいにおいを嗅いだ人の二倍もの時間、苦痛に耐えられたのか。ジョン・プレスコットをはじめとした嗅覚と味覚の専門家（私自身も含む）は、甘い食べ物につながるカラメルのにおいは、甘味が引きおこすのと同じ神経反応を引きおこすから、と説明する。要するに、条件反射による痛覚消失である。ベルを鳴らしただけでエサをもらえると思ってよだれを垂らすパブロフの犬のように、エンドルフィンを分泌させる甘味と結びつけられたにおいは、嗅いだだけでエンドルフィンを分泌させ、痛みを抑えるのだ。

しかし、注意してほしいのは、もし、過去にクレームブリュレやバタースコッチ・キャンディなどを食べたことがなく、カラメルを味わったことがなければ、カラメルのにおいは甘く感じないし、冷たい水に手をつける苦痛をやわらげてくれることもない。同じように、もしあなたが、酸味のあるフルーツがレモンのにおいではなく、カラメルのにおいがする遠い星からやってきたとしたら、カラメルのにおいを嗅いだときには、口をすぼめて顔をしかめ、唾液が出るのを感じるだろうし、そのにおいによって痛みがやわらぐことはない。つまり、においに対する反応は、過去の経験からそのにおいとセットになった事情や感情がもたらすものなのだ。最初からにおいとセットになっているわけではない。

アロマセラピーも同じだ。ラベンダーの香りにあなたはリラックスするかもしれないが、それは薬理的な効果によるものではない。ラベンダーの香りのマッサージオイルやボディローション、シャワージェルなどを使った経験を通じて、ラベンダーの香りとリラックスした状態が結びつき、さらにマーケティングや文化によって強化されたからなのだ。というわけで、枕にラベンダーのスプレーをひと吹きすれば、羊を数える必要はなくなるはず。ただし、あなたがラベンダーの香りを嗅いだことがない、もしくはあまりなじみがないとすれば、よい眠りは訪れないだろう。

◎過去の亡霊

生まれてから三年ほどたたないと充分に発達しない視力と違って、味覚と嗅覚は生まれる前から機能している。胎児は羊水を通して、母親が体内に入れるにおいの成分を探知する。つまり、人間は生まれる前から食べ物の風味に慣れ親しんでいるのである。

フィラデルフィアにあるモネル化学感覚研究所のジュリー・メンネッラは、妊娠中にニンニクをよく食べていた母親から生まれた子どもは、無臭のガラガラより、ニンニクのにおいのするガラガラのほうを好むことを発見した。その後、アルコールからニンジンまでさまざまなものの香りで調査したところ、幼児は生まれる前から授乳期間にかけて母親が食べたもののにおいを好むことがわかった。授乳期間中も影響するのは、母親が食べたものの風味成分が母乳に含まれるからだ。食べ物に栄養があるから、好きになるわけではない。母親が赤ちゃんをあやしたり、授乳するときに、香水をつけていれば、子どもは栄養にはならないこの香水のにおいも好きになる。

　このように人は生まれる前から、そして授乳されているあいだに風味を覚えるという発見は、文化によって違う食べ物の嗜好が子ども時代から見られることの説明になる。香りの高いスパイスを多用する地域の女性が妊娠中にそういう食事をよくとっていたとしたら、生まれてくる子どもは、ほかの地域で生まれる子どもより、それらのスパイスを好むようになるだろう。アイルランドのベルファストにあるロイヤル・マタニティー・ホスピタルで、妊娠後期の女性をふたつのグループに分けておこなった実験がある。片方のグループは、四週間、週に三回か四回、生のニンニクが入った食事をするようにお願いし、もう片方の母親たちにはニンニクを一切とらないようにお願いした。[35]この実験の八年から九年後、子どもたちに、ニンニクの利いた新しいポテト料理を食べてもらったところ、お母さんのおなかのなかでニンニクに触れていた子どもは、そうでない子どもよりもたくさん食べたという。

　母親が妊娠および授乳しているあいだにいろいろな種類の食べ物を食べれば、子どもはそれらのにおいになじみ、そのにおいがする食べ物を喜んで受けいれるようになる。そうやっていろいろな食べ物を好きになった子どもは新しい風味に抵抗がないので、成長するにつれて、いろいろな食べ物を食べ、健康的な食生活を送るようになる。私たちはみな、新しいものを嫌うように生まれつく。

なじみのない食べ物には恐怖を感じる。だが、そんななかでも、新しい食べ物を抵抗なく受けいれる子には母乳で育った子が多く、好き嫌いが激しい子にはミルクで育った子が多いというのは、さまざまな風味を早いうちから体験したかどうかによるものなのかもしれない。[36] 母親が食べるものの風味はミルクには含まれていない。この発見は、子どもの栄養を考えるうえで役立てることができるかもしれない。また、妊娠中のお母さんがブロッコリやサーモンを食べることの効用も説明できる。

驚いたことに、この初期の食体験の影響は大人になっても続く。一九六〇年代から一九七〇年代のドイツでは、バニラのフレーバーつきの乳児用ミルクが流行っていた。一九九〇年代にドイツで開かれた見本市で実験をおこなったところ、乳児のときにこのミルクを飲んだ人は、普通のケチャップより、バニラフレーバーのついたケチャップを好む人が倍以上だったという。一方、母乳で育った人は、普通のケチャップを好む人がずっと多かった。[37]

子どものころの風味経験が大人になってからの食の好みに影響するという事実は、商業的に大きな可能性を秘めている。ひとりひとりに合わせて治療するプレシジョン・メディシン（精密医療）のように、精密食事療法も可能になるかもしれない。実際に、個別食事療法はすでに開発が進んでいる。最近の研究から、低脂肪食や低炭水化物食、あるいは特定の栄養素に対する反応は人それぞれということがわかっている。低脂肪食で体重が減る人がいる一方で、低炭水化物食のほうが効果がある人もいる。ナッツを食べると血糖値が上がる人がいる一方で、コレステロール値が下がる人もいる。[38] 食べ物がその人の代謝機能、経験、感情に与える影響を明らかにできるようになれば、個別の食事プランはもっと一般的になるかもしれない。個別の食事サービスを提供する新興企業のハビットは、キャンベル・スープ・カンパニーから三二〇〇万ドルの出資を受けており、利用者の遺伝子、体の主要器官、代謝機能の情報を受けとって解読し、それぞれに最適な食事プランを作成する。さらにプランだけではなく、実際の食事やアドバイスも提供する。利用者はオンラインで食事指導が受けられ、アプリで進捗を管理し、自分のためにつくられた食事を届けてもらうこともできる。[39]

◎においと嗅覚

食べ物の風味を楽しめるかどうかは、においを嗅げるかどうかにかかっているが、その能力を左右する要因はたくさんある。悲しいことに、視力や聴力と同じように、嗅覚も年とともに衰える。味覚も例外ではないが、ほかのどの感覚よりも衰えはゆるやかなものとなる。嗅覚の神経細胞の死滅と再生のうち、死滅が勝るにつれて、嗅覚受容体の働きは悪くなる。再生の衰えは普通は五〇代半ばころにはじまり、八〇歳になるころには約半数の人がにおいを感じなくなる。こうした変化はゆっくりと徐々に進むので、ほとんどの人は気づかず、調味料、とくに塩——健康に悪影響を与える可能性がある——を足すことで味を調整しようとする。

高齢者にとって嗅覚の衰えによる問題はほかにもある。食べ物のにおいがわからなくなるので、食事の時間だという実感がわかず、また、食欲が刺激されないため、充分な食事をとれなくなることがあるのだ。とくにひとり暮らしのお年寄りは危ない。人は栄養状態が悪くなると、いらいらする、考えがまとまらない、物忘れをするといった認知症に似た症状があらわれる。そのため認知症と診断される高齢者もいるが、実際には嗅覚の衰えによる栄養失調で、ほかは悪くないというケースもある。とはいえ、においがわからなくなるのは、神経性の病気、とくにパーキンソン病やアルツハイマー病の前触れということもある。自閉スペクトラム症の子どもや若者も、健常者にくらべてにおいがわかりにくいという特徴がある。[40]

においとうつ

うつ状態は嗅覚を鈍くする。とくにこれといった理由もないのに、においがよくわからなくなってきた、とセラピストに訴えるうつ病患者は多いという。じつは理由ははっきりしている。脳のなかで感情をつかさどる扁桃核は直接嗅覚につながっているため、どちらかが機能不全に陥れば、必然的にもう片方も動きが悪くなる。つまり、気持ちが落ちこめば嗅覚も衰え、嗅覚に問題があれば、気持ちも沈む。スタンのように嗅覚を失った人が重度のうつ病になることがあるのは、こういうことなのだ。[41]

興味深いことに、冬に日照時間が短くなるとうつ状態になり、夏に日が長くなると高揚状態になる季節性情動障害（ＳＡＤ）の人は、冬はにおいがよくわからなくなり、夏には敏感になるという。

自分の、あるいはまわりにいる大切な人の嗅覚がおかしいと思ったら、心身両面に悪影響が出るかもしれないので、注意したほうがいい。

においとドラッグとロックンロール

煙草や飲酒もまた嗅覚に影響を与える。喫煙はとくに悪い。煙草に含まれる毒素が嗅覚ニューロンを破壊し、においを嗅ぐ能力を低下させるからだ。さいわい、嗅覚受容体は繰り返し再生するので、煙草をやめさえすれば、数週間で隣近所で焼かれるブラウニーのにおいがわかるようになるだろう。長期にわたる過度な飲酒も嗅覚を悪化させる。ところが、最近、イスラエルのワイツマン研究所の神経科学者ノーム・ソベルが、少量のウォッカがにおいの感度をあげることを発見した。[42]

実験ではさまざまなにおいを用意して、二〇代の女性ににおいの濃度を嗅ぎわけ、さらに似たにおいを区別してもらった。実験は二回おこなったが、一回目は実験の前に、四〇度のウォッカを三五ミリリットルほど加えたグレープジュースを、二回目はただのグレープジュースを飲んでもらった。すると、嗅ぎわけも区別も、ウォッカを飲んだあとのほうがよい結果が出たのだ。絶対禁酒主義者には、食前酒を飲んだほうが食事の香りを楽しめると言ってもいいかもしれない。しかし、実験では、アルコールの代謝が悪く、血中アルコール濃度が高くなった人は、嗅覚が良くなることはあまりなく、むしろ悪い結果となった人もいた。ナッツや低脂肪食と同じように、個人の代謝機能によって効果は違ってくるようだ。

おなかがすごく空いているときにも私たちの嗅覚は鋭くなる。これは生物学的に説明できる。空腹時には、自分が持つあらゆる能力を使って、食べるものを見つけたいと思うだろう。運よく食べ物を見つけたとして、それがあまりおいしそうではなかったとしても――たとえば、うじゃうじゃと群れる虫だったとしても――、おなかが空いているときには甘味、塩味、酸味には敏感に反応するが、苦味には鈍くなると言われたら、少しは勇気づけられるだろうか[43]。そういうときには嫌悪感もあまり覚えなくなる。だから、テレビ番組『フィア・ファクター』で出演者が見るもおぞましいゲームに挑むところを連想するかもしれないが、きっとそれほどの苦労はすることなく、ヘンテコな生き物を口に放りこむことができるはずだ。

マリファナも嗅覚を研ぎすます。そして、マリファナに含まれる成分には、神経性食欲不振症の人の体重を増やす効果があることがわかっている。神経性食欲不振症の場合、栄養療法が治療の基本となる。回復するためには食べなければならない。五年以上、重度の神経性食欲不振症を患っている女性を調査したところ、一般に流通する大麻成分を使った薬――HIVや癌の患者の食欲を増進し、体重減少をとめるためにも使われる――が奏功することが確認され、観察した四週のあいだに彼女たちの食欲は増し、体重も少しずつ増えていったという[44]。

マリファナが食欲を刺激することはよく知られている。マウスを使った実験では、マリファナに反応する脳の受容体が作用したとき、嗅覚も敏感になり、その結果、食も進むという結果が出ている[45]。これを人間に当てはめると、マリファナを使用することで食欲がわくのは、マリファナの効果で嗅覚が鋭くなって食べ物の風味が強く感じられるようになり、よりおいしく味わえるようになるからだと思われる。マリファナを吸ったあとのキャロットケーキはとてもおいしく、もう一切れ、と手を伸ばさずにはいられない。

においを嗅ぐ力を左右する要因には、ライフスタイルや生理的な現象のほかに、時間帯もある。ブラウン大学で時間生物学を研究するメアリー・カースカドンによれば、鼻が利くのは午後から夜にかけてで、午前中は鈍いという。[46] 私たちの体内時計はにおいに対する感度を調整しているのである。夕方の一杯は非常に魅力的だが、遠い昔、私たちが狩猟採集民だったころ、この時間帯にとっていた、日に一度の食事も同じように魅力があったはずだ。おなかいっぱい食べる機会にはめったに恵まれないなかで、人はにおいに敏感に反応することで、食事を深く味わい、満足感を得ていたのだろう。数千年のうちに、食べ物の入手方法や食習慣は変わってきたにもかかわらず、いまでも夕食がその日のメインとなっているのは、私たちがこの時間帯にいちばん香りを楽しめるからなのかもしれない。

嗅覚の良し悪しはその人の食べる量を変え、さらに最近の研究から、食べるものでにおいを嗅ぐ力が変わってくることがわかっている。フロリダ州立大学で感覚神経科学を研究するデブラ・ファドゥールは、カロリーの六〇パーセントをトランス脂肪酸からとったマウスは太るだけではなく、普通の餌を与えたマウス（カロリー全体の一三・五パーセントを脂肪から摂取）にくらべて、脳のなかで嗅覚をつかさどる部分が小さくなり、においを嗅ぐ力が弱くなることを発見した。また、トランス脂肪酸を摂取したマウスは、そうでないマウスにくらべて認知作業の成績も悪かった。注目してもらいたいのは、この実験が、生まれたばかりのマウスを使い、六カ月にわたっておこなわれ点だ。その後は、高カロリーの餌を与えたマウスにも普通の餌が与えられるようになったて、五カ月後、マウスの体重は減ったものの、嗅覚と認知能力は劣ったままだったのである。[47] 生まれてすぐにトランス脂肪酸を多く含む餌を食べたことで神経にダメージを受けた場合、その影響は長く続く可能性が示されたのだ。この理屈を人間に当てはめると恐ろしいことになる。幼少期に、ミートパイやマーガリン、市販のクッキーやケーキなど、トランス脂肪酸を多く含む食べ物を食べると、大人になっても嗅覚や認知能力に問題を抱え続けることになるかもしれない。

スーパースメラー

アンリは有名な調香師だ。彼は自分の嗅覚に絶対的な自信を持ち、実際に有名な香水の調合にも携わってきた。確かに彼は、世界中で売れている香水をつくってきたし、調香師というのは一般に普通の人よりも香りに意識を集中させており、そうすることでさらに嗅覚を磨いているのだが、嗅覚に関しては、スーパーテイスターのように、スーパースメラーを科学的に認識する方法はない。とはいえ、ある特徴を持った人のほうが、鋭い嗅覚を持っているということはあるようだ。

ＢＭＩ（体格指数）は身長と体重の比で計算し、その数値によって、低体重、普通体重、過体重、肥満とその人の肥満度を診断する。普通体重の人のＢＭＩは一八・五から二四・九、過体重の人は二五から二九・九、肥満は三〇以上となっている。イギリスのポーツマス大学の感覚心理学者ロレンツォ・スタッフォードは、助手のアシュリー・ホイットルとともに、普通体重と肥満の学生を集めて、ダークチョコレートの香りを嗅いでもらうという実験をおこなった。チョコレートは香りがきわめて強いものからきわめて弱いものまで用意した。すると、肥満体の被験者は、かなり弱い香りのチョコレートまでにおいを認識することができた。しかも、普通体重の学生よりもそのにおいを好ましくも感じていた。[48]

甘いものに対して鋭い嗅覚を発揮するだけではなく、肥満体の人は心理的な嗅覚も研ぎ澄ますことができる。イェール大学のダナ・スモールは、香りの神経心理学という分野で研究をおこなっており、ＢＭＩ値が高い人のほうが、焼きたてのクッキーのにおいをよりリアルに想像することができるが、虹を想像するという能力においては、ＢＭＩは関係ないということを示した。[49] つまり、映像を想像する力にＢＭＩは関係ないが、においを想像する力には影響し、おそらくこれが食事の量を左右している。ベーコンやクッキーが焼けたにおいをリアルに想像できれば、食欲も大いにわくだろう。太った人は細い人よりも食べ物に対する欲求が強いと言われている。食べる喜びを明確に想像できるから、というのは理由のひとつなのだろう。

ところが、においに対する敏感さとは裏腹に、太った人は普通体重の人にくらべて甘味、塩味を探知する力が弱い。[50] だから、味に敏感な人と同じだけの喜びと満足を得ようとすれば、砂糖と塩を余計に摂取しなければならなくなる。アラバマ州出身の映画監督で巨漢のニックは、二〇一六年にいっしょに仕事をしたときに、こう話してくれた。数年前に四〇キロ以上痩せた（このときには体重は元に戻っていた）とき、食べ物の味がよくわかり、おいしく感じたというのだ。においが想像できるので食欲はわくが、たくさん食べないと満足できない。肥満はまさに諸刃の剣のようだ。ただし、いまのところは、味やにおいを認識する力の有無が肥満につながるのかどうか、逆に肥満であることが味やにおいを認識する力に影響するのかどうか、正確なところはわかっていない。

においや味、風味は、基本的には食べることを楽しい経験にしてくれる。香りや風味を体感することで食欲がわき、思わず食べすぎてしまうこともあるだろう。しかし、なかにはこれらの感覚を味わうことで、食事が苦痛になる人もいる。

4章　食べ物との闘い

食べるのが嫌いな人もいる。ハンガーストライキでもないかぎり、食べたくないという気持ちの裏にあるのは、次の理由のどちらかだろう。食べ物そのものに耐えられないか、食べたことで起こる状況に耐えられないか。多くの人は後者だと思う。だが、なかには食べ物や食べることそのものに不快な思いをいだく人もいる。この問題は、一二歳以下の場合、とくに深刻なものとなる。

◎回避・制限性食物摂取障害（ARFID）

ゲイブリエルは、三歳から自分はどうやって生きてきたのだろう、と不思議に思う。「口と喉が、食べ物を飲みこむことを拒絶していた」と言う。ほぼすべての食べ物のにおいに吐き気を催した。においがだめな食べ物は、当然食べてもだめだった。食感にもこだわりがあった。とろとろになった液状のものは、口に入れることはできなかった。耳で音を感じられる、噛み砕く食べ物なら耐えられた。食べることができたごく少数のものは、見た目も重要だった。唯一食べることができた野菜はトウモロコシで、穂軸についていなければならなかった。カットされてばらばらになった粒は受けつけなかった。さらに、食べ物が混ざって互いに〝汚染〟しあっているのはだめ、という条件もあった。フィッシュ・スティックとフライドポテトが皿の上でくっついているのを見ただけで怒った。食べ物はそれぞれ別の皿にのっているほうがよく、一皿ずつ食べるたびにナイフとフォークはきれいにした。五歳になるころから一〇代にかけては、白いものだけを食べて過ごした。ライス、プレーン・ヨーグルト、フィッシュ・スティック、トウモロコシ、フライドポテト、プレーンなクラッカー、ピザの皮、コーンフレークス、スティックパン（細長いかりっとしたパン）、トースト、それから奇妙なことにラズベリー・ジャム――食べられるのはそれがすべてだった。なぜそれらなのか、自分でもわからなかった。

ゲイブはみんなと同じようになりたいと思ったが、どういうわけか食べ物を見ると嫌悪しか感じず、それは大きな悩みの種となった。毎日、夕方五時ごろになると、六時には闘いがはじまると思ってびくびくした。食卓についているあいだはずっと父があれこれと言ってくるが、それでも食べることはできなかった。一時間後、クラッカーを数枚口にしてようやく解放されると、ほっとした。どういうわけか空腹を感じることはなかった。

友だちの家、学校、そのほか食べ物が出される場所に行ったときには、食べ物を避けるためなら何でもやった。六歳のときに、叔父の家族がやってきて、みんなで食卓を囲んだとき、ゲイブはテーブルの下に隠れた。そんなことはしたくなかったが、みんなが何をふざけているんだと言わんばかりに、いろいろ言ってくるのには耐えられなかったのだ。「何してるんだ？　大好きなポテトだぞ」ゲイブは自分が食べないことをみんなに悟られないように策を練った。自分では成功していると思っていたが、そううまくはいかなかった。心配した小学校の先生は、昼食時のゲイブの様子を母親に伝えた。お弁当に手をつけていないことがばれないように、ずっと髪の毛をいじりながら先生に話しかけているというのだ。母親はいつも後ろめたい気持ちを抱えていた。友だちの家にゲイブを連れていって、昼食や夕食の時間になると、ゲイブはもう食べてきたから、と嘘をつかなければならない。友人も先生も何かおかしいと感じているようで、虐待を疑われているのではないかと思うと怖かった。起きている時間のほぼすべてを使って、ゲイブに食事をさせようと奮闘しているのに、わかってくれる人はいなかった。小児科医に相談して相手にされなかったこともある。

ゲイブの拒絶は続いた。一〇歳のときには、ほかの男の子と同じように、自ら望んでサマーキャンプに参加した。元気いっぱいに体を動かしたにもかかわらず、ゲイブはそこでも食べなかった。いま彼が思うことは、どうやって自分は生きのびたのだろう、家族以外のまわりの大人たちが深刻にとらえなかったのはなぜだろう、ということだ。ゲイブは確かに細いが、医者や家族以外の人が過度に心配するほどではなかった。

当然ながら、ゲイブの家での生活は穏やかなものではなかった。家族が集合する夕食は戦闘場所となる。ゲイブが自分の皿に盛りつけられた料理を見ないようにして固まっているわきで、両親はどうしたらいいのかと言い争いをしている。ゲイブはうつ状態になり、あらゆるもの、とくに食べ物に異常なまでにこだわるようになった。こんな状況にいるのが嫌だった。自分が普通じゃないと思われているのはわかっており、その一方で無力感にさいなまれていた。恥ずかしかったし、自分のまわりに怒りが積もっていくのも感じていた。しかし、どうすることもできなかった。とにかく食べ物は受けつけなかった。

生まれたときからこうだったわけではない。母親によれば、幼児のころには家でつくったものも、お店で買ってきた野菜のピュレも肉も果物も、喜んで食べていたという。二歳のときにはトマトソースのパスタとチキンが大好物だった。しかし、母親がゲイブの妹を身ごもったのを境に、食べられるものが減っていき、三歳になったときには、フィッシュ・スティックとフライドポテトと牛乳しか受けつけなくなっていた。

食べ物の好き嫌いが、深刻な問題になることは少ない。ブロッコリやバナナを食べない子どもはめずらしくない。もう少し深刻なケースになれば、特定のもの、たとえばマカロニ・アンド・チーズ、ポテトチップス、フライドチキン、ピザ、牛乳ばかり食べたがって、野菜と果物は食べない、というふうになるかもしれない。果物と野菜は、偏食する人にはだいたい嫌われる。そして、ゲイブのように深刻なケースになれば、かなりの期間を一、二種類の食べ物――ゲイブの場合はヨーグルトとライスだった――で過ごし、大人になっても食べ物恐怖症に苦しむことになる。

ゲイブは、自分に問題があるとは思えないところが悩ましいと言う。なぜ、みんな何も考えずに、出どころのわからないものを口に入れて飲みこむことができるのか。食べ物を体に取りこむという考えが怖くて仕方がないのだ。ゲイブは知らないようだが、なじみのないものや見慣れないものを口にする恐怖は、人間がいだく嫌悪という感情の源となっている。嫌悪感は人間を汚染から守る役割を果たしてきた。そうした反応を引きおこすものの基本となるのが食べ物で、腐っている、なじみがない、それ以外でもとにかく受けいれがたいものに人は嫌悪感をいだく。[1]

意外なことに、ゲイブは食べ物以外に関して嫌悪感を覚えることはあまりない。靴下を口につっこむところを想像しても平気だし、子どものころにはウサギの皮を剥いだこともある。口のなかが汚れても、血を見ても平気だが、なんだかよくわからない食べ物を飲みこむのは恐ろしかった。これが特異なケースだと言えるのは、普通は何かに嫌悪感を覚えやすい人は、あらゆるものに対して嫌悪感を持つ傾向があるからだ。つまり、人は、体液、流血、害虫、汚染、異常行動、見慣れない食べ物、腐った食べ物に、同じように嫌悪感を覚える。ただし、ある特定のものによく触れたり、トレーニングを重ねた場合はこのかぎりではない。たとえば、看護師。体液や血に対する嫌悪感は、ほかのものへの嫌悪感をそのままに、日々接するうちに薄れていく。嫌悪の感情があるおかげで、私たちは死につながりかねない汚染を避けることができる。しかし、食べ物をとことん拒絶すれば深刻な問題となる。

食べ物が怖い

草食の牛や肉食の猫――植物だけ、あるいはほかの動物だけを食べるように生理的にできている動物――と違って、人間は雑食で、消化できるものであれば、陸のものでも海のものでも空のものでも食べることができる。食べる種類が多いということは、つねに何を食べるかと悩むことにもなる。そうしたなかで、人は毒から身を守るために、なじみのないものを食べないようにすることを学んだ。新しいものには警戒すべし。これは新奇恐怖症《ネオフォビア》と呼ばれ、子どものうちは普通のことで、とくに二歳から五歳までの子どもに顕著に見られる。まだまだ世界を学ばなければならず、むやみに何でも口に入れるべきではない時期に新奇恐怖症でいるのは、生物学的には合理性がある。その反面、新奇恐怖症でいると、食べるものがかぎられて充分な栄養がとれなくなる可能性もある。見たこともない毒のある果物を口にしないために、子ども時代に新奇恐怖症でいることには意味があるが、さまざまな食べ物を積極的に経験することで、新奇恐怖症は薄れていき、私たちは健康的な食生活を送れるようになる。

新しい食べ物を気軽に試せるかどうかは人によって異なり、そこには、新しいことにチャレンジしたいと思うか、変化を好むか、といった性質にも通じるものがある。新奇恐怖症の傾向が強い人は、計画もたてずに外国に旅行するようなことは好まない。そうした性格を診断するためのテストがあるように、どの程度食べ物を恐れているかを測るテストがある。食物新奇性恐怖尺度は、一九九〇年代のはじめに、社会心理学者であり、食の専門家でもあるパトリシア・プリナーがトロント大学で、当時大学院生だったカレン・ホブデンとともに開発したものだ。尺度は次のとおりなので、みなさんも試してもらいたい。[2]合計した数字は、あなたが新しいエチオピア料理を試してみたいと思うタイプなのか、昔ながらのマッシュポテトを選ぶタイプなのかを示している。合計が三五を超えた場合は、新奇恐怖症の傾向が強いが、七〇（最高値）に近くないかぎり、治療を必要とするものではない。しかし、子どもの場合は、ある程度数値が高くなるようなら注意したほうがいい。

◎食物新奇性恐怖尺度

次の各項目の文章を読んで、自分の反応に近いものの番号に丸をしてほしい。

いつも新しい食べ物を探して試している。

(1) 大いに当てはまる
(2) まあまあ当てはまる
(3) どちらかと言えば当てはまる
(4) どちらとも言えない
(5) どちらかと言えば当てはまらない
(6) あまり当てはまらない
(7) まったく当てはまらない

新しい食べ物はかならず疑う。

(1) まったく当てはまらない
(2) あまり当てはまらない
(3) どちらかと言えば当てはまらない

(4) どちらとも言えない
(5) どちらかと言えば当てはまる
(6) まあまあ当てはまる
(7) 大いに当てはまる

何が入っているかわからない食べ物は食べない。

(1) まったく当てはまらない
(2) あまり当てはまらない
(3) どちらかと言えば当てはまらない
(4) どちらとも言えない
(5) どちらかと言えば当てはまる
(6) まあまあ当てはまる
(7) 大いに当てはまる

外国の食べ物が好き。

(1) 大いに当てはまる
(2) まあまあ当てはまる
(3) どちらかと言えば当てはまる

(4) どちらとも言えない
(5) どちらかと言えば当てはまらない
(6) あまり当てはまらない
(7) まったく当てはまらない

エスニック料理は食べ物とは思えなくて食べられない。

(1) まったく当てはまらない
(2) あまり当てはまらない
(3) どちらかと言えば当てはまらない
(4) どちらとも言えない
(5) どちらかと言えば当てはまる
(6) まあまあ当てはまる
(7) 大いに当てはまる

パーティーで新しい食べ物があったらかならず試す。

(1) 大いに当てはまる
(2) まあまあ当てはまる
(3) どちらかと言えば当てはまる

(4) どちらとも言えない
(5) どちらかと言えば当てはまらない
(6) あまり当てはまらない
(7) まったく当てはまらない

食べたことがないものを食べるのは怖い。
(1) まったく当てはまらない
(2) あまり当てはまらない
(3) どちらかと言えば当てはまらない
(4) どちらとも言えない
(5) どちらかと言えば当てはまる
(6) まあまあ当てはまる
(7) 大いに当てはまる

食べ物の好みはうるさい。
(1) まったく当てはまらない
(2) あまり当てはまらない
(3) どちらかと言えば当てはまらない

(4) どちらとも言えない
(5) どちらかと言えば当てはまる
(6) まあまあ当てはまる
(7) 大いに当てはまる

ほぼなんでも食べる。
(1) 大いに当てはまる
(2) まあまあ当てはまる
(3) どちらかと言えば当てはまる
(4) どちらとも言えない
(5) どちらかと言えば当てはまらない
(6) あまり当てはまらない
(7) まったく当てはまらない

新しいエスニック料理の店に行くのは好きだ。
(1) 大いに当てはまる
(2) まあまあ当てはまる
(3) どちらかと言えば当てはまる

(4) どちらとも言えない
(5) どちらかと言えば当てはまらない
(6) あまり当てはまらない
(7) まったく当てはまらない

いずれは冒険好きな大人になるとしても、子どものうちは大人より新しいものに抵抗を示すのが普通だ。それは、はじめて食べるベリー一粒で命を落とすかもしれなかった、私たちの祖先が生きのびるために必要な戦略だった。しかし、加工された食品に囲まれた現代においては、食物新奇性恐怖を示す人は、食べるものがかぎられて栄養不足になるおそれがある。とくに、それがゲイブのような回避性障害にまで発展したときには大変なことになる。あなたの子どもの好き嫌いがあまりに激しいようだったら、さきほどの尺度を使って診断してみてほしい。[3]

二〇一三年、ゲイブのような子どもの症状は、「偏食」から「回避・制限性食物摂取障害（ARFID）」に格上げされ、アメリカ精神医学会が策定する精神疾患の診断と統計マニュアルの第五版（DSM5）にも掲載された。ゲイブのように、食べ物のにおいや食感に敏感に反応するのが特徴である。

ARFIDは親にとっては悪夢だ。子ども本人との関係や配偶者との関係に大きな影響をおよぼすだけではなく、短期的に見ても長期的に見ても、健康問題に発展するおそれがある。ゲイブを診た小児科医は、母親に対して過保護なのではないかとほのめかしたが、努力が足りないと親を責める医者も多い。こうした見解は今後変わっていくだろう。いまではＡＲＦＩＤは臨床的に問題があると認識されているし、ＡＲＦＩＤが認知されるようになってからはとくに治療方法も進化している。

デューク大学のナンシー・ザッカーは研究仲間といっしょに、二〇一五年、二歳から五歳までの九一七人の子どもの保護者から、子どもの食習慣、心理面、社会性、家庭生活について聞き取り調査をおこなった。[4] その結果、一七パーセントの子どもには、特定の食品群しかとらない「中程度の偏食」が見られた。肉、お菓子、デンプン食品を好み、ブランドにもこだわりがあることが多く、たとえばリプトンのチキン・ヌードル・スープしか食べたがらないといった具合だ。五人にひとりは、食に偏りがあることになる。三パーセントの子どもには「極端な偏食」が見られた。このレベルになると食べることも、食をめぐる社会的な対応もきわめて難しくなる。こうした子どもの場合、食べることができる非常にかぎられた食材以外を食べさせようとすると、吐いたり、暴れたりと大騒ぎになる。まさにゲイブだ。

ザッカーらは、ゲイブとＤＳＭ５が裏づけているように、偏食をする子どもはそうではない子どもにくらべて、はるかに食べ物のにおいや見た目や食感に敏感であると結論づけた。さらに、食べ物の問題だけではなく、中程度以上の偏食を示す子どもは、普通の子どもにくらべてうつ状態、さまざまな不安神経症、注意欠如・多動症《ＡＤＨＤ》であることが多く、自宅以外で問題行動を起こす子どもは、極端な偏食の子のほうが二倍多いこともわかった。興味深いのは、偏食の子どもの母親もまた不安神経症の傾向があるということだ。とはいえ、子どもの問題がそうした症状を引きおこしているのか、母親がそうだから子どもも問題行動を起こすようになっているのかはわかっていない。

ザッカーは調査した子どものうちの一八〇人について、二年後にふたたび聞きとり調査をおこなった。すると、当初の調査で偏食が激しかった子どものほうが、精神的により難しい状態にあった。ゲイブもティーンエイジャーとなるころには治療が必要なほどのうつ状態だったし、いまでもこだわりが強く、神経症的な症状を見せている。偏食の子どもの五パーセントは、思春期になるころまでには問題を解決しているが、残りは厳しい状況が続く。偏食は精神的な問題につながることが多いことから、保護者らは状況を見極めることが重要となる。

精神分析医、小児科医、セラピストらは偏食の子どもの扱いかたを示したガイドラインを、親に向けて多数発行している。ディナ・クーリックはトロントの小児科医で、ソーシャルメディアを通じて子どもの健康を守るためのアドバイスをしており、三つのことを勧めている。ひとつは、子どもを含めて家族いっしょに食事をするようにし、できるだけ早い段階で食卓について食べさせること。ふたつ目は、生後六カ月をすぎたらたくさんの種類の食べ物を与えること。最後に、難しいことだが、食事の場を戦場にしないこと。[5]

社会学者で、子育てを指導しているディーナ・ローズは、もう少し系統だてたアプローチを提唱する。最新著作『It's Not About the Broccoli（問題はブロッコリではない）』のなかでは、偏食を克服するためのキーワードとして「バランス、多様性、節度」をあげ、新しい食べ物を最初は少しずつ、さまざまな調理法を試しながら、覚えていくことが重要だと述べている。[6] たとえば、生のニンジンを嫌がるなら、焼いてみるといった具合だ。このアプローチは、そもそも食べ物に興味がなければ難しいため、極端な偏食ではなく中程度の偏食の子どもに向いている。

極端な偏食の子どもには、精神医学的なアプローチが必要で、脱感作療法という治療法が勧められることがある。これはあらゆる恐怖症の治療に用いられる一般的な療法だ。ＡＲＦＩＤにこの技法を用いる場合には、食べたものの日記をつけ、いつかおいしく食べることができるようになるかもしれないものをリスト化する。そして、もっとも大切なのは、食べ物や食べることへの不安を軽減できるようにしてあげることだ。

ゲイブのように重症な子どもには、いくつかのアプローチを組み合わせる必要があるだろう。現在二〇歳で、いまなお回復途上にあるゲイブは、自身の経験をもとにいくつか助言する。まず、親に向けては、毎週新しい食べ物を食べさせようとした、自分の両親のようなことはしないほうがいいということ。綿密な計画をたてて遂行しようとしてもうまくいかない、少なくとも自分には効果がなかった、と言う。新しい食べ物を食べることができず、不安が募り、両親は喧嘩をする。週ごとのチャレンジは憂鬱になる一方だった。もしかしたら、次々と新しい食べ物を試すのではなく、ひとつの新しい食べ物にじっくりと取り組めるようにしてくれたら、うまくいっていたかもしれないと感じている。食物恐怖症から抜けでるには長い年月がかかる。変化は少しずつしかあらわれないので、親には高度な忍耐力と理解力が求められる、とゲイブは強調する。

また、理由はわからないが、新しい食べ物を食べられるかもしれない、と思ったときがときどきあったと明かす。その瞬間に親が気づけば、あるいは子どもが自らそう言ったときには、チャンスを無駄にせず、新しいものを試してみるようゲイブは勧める。人は気分が盛りあがっているときには、酸味はあまり感じず、甘味を強く感じるので、ブドウやギリシャヨーグルトなどは普段よりおいしく感じるはずだ。試してみる絶好のチャンスである。さらに、ゲイブは家で食べるより、レストランで食べるほうが「安全」だと感じていた。多くの人の評価にさらされる、お金がかかる場所で食べるのは、リスクが低いと感じていたのだ。しかも、お出かけをする特別感に気持ちがわきたち、可能性にチャレンジできそうな気がした。ところが、ゲイブの場合、レストランに行くことはめったになかった。両親とも、ゲイブが外でヒステリーを起こしたら、と思うと、なかなか足が向かなかったらしい。

ゲイブはARFIDの人に対して、無理やりでも食べるしかないという不愉快な環境に、自らの身を置いてみることを勧めている。子どものうちに家を出るのは現実的には無理だとしても、食べない習慣が身にも心にもしみついた環境から飛び出てみるといいと言う。ゲイブが食物恐怖症の克服に向けて一歩を踏みだしたのは一七歳のときに、単身イタリアに旅行したときだった。知らない人の家に泊まり、自分の食習慣を変えるしかないという状況に身を置いたのだ。この歳になるころには、出された食べ物を断るのは失礼だと理解していたし、昔よりも空腹を感じるようになっていた。それに、彼が滞在した家は農家で、自分のところでとれたものが食卓にのぼったため、食べ物の出どころがわかるという安心感もあった。

ゲイブはいまでもいろいろな食べ物にチャレンジしていて、〝ときどき〟食べるのが楽しいと思うようになった。白身で、余計な味付けをしないという条件つきだが、食べられる魚の種類も増えた。イタリア料理を好んで食べるのは、おそらく、滞在したことで親しみを感じるようになったからだろう。ソースは液状なのでいまでも苦手だが、最近、アンチョビとオリーブとモッツァレラチーズのパスタ——彼にとっては相当難易度が高い——をおいしく食べたと誇らしげに教えてくれた。それでもゲイブが食べられるものはかぎられている。ハムサンドイッチに挑戦したときには、気持ちが悪くなったと言う。「慣れない食べ物を消化することを体が拒否しているから」とゲイブは言うが、「精神的な問題なのかもしれない」ことも認めている。喜ばしいことに、ゲイブは昔ほど食べることについて心配しなくなり、明るい見通しを持っている。「五年から一〇年もすれば、きっとかなりまともに食べられるようになると思う」

◎拒食症

深刻な問題になりかねないにもかかわらず、偏食が治療の対象となったのは、ごく最近だ。食べることに恐怖を感じる病気としてもっともよく知られているのは、神経性やせ症、いわゆる拒食症だろう。食べることを拒絶する、非常に危険な精神疾患である。これは本能的に食べ物に嫌悪感を持つＡＲＦＩＤとは異なり、痩せたいという気持ちが原因となる。さらに、痩せていることを自覚していたゲイブと違って、拒食症の場合、現実を把握できず、どれだけおなかが空いていても、自分は太りすぎだから、と思ってしまうことが多い。[7] また、ＡＲＦＩＤと違って、一〇代になってからなることが多く、子どものうちになることはめったにない。

拒食症は精神疾患のなかでも死亡率が高い。五パーセントから二〇パーセントの人が拒食症により命を落としていて、罹患している期間が長くなればなるほど死に近づく。[8] また、若い女性のあいだでよく見られる。アメリカでは、若い女性の約一〇〇人にひとりがかかっている。[9] 男性でも拒食症になる人はいるが、女性よりも数は少なく、患者全体の一〇パーセントほどにとどまっている。欧米以外の国では、男女とも拒食症患者の率はあまり知られていない。理想的な体の大きさやスタイルは文化によって異なるし、言うまでもなく食習慣の違いもある。

拒食症にかかると体重増加を心配するあまり、食べることが怖くなり、極端に食が細くなる。ウェブ上には食べ物を台無しにする方法がたくさんあって、拒食症を助長する（ピザ一切れに塩を一瓶ふりかけるとか、チーズケーキにサラダ・ドレッシングをかけるとか、ガラス洗浄液をハンバーガーにかけて食べられないようにするとか）。拒食症は死にいたる可能性のある病なので、疑いがあるときにはすぐに対処したほうがいい。アメリカの摂食障害協会（National Eating Disorders Association）のウェブサイトでは有益な情報を提供しているので参照してほしい。

◎味覚嫌悪学習

拒食症やＡＲＦＩＤの人は食べることに嫌悪感をいだくが、そうなる過程は普通の人とは違う。彼らにとっては、食べ物はどんなものでも恐怖の対象だ。普通の人たちはたいてい逆の問題を抱えていて、まわりのおいしそうな食べ物の誘惑をはねのけることができずに困っている。普通の人が食べ物が嫌いになるとすれば、それは特定の何かで、ほとんどの場合そうなるきっかけがある。よくあるのは、何かを食べて数時間後におなかが痛くなって、それで嫌いになるというケースだろう。一晩中、テキーラをあおった結果、テキーラには手を出さなくなるというのもよく聞く話だ。因果関係はかならずしも必要ない。夕食にペパローニのピザを食べて、夜におなかにくる風邪でダウンし、一晩中トイレにこもれば、ピザが関係ないことはわかっていても、以降はペパローニのピザを避けるようになるだろう。ワシントン大学のアイリーン・バーンスタインは、実験によってこのことを証明した。化学療法を受けている子どもたちに、「メイプルトーフ」という名前をつけた新しい味のアイスクリームを食べてから治療を受けてもらったところ、ほかの味のアイスクリームは喜んで食べるのに、この「メイプルトーフ」アイスクリームは受けつけなくなったのだ。化学療法には吐き気が伴い、それが直前に食べたアイスクリームの味と結びつけられたのである。

　ある食べ物を嫌いになるには、たった一回の出来事があれば充分で、その後はずっと嫌いということになる。人はその食べ物が安全ではないと学べば、同じ間違いを避けようとする。化学療法やたまたまひいたおなかにくる風邪など、安全ではないことがその食べ物のせいではなかったとしても同じことで、人間はその食べ物を避けようとする。そこまで警戒しなくてもという気はするが、自然は人間に転ばぬ先の杖をさずけたようだ。

　物理的な味覚嫌悪の場合、その名に味覚はつくものの、じつは嫌悪するかどうかを左右するのは食べ物のにおいであって、味ではない。アイスクリームでひどい目にあったからと言って、甘いものすべてを受けつけなくなるのは適応力があるとは言えないが、「メイプルトーフ」のにおいがする食べ物で気分が悪くなった経験があって「メイプルトーフ」のにおいをするものを避けるなら合理的と言えるだろう。テキーラを飲みすぎたあとに、独特のにおいがするテキーラを飲めなくなっても、ジンやウォッカは変わらず楽しめるのも同じことだ。

物理的な味覚嫌悪ほど知られてはいないが、思考や社会的なやりとりを通じて学習する心理的な味覚嫌悪というものもある。たとえば、あなたが好きなスープを意地悪な友だちから「ゲロみたい」と言われて、そのスープが嫌いになるといったケースがそれにあたる。悪いイメージに取りつかれると、その食べ物は気持ち悪く感じるようになる。この反応をダイエットに役立てることができるかどうかという実験が、最近、コロラド大学でおこなわれた。[10] 被験者には、汚いトイレなど、気持ちの悪くなる映像を一瞬見せたあとに、チョコレートサンデーやチーズたっぷりのピザなどの高カロリーな食べ物の写真を見せた。すると、潜在意識に刷りこまれた嫌悪感が働き、被験者はそれらの食べ物を食べたいとは思わなくなったという。この効果は数日続き、しかも実験で取りあげなかった高カロリー食品についても効き目があった。つまり、汚い映像は心理的な味覚嫌悪を生みだし、食欲を抑制する効果があるということだ。とはいえ、残念ながら、このアプローチには限界がある。嫌悪というのは非常に不快な感情なので、いくらダイエットに効果があるといっても、進んでやりたがる人はそういないだろう。

心理的な味覚嫌悪は思い浮かべるだけでも発生する。最近、同僚のひとりが自身の経験を話してくれた。ある夜、大好きなバラマンディ（肉厚でやわらかい白身魚）にかぶりつこうとしたとき、なぜかラードみたいだと思ったというのだ。たったそれだけのことでそれ以来バラマンディは食べられなくなったらしい。昔、何かを食べたせいで腹痛を起こしたと思っただけで、その食べ物が嫌いになることもある。実際には腹痛を起こした事実はなかったとしてもだ。

　エリザベス・ロフタスは有名な認知心理学者で、人間の記憶が変容すること、目撃証言があてにならないこと、実際には起きなかったことを起きたと信じるだけで事実とは異なる記憶が生成されることについて研究している。そのなかに、好きな食べ物についても間違った記憶が生成されることを示した研究結果がある。ロフタスらのワシントン大学の研究チームは、学生を集めて、心理状態に関する質問リストと食べ物――ストロベリーアイスクリームとバナナとほうれん草を含む――の嗜好についてのアンケートを実施した。一週間後、ふたたび被験者を集めて、子ども時代の嘘の情報を与えた。コンピューターからは「ほうれん草が嫌いで、バナナは好き、ストロベリーアイスクリームを食べておなかが痛くなった」子ども像が出てきたと伝えたのである。こうした偽の情報を与えたあと、前に受けたアンケートをふたたび記入してもらったところ、ストロベリーアイスクリームの人気は暴落した。過去に不快な思いをしたという偽の情報ひとつが引きおこした現象だった。被験者の五分の一は、そうした過去があったことを「思い出した」とさえ言った[11]。さいわい、嫌悪感や偽の記憶や身体的な苦痛をあてにしなくても、感覚――とくに嗅覚――とつながっている私たちの心は、食べ物の誘惑に打ち勝つことができる。

　人間は進化の過程で、物理的、心理的な味覚嫌悪を容易に身につけるようになった。次世代に遺伝子をつなぐという生き物の基本的な目標を達成するためには、そのほうが都合がよかったからだ。汚染されたものや過去に食べて具合が悪くなったものを口にしないようにすれば、死ぬリスクを下げることができる。それができない祖先は長く生きることも、子孫を増やすこともできなかったということなのだろう。

◎ダイエット・アロマセラピー

ＡＲＦＩＤや拒食症などの摂食障害の人とは反対に、食べる喜びが大きすぎる人もいて、そういう人は食べる量を減らそうとする。ところが、悲しいかな、ダイエットの失敗率は九五パーセントにもなる。大幅に体重を落とした人は、たいてい五年のうちに、元の体重に戻る。しかも利息までつけてしまう人が多い。一万九〇〇〇人の健康な人を対象に調査をおこなったところ、この先四年間で増える体重をぴたりと予測したのは、過去にダイエットで体重を落としたことがある人だった[12]。

しかし、体重を減らしたい人に朗報がある。

香りがダイエットに役立つ可能性を示す研究結果がいくつか出てきているのだ。そのひとつが、オランダの食品栄養先端研究機構によるもので、実験では、被験者をバニラのにおいが香るなかで食べてもらうグループと、においのないなかで食べてもらうグループに分けて、全員にバニラ・カスタードを食べてもらった[13]。すると、バニラのにおいを嗅ぎながら食べた人のほうが少ない量で満足するという結果が出た。人間は食べ物のにおいを強く感じれば感じるほど風味を強く体感し、それにより少ない量で満足するようになる。つまり、食べ物のにおいが強ければ、口にする量が減るということだ。体重をコントロールするうえで、食べる量は大きな問題となるので、ひとつひとつの食べる量を少しずつでも減らすことできれば、全体として食べる量を少なくできるだろう。

また、においは複雑であればあるほど、食べたときの満足度が高まるようだ。同じくオランダで、被験者に異なるストロベリーヨーグルトを日を変えて食べてもらい、それぞれ満足度を答えてもらうという実験がおこなわれた。どちらもよく好まれる味のヨーグルトだったが、ひとつは一五種類のイチゴのにおいからなる複雑なフレーバーのもので、もうひとつはシンプルに一種類のにおいしかついていないものだった。結果は、複雑なにおいのヨーグルトのほうが満足度が高く、しかも満腹感は一五分以上持続したという[14]。口にする量を少なくしながら、より高い満足感を得られれば、摂取カロリーは減らせるはず。食べ物の香りを強く、複雑にするのはひとつの方法のようだ。

ダイエット効果のあるにおい

グレープフルーツはダイエットにいいと言われる。グレープフルーツを食べると、体内のインスリン量を抑えることができるため、甘いものを食べたいという気持ちが抑えられ、また豊富な食物繊維が満腹感を持続させる。グレープフルーツは多くのダイエット法で取りあげられている。ニューヨーク州の小さな町の名前にちなんでつけられた、有名なスカースデール・ダイエットもそのひとつだ。朝食にグレープフルーツを半分食べ、残り半分を昼食か夕食で食べるほかには、一日九〇〇キロカロリーに制限された、高タンパク、低脂肪、低炭水化物の食事が二週間続く、という厳しいものだ。

極端なダイエットはさておき、グレープフルーツを食べれば、厳しい食事制限をしなくても体重を減らすことができるという研究結果がある。カリフォルニア州サンディエゴのスクリプス・クリニック——フロリダ州政府柑橘局が出資している——でおこなった実験によれば、食事のたびにグレープフルーツを半分食べるかグレープフルーツジュースを飲み、定期的に運動し、それ以外は普通に食事をした被験者は、一二週間で一キロから二キロ痩せたということだった。[15] マウスを使った実験ではもっと驚くような結果が出ている。高カロリーの餌といっしょにグレープフルーツジュースを与えたマウスは、同じ餌と水を与えたマウスより、増えた体重が一八パーセント少なかったというのだ。グレープフルーツジュースを飲んだマウスは、水を飲んだマウスより、体内のブドウ糖とインスリンが少なく、その量は糖尿病の治療薬であるメトホルミンを投与したマウスと同じレベルだった。[16] 消費カロリー、運動量、体温はいずれも同じだったことから、グレープフルーツジュースには、少なくともマウスには効く何かがあるといえそうだ。

また、グレープフルーツのにおいを嗅ぐだけで体重抑制の効果があるかもしれないことを示す研究結果もある。グレープフルーツオイルかレモンオイルを入れたビーカーに一〇分ほど、鎮静剤を投与したマウスの鼻先をつけたところ、水を入れたビーカーに鼻先をつけたマウスにくらべて、脂肪燃焼を促す機能が七六パーセントアップしたという。[17] グレープフルーツの香りを利用したダイエット法はまだ聞かないが、香りによってはダイエット効果があるかもしれないということで、研究は進められているようだ。

オリーブオイルが健康にいいことはよく知られている。上等なオリーブオイルを飲むと喉の奥が焼けるように感じるのは、イブプロフェンに似たオレオカンタールという成分によるものだが、炎症を抑制する作用はイブプロフェンよりはるかに高い。イブプロフェンを飲めば、同じように刺激を感じるはずだ。この喉への刺激は高品質の証である。若いオリーブの実をプレスしてつくったオリーブオイルは、オレオカンタールの含有量が高く、喉への刺激も強い。そしてこの刺激が強ければ強いほど、健康にもいい。エクストラバージン・オリーブオイルが認知症や特定の癌のリスクを減らし、また、心臓病を予防する抗酸化物質を含んでいることを示す研究結果は多数ある。オリーブオイルのにおいを嗅ぐだけでダイエット効果があることを示した独立機関――オリーブオイル関連の団体に出資されていない――もふたつある。

二〇一三年、ドイツの食品化学研究所は、健康な男女に、オリーブオイルの香りをつけた（オリーブオイルは加えていない）低脂肪ヨーグルト五〇〇グラムを、普段の食事に加えて三カ月間、毎日食べてもらうという実験をおこなった。比較のために、同じく健康な別のグループには、香りをつけない低脂肪ヨーグルト五〇〇グラムをやはり三カ月間、毎日食べてもらった。オリーブオイルの香りの食欲抑制効果は明らかだった。香りつきのヨーグルトを食べた被験者は、空腹をあまり感じなくなったという。それだけではなく、ほかの食べ物から摂取するカロリーも減り、血糖値の上がりかたはゆるやかになり、実験期間の終わりには体脂肪が減っていた。一方、プレーンなヨーグルトを食べたほうは、とくに満腹感を覚えることはなく、摂取カロリーは減るどころか一日当たり平均一七六キロカロリー増え、三カ月後の体脂肪は増加していた。[18]

このような結果になった理由として考えられるのは、バニラの香りが低脂肪牛乳を甘く感じさせたのと同じように、オリーブオイルの香りが油分の多い食品を連想させたために、被験者は満腹を感じ、食べる量が減ったというものだ。[19] プレーン・ヨーグルトを食べた人の摂取カロリーが増えた理由は、被験者にアンケートをとらなかったので定かではない。しかし、毎日プレーン・ヨーグルトを食べることを義務づけられたことで、被験者が〝ダイエット〟モードになり、その分を取りもどさなければという気持ちになったとは考えられないだろうか。食べ物のことばかりを考えるようになり、かえって摂取カロリーが増えてしまったのかもしれない。

オリーブオイルの香りのダイエット効果を証明する別の実験もある。この実験では、男性の被験者に二種類の低脂肪のプレーン・ヨーグルトを別々の日に食べてもらった。[20] 一日は、オリーブオイルの香り成分を加えたもの（オリーブオイルそのものは加えていない）、別の日には、何も加えていないものを渡した。被験者をｆＭＲＩ（機能的磁気共鳴画像法）にかけたところ、オリーブオイルの香りつきのヨーグルトを食べた日は、何も加えていないヨーグルトを食べた日よりも味覚野の血流がよくなっているのがわかった。これは、口から鼻に抜けるにおいが、脳のなかの味覚をつかさどる部分を活発に機能させるという事実にも整合している。この実験では、二種類のヨーグルトを食べたあとに、被験者が食べた量や摂取したカロリーなどは計測していないが、オリーブオイルの香りがあると、脳が食や風味をより強く感じていることを示している。

また、ダイエットにいいヘルシーな食品を食べやすくする香りもある。シトロネラの抽出液――夏に虫よけのために焚くアロマ・キャンドルによく使われる――には、苦味を劇的に減らす効果がある。[21] 味の違いを利きわける訓練をした人に、においが嗅げないように鼻にクリップをして苦い紅茶を飲んでもらったところ、シトロネラを加えた紅茶は明らかに苦味がやわらいでいるとされた。さらなる研究の結果、シトロネラには、舌にある特定の味覚受容体をブロックすることで苦味を消す力があることがわかった。つまり、心理的に味覚に影響するだけではなく、香りによっては味覚受容体に直接影響するものもあるということだ。シトロネラの苦味をブロックする効果については、ほかの食べ物でもテストする必要があるが、シトロネラを一滴ふりかけるだけで、低カロリーで栄養のある苦い葉物野菜も食べやすくなるかもしれない。

◎渇望をコントロールする

人前で話をしたり、嫌いなものに向きあうといった、何かしたくないことをするときには、別のことを考えればいい――たとえば聴衆みんなが裸でいるところを想像する――と言われたことはないだろうか。じつは、この気を紛らわすという手法は、食物恐怖症を克服したり、どうしても食べたいという欲求（渇望）を抑えるのにも役に立つ。

ダイエットをしている人にとって、食べ物のことを考えないようにするのは至難の業だ。厳しい食事制限は、逆に食に執着させる。長生きするために、標準体重の七〇から八〇パーセントに抑えるよう厳しいカロリー制限をしている人は、一日中食べ物のことを考えているという話もある。[22]毎日ドレッシング抜きのサラダや、脂身のない肉ばかりを食べていれば、ファッジやフェットチーネが目の前をちらつくようになるのも当然だと思うだろう。

気を紛らわせる方法としては、「動的視覚ノイズ」を利用する方法がある。昔の白黒テレビに見られたような、黒と白の四角が明滅する映像だ。これを見ているときにはほかのことに集中するのは難しくなる。最近、アペタイト誌に発表された研究によれば、食べたいと思うたびに、スマートフォンで八秒間動的視覚ノイズを見てもらったところ、被験者の渇望は抑えられ、摂取カロリーも減ったという。[23]

もうひとつの方法は、楽しいものだ。アディクティヴ・ビヘイヴィアーズ誌に掲載された研究によれば、食べたい気持ちに負けそうになったときには、iPadでテトリス（落ちてくるタイルの向きを変えて隙間なく埋めて消すゲーム）を三分間プレーすると、食べ物とアルコールに対する渇望が一四パーセント抑えられたという。[24] さらに、親指だけではなく、手全体を使うのも効果的だ。イギリスのプリマス大学が実施した実験では、被験者の目の前においしそうなチョコレートを置いて、チョコレートのことを考えてもらった。当然、チョコレートを食べたいという気持ちが生まれる。それから、粘土細工をする人、何もしない人、数を逆に数える人に分けて一〇分間過ごしてもらい、その後チョコレートを食べたい気持ちに変化が生じたかどうかを訊いた。粘土細工をした人はかなり落ちついたと言ったが、何もしなかった人と数を逆に数えた人は相変わらずチョコレートが食べたいということだった。[25]

こうした研究の根底にあるのは、渇望が「精巧な侵入（elaborated intrusion）」によって起こされるという考え方だ。[26]「精巧な侵入」というのは、たとえばチョコレートのことを考えたり、実際に見たりすることで、チョコレートに関する記憶や感情がよみがえってきて、始終チョコレートのことを考えるようになる状態をいう。さらに、今チョコレートを食べられたらどんなにいいだろう、と想像することで、思いはますます募っていく。いわゆるチョコレート中毒のできあがりだ。しかし、白黒の複雑な映像を見たり、ゲームをしたり、手を使って何かをしたりすれば、頭のなかのチョコレートを追いだすことができる。チョコレートへの渇望はおさまり、落ちつきを取りもどすことができる。

瞑想を利用して渇望を抑える方法もある。執着を手放す仏教の瞑想は、渇望にも食物恐怖症にも効果的だ。執着を放棄するということは、特定の何かに固執しないようにすることであり、この場合は食べ物への固執を捨てることを指す。固執はどう対処したところで苦しみにつながるものであり、苦しみを最小にすることが人生の大きな目標だからだ。食べ物への固執は渇望を呼びおこし、その人を打ち負かすかもしれないし、ＡＲＦＩＤのような食物恐怖症は、その人の人生を乗っ取るかもしれない。いずれにしても、悲惨な状況が待っている。執着を手放すことができれば、その食べ物を渇望することも嫌悪することもなく、ただありのままに放っておくことができる。[27]渇望する食べ物も嫌悪する食べ物もあまり意味をなさなくなるため、気にしないでいられるだろう。それまで食べたくてしかたがなかったパスタを食べたいという気持ちは薄れ、嫌いだったエンドウ豆への抵抗感は減るはずだ。また、食べないつもりだったものを食べたとしても、あまり罪悪感を覚えずにすむだろう。最終的には、食べ物に支配されているとは思わなくなり、自分自身と食べるものを自分がコントロールしていると思えるようになるだろう。食べ物への執着心を捨てるための手引書として、ロナ・カバツニクの『The Zen of Eating（食と禅）』を強くお勧めする。

一切れのキャロットケーキではなく、そのままのニンジンを出されたとしても、あとで食べるものより、いま食べるものに意識を集中することで、がっかりした気持ちを減らすことができる。つまり、キャロットケーキを夢見ずに、その瞬間はニンジンに意識を向けることが大切なのだ。カーネギーメロン大学とイェール大学の研究者がおこなったふたつの実験からは、将来するかもしれないことよりも、いまに意識を集中して考えたとき、人はより賢い選択をすることがわかっている。ひとつめの実験では、学生はただで映画をレンタルできるので、ひとつを選ぶように言われる。ひとつは『ブルース・オールマイティ』のような気軽に楽しめるコメディ映画、もうひとつは『シンドラーのリスト』のように娯楽性の低い、高尚な映画だった。こうした状況でひとつを選べと言われたとき、学生が選んだ映画はほぼ半々だった。ところが、一週間ずつ二本借りていいと言われた場合には、最初に娯楽映画を選んだ学生の割合は八〇パーセントに跳ねあがった。ふたつめの実験では、被験者はお菓子をもらえる。ミセス・フィールズのチョコチップクッキーか、プレーンな低脂肪ヨーグルトだ。これもどちらか選べと言われたときには、クッキーを選んだ学生が少し多い程度だった。別の学生グループには二回選べると告げた。すると、最初にクッキーを選んだ学生は八三パーセントとなった。注目すべきは翌週で、ふたたびクッキーかヨーグルトを選ぶように言ったところ、一回目にクッキーを選んだ学生は、ヨーグルトを選んで埋め合わせをしようとはしなかった。

映画にしてもお菓子にしても、被験者はいま自分に甘い選択をしても、あとで埋め合わせることができると信じていた。しかし、誰もそうはしなかった。セカンドチャンスがあるとき、私たちは次はもっと立派な選択をすると思いこんでいるだけなのだ。つまり、今日の悪徳は明日の善行で埋め合わせることができると思うとき、あなたは自分を偽っていることになる。だから、明日はないと思って選択するほうがいい。そのほうが理性的な行動がとれるはずだ。[28]

においが渇望を抑える

何かで気を紛らわせたり、自分を知ることで食べ物の渇望を抑えて、理性的な選択をするのは理に適った行動だが、特定のにおいを嗅ぐことでも、思考に変化を与え、渇望を抑えることができるだろうか。

二〇一三年、イギリスのリーズ大学で、ダイエット中の女性にオレンジとチョコレートの香りを嗅いでもらうという実験がおこなわれた。嗅ぐのは一回につきどちらかひとつで、次の回まで少なくとも一週間あけた。実験に際しては、被験者に二時間以上絶食してもらい、それから、目の前でチョコレートの包装を破って一粒ずつに割るか、オレンジにナイフを入れて切りわけた。どちらも被験者は香りを吸いこむことになる。それから食べ物を片づけて、被験者におやつの評価をするようにお願いした。オレンジのスライス、シリアルバー、香りを嗅いでもらったチョコレートをトレーにのせて、好きなだけ食べて、それらの味とどのくらいの量を食べたいと思うかを評価してもらった。被験者は一週間後、前回嗅がなかったほうの食べ物の香りを嗅ぎ、同じように評価した。味の評価については差はなかった。しかし、オレンジの香りを嗅いだ日のほうが、摂取カロリーは六

○パーセント少なかった[29]。

チョコレートではなく新鮮なオレンジの香りを嗅いだときのほうが、その後の摂取カロリーが少なくなったのは、香りに脳の感情と記憶をつかさどる部分が刺激され、ダイエットという目標を思い出したから、というのがひとつ考えられる。グレープフルーツの香りがダイエットに効果があるというのも、同じ理屈なのかもしれない。一方、チョコレートの香りは魅力的すぎて、被験者は抗えずよけいに食べてしまうのだろう。

西洋の社会では、チョコレートはとくに女性のあいだで人気がある。チョコレートを拒絶すれば、単に食べたい気持ちを募らせることにしかならない。これは「精巧な侵入」理論そのものだ。いったんチョコレートでも何でも、食べたいと思うものに執着したら、そのことを考えれば考えるほど食べたいという欲求が強くなる。オーストラリアのフリンダース大学のエヴァ・ケンプスは、動的視覚ノイズが食べ物の渇望を紛らわせることを示した人物で、さらにいくつかの実験を行い、チョコレート以外のにおい——実際には食べ物以外のにおい——に、渇望を抑える効果があることを発見した。

ひとつ目の実験では、健康な学生に切り分けたチョコレートケーキやブラウニーなど、チョコレートが食べたくなるような写真を三〇枚見せた。写真は一枚につき五秒間見せ、その後の八秒間で、その食べ物のことを考え、さらにそれをどの程度食べたいと思うか考えてもらう[30]。考えてもらっているあいだ、被験者には水か、ジャスミン（食べ物ではない）か、グリーンアップル（食べ物）のにおいを嗅いでもらう。それから、「全然食べたくない」から「食べたくてたまらない」までで判定してもらった。その結果、おいしいチョコレートを想像しながら嗅いだ香りは、食べたいという欲求に大きな影響を与えることがわかった。ジャスミンの香りを嗅いだ被験者のチョコレートを食べたいという気持ちは、水かグリーンアップルのにおいを嗅いだ被験者の渇望よりも、一三パーセントほど低くなった。このことから、食べ物に関係ないにおいを嗅ぐことで、気が紛れ、渇望を抑えられることがわかる。

ケンプスはさらに、食べ物以外のにおいのほうが、ほかの感覚に訴えるよりも食べたい気持ちを抑えることを示した。彼女は同僚のマリカ・ティッジマンとともに実験を行い、被験者にピザなどのおいしそうな食事やアイスクリームなどの甘いものの写真を三〇枚見せて、渇望を抑えるには音とにおいのどちらが効果的かを調べた。[31] 前回の実験と同じように、被験者には写真を五秒間見せて、その後の八秒間、その食べ物を食べているところを想像してもらった。しかし、今回は、想像しているあいだに、なじみはないものの不快ではないにおいのする酢酸メチル――よく言えば、糊《のり》のようなにおい――を嗅いでもらうか、意味のない言葉を聞いてもらうか、黒いコンピュータースクリーンを眺めてもらうかしてから、渇望を評価してもらった。いちばん効果があったのはにおいだった。糊のようなにおいは、甘いものについては二〇パーセント、おいしそうな食事については二五パーセントほど、渇望を抑えたのである。アペタイト誌に掲載された二〇一六年の実験では、食べ物の誘惑と食べ物以外のにおいが調和しないために、渇望を抑えるということが確認されている。[32] 女子学生にチョコレートのデザートの写真を見せて、シトラスミントの香りを嗅いでもらったところ、チョコレートを食べたいという気持ちは、何のにおいも嗅がなかったときよりも三七パーセント低かった。一方、バニラの香りは渇望を二八パーセント上昇させた。

おそらく、ダイエットに効果のあるアロマセラピーは、グレープフルーツ、オリーブオイル、オレンジ、糊、ジャスミン、ミントの香りに限定されないだろう。同じような思考や動機、感覚を引きおこすにおいならどれでも効果があるはずだ。食べ物ではないもののにおいは、気持ちを紛らわせることで、食べたい欲求に抵抗する力を与えてくれる。3章で、セイヨウナシのにおいを嗅いだ人が低カロリーのデザートを選んだという実験結果について触れたが、ヘルシーな食べ物のにおいは、賢明な選択を促し、カロリーの低いものに向かわせる効果がある。また、場合によっては、カロリーたっぷりの食事を連想させるにおいを嗅ぐことで、ぜいたくな気分になって満足し、少しの量で満腹になることもあるだろう。

渇望をコントロールしたければ、食べ物以外のもので、好みだが、あまりなじみのないにおいを見つけて、ドーナツなどのおやつがちらつく五時ごろに嗅いでみてほしい。アロマの容器をさっと取りだして、気持ちを紛らわせてから仕事に戻ればいいだろう。五時ごろというのは、一日のなかでもっとも嗅覚が鋭くなる時間帯なので効果も抜群だ。もし、秘密の香りを何にしたらいいのかわからなかったら、ディメーター・フレグランス・ライブラリー（アメリカの香水メーカー）の商品を試してみるのも手だろう。扱っているのは、伝統的なものから変わったものまで二〇〇種類以上の「日常」の香りで、さまざまな柑橘類や甘い食べ物の香りだけではなく、クレヨン、温室、月光の香りなどというものまである。

においは感情に訴え、記憶を呼びおこす。だから、ダイエットのために効果的に使いたければ、ドーナツから気を紛らわせてくれるだけではなく、ドーナツのことを忘れてしまうほど強力な記憶を呼びおこす香りを、ひとつでもふたつでも見つけることだ。記憶の旅路に誘う香りや満たされていたときを思い出させてくれる香り、あるいは嗅げば自信がよみがえってくる香りは、渇望を忘れさせてくれると同時に、好ましくない食欲に立ち向かう勇気を与えてくれる。大切なのは、自分を勇気づける記憶と結びつく香りは人それぞれなので、自分にとって効果のある香りを見つけることだ。そういう香りを見つけたら、渇望を抑えたいときに吸いこんで試してみてほしい。しばらくして記憶や感情が薄まったとしても、すでに気持ちは改まり、渇望は抑えられているので、誘惑に負けることなく、乗り切れるはずだ。少なくともしばらくのあいだは効果があるだろう。

嗅覚や味覚はきわめて強力な感覚であり、食体験や人生に驚くような形で影響を与える。しかし、ハンバーガーに手を伸ばすのか、バナナに手を伸ばすのか、あるいはどのくらいの量を食べるのかといった判断に影響を与える感覚はほかにもある。そのなかで注目すべきなのが視覚だ。私たちは、目で味わうのである。

5章　目で味わう

中国では「食べるときにはまず目で、それから鼻で、最後に口で味わう」という。たとえば、グリルド・チーズサンド。においが嗅げるほど近くになくても、こんがり焼けたトーストのあいだから流れでる黄金色に輝くチーズを見ればそれだけで、文字どおり唾液が出てくるはず。消化に必要なペプチドも分泌される。インスリンが分泌され、体は受けいれる準備をはじめる。つまり、食べ物を口にする前から、目は消化のプロセスをスタートさせるのである。しかも、消化という生理的な行為の環境をセットするだけではなく、口で味わいたいという気持ちにもさせる。

人は食べ物を見れば食べたくなる。ハーシーのキスチョコを三〇個、透明な瓶に入れてオフィスに置いたところ、不透明な瓶に入れたときよりも四六パーセントも多く消費されたという実験結果がある。同様に、透明なラップフィルムで包んだサンドイッチと不透明なアルミホイルで包んだサンドイッチをくらべた場合、明らかに前者のほうが多く食べられた[1]。目に見える食べ物はつねに誘惑する。目の前にあるお菓子には思わず手を出してしまうものだ。教訓。キャンディはなかが見えない瓶に入れ、サンドイッチはアルミホイルで包むこと。さいわい、お菓子だけではなく、ヘルシーな食べ物も目に見えたほうが、たくさん食べられる。キッチンが食に与える影響を調べる実験のなかで、被験者の大学生にスライスされたリンゴを出したときには、入り口がすぼまっている暗い色のボウルより、オープンでクリアなボウルに入ったリンゴのほうが多く消費された。[2]

チーズサンド、キスチョコ、果物の例からわかるように、人は視覚的に誘惑されたときのほうが、目隠しをして食べるよりおいしく味わえる。ただし、見た目の問題はある。ぐちゃぐちゃに切ったサンドイッチ、バラバラにくだけたリンゴではおいしく味わえないだろう。凝った料理になればその差はさらに大きくなる。だから、料理学校では盛りつけを習うのだ。

シェフや知覚研究者、食通の人はスライスしたリンゴからローズマリーを散らしたラム肉まで、食べ物の味は見た目に左右されることを知っている。たとえ口に入れた瞬間にぐちゃぐちゃになるとしても、皿の上ではきれいに並んでいるほうがおいしく感じる。チャールズ・ミシェルはフランスにある世界有数の料理学校、アンスティチュ・ポール・ボキューズで学び、その後ミシュランの三つ星レストランで働いたあと、世界的に有名な感覚心理学者チャールズ・スペンスと、オックスフォード大学のクロスモデル・リサーチ・ラボラトリーで、アートが味覚にどう影響するのかというテーマで研究している。

実験では、一八歳から五八歳の男女を集め、三種類のサラダ——材料はまったく同じで、盛りつけを変えている——のなかからランダムにひとつを食べてもらった。ひとつめはごく普通のミックスサラダで、ふたつめは材料ごとに完全に分けて並べたもの、そして最後は、カンディンスキーの抽象絵画のように配置したものだ。被験者には食べる前と食べたあとに味を評価するようお願いした。

食べる前は、カンディンスキー風サラダの評価が圧倒的で、普通のサラダと分けられたサラダにくらべて二倍の評価がついた。食べたあとも、味の評価はほかのサラダにくらべて二〇パーセントほど高かった。材料は同じであるにもかかわらずだ。さらに、被験者が評価した、塩味、酸味、甘味、苦味にも違いはなかった。[3] アートは食べ物をおいしくする。私たちはまず目で味わうからだ。

芸術的に見えたり、美しく見える食べ物がおいしく感じるのは、見た目が私たちの期待値を左右するからだろう。見た目がよければ、品質が高く、味もいいと考える。さらに、美しい食べ物は気持ちも高めてくれる。気持ちが高まった状態で食べれば、味わいも増す。これは、快楽と報酬に関係する脳内化学物質と神経回路——ドーパミンや眼窩前頭皮質——が食べる喜びにも直接かかわり、しかも、お互いを高めあうよう作用するからである。次は、色や形や大きさなど、視覚的な特徴が、食べ物や飲み物の味にどう影響するか、満足度はどう変わるか、食べるスピードや量にどう影響するか、見ていこう。

◎ワイン通

ボッホ博士はワインクラブに入っている。会員は、博士と同じように社会的地位の高い裕福な人ばかりだ。だが、最近、持論を押しつけてくる仲間がいて、苛立たしく思っていると言う。それで、私の専門を聞いて、彼らの鼻を明かす方法はないかと訊いてきた。そこで私は、フランスでおこなわれた、とある実験のことを教えてあげた。ワインの専門家と言われる人たちが面目丸つぶれとなった実験である。[4]

フランスワインの大会という設定で、参加した専門家たちはまずボルドーの白ワインを与えられて評価した。その後、まったく同じボルドーの白ワインに赤い食用着色料を加えたものが渡された。つまり、それは見た目は赤ワインだが、風味も香りも最初の白ワインとまったく同じものだ。すると、最初の白ワインには「蜂蜜」「メロン」「バター」「カラメル」といった言葉が使われたが、赤く見える白ワインには「クロフサスグリ」「タバコ」「チョコレート」「チェリー」といった赤ワイン用の言葉が並んだ。ジャムのようなリッチな口あたりがすばらしいと褒める人までいた。この実験から、専門家であってもまず目で味わっているということ、色には説得力があるということがわかる。この話を聞いたボッホ博士は、赤いピノ・グリージョ（イタリアの白ワイン）でメンバーに一泡吹かせたという。

ワインの場合は、酔っぱらうから簡単に騙されるのだろうと思う人がいるかもしれないが、それはあまり関係がない。ノンアルコールの飲料業界では、たとえばアップルジュースをベースとした飲料にグレープの色を着色して、紫色にすることがある。それで苦情が寄せられたことはほとんどない。こうした効果は研究室でもすぐに試して確認できる。レモンフレーバーの飲み物をオレンジ色にすると、飲んだ人はオレンジジュースだと言うだろう。だが、こうしたトリックも程度問題だ。バニラフレーバーの飲み物を紫色にすれば、飲んだ人は混乱するだろうが、グレープジュースとは思わないだろう。[5]

ラベルの威力

飲み物について言えば、ラベルの効果も大きい。紫色にしたアップルジュースに「グレープ」というラベルが貼ってあれば、信頼性はさらに増す。ワインの専門家も例外ではなく、ラベルには騙される。同じくフランスでワイン通を集めておこなわれた実験では、高価なワインだという偽のラベルに騙される人が続出した。用意したのは、中程度の品質のボルドーワイン。これをふたつのボトルに詰めて、一本は最上級を意味する「グラン・クリュ」、もう一本にはよくある「テーブルワイン」のラベルを貼った。中身はまったく同じワインなのに、グラン・クリュのボトルから注がれたワインには、「心地よい」「森を思わせる」「複雑な香り」「バランスがいい」「丸みがある」といった言葉が並び、テーブルワインのほうには「弱い」「余韻が短い」「軽い」「平坦」「何かが足りない」という言葉が並んだ[6]。

自分はワインの味には詳しくないから、そんな専門家を対象にしたトリックにはひっかからないだろうと思う人がいるかもしれないので、最近、カリフォルニアでおこなわれた実験を紹介しておこう。一般の人に、同じカルベネ・ソーヴィニヨンのボトルに四五ドルの値札をつけたものと五ドルの値札をつけたものを試してもらったところ（実際の値段は五ドル）、四五ドルのほうがずっと高い評価を受けたのである。ワインを飲みながら脳をＭＲＩで測定したところ、脳も騙されていることが確認された。四五ドルだと思っているワインを飲んでいるときは、眼窩前頭皮質――香りと風味を処理し、その経験がどの程度快楽であるかを測定する場所——が、五ドルの値札のワインのときよりも、はるかに激しく反応したのである。[7]

ラベルには人を味覚と快楽の迷路に迷い込ませる威力がある。そこに書かれた言葉は、食べ物をまったく異なる物質だと思わせることができる。私の研究室で、瓶に入れたコットンにさまざまなにおいを含ませて被験者に嗅いでもらうという実験をおこなったことがある。被験者が目にするのは白いコットンだけだ。酪酸とイソ吉草酸を合わせたもの——チーズっぽいすえたにおいがする——をしみこませた瓶を渡すときに「これはパルメザンチーズのにおいです」か「これは吐しゃ物のにおいです」と伝える。[8] すると、予想どおり、被験者は言われた言葉に合わせた反応を見せる。その差は両極端だ。好きなにおいだと言う人と、「うえっ」という反応を見せる人。チーズを食べたくなったという人と、叫びながら逃げだそうとする人。被験者の八五パーセントは、まったく異なるにおいだと思ったという。

これをさらに発展させた実験をした人がいる。神経科学者のイヴァン・デ・アラウジョは、スイスの香水メーカーのフィルメニッヒの研究者とともに、被験者に酪酸のにおいを嗅いでもらって、MRIで測定するという実験をおこなった。嗅いでもらうときには、チェダーチーズのにおいか、体臭だと告げられた。私がおこなった実験と同じように、チェダーチーズだと告げられた人のほうがはるかに好意的に受けとめた。被験者の脳も与えられたラベルに応じて反応し、態度にあらわれる反応と神経的な反応には相関関係が見られた。[9] つまり、言葉ひとつで、においの認識を完全に変えてしまうということだ。古代ローマの政治家キケロが言ったように「言葉で説得できないものはない」のである。

◎色

私たちが食べるものを認識し、食べたいかどうかを考えるとき、色は大きな役割を果たす。ゲイブの場合、数少ない食べられるものはすべて白という時期があった。オリーブオイルをかけただけのピザ生地、バターで味つけしただけのパスタ、フィッシュ・スティック、プレーン・ヨーグルト、そしてライス。特異な例はさておき、色鮮やかな食べ物は、嗜好や栄養だけではなく人類の進化にも重要な意味を持っていた。色覚は、サルやオランウータン、そして人間という霊長類に備わって進化したものと考えられている。おかげで赤くて熟れた果物と、まだ青い果物を見分けることができ、それによりカロリーの高いものを食べることができた。それは脳の進化にも役に立ったのだろう。[10]

赤くなることが熟したサインかどうかは別にしても、とにかく赤いというだけでその食べ物は甘く見えるし、その赤も暗い色調になればなるほど甘さも増す。[11] たとえば、実際に糖分が多いかどうかはともかく、深紅のチェリーはピンク色のチェリーよりも甘く感じる。そして、果物と同じように、青いものはより酸っぱく感じる。ある実験で、一般に売られているオレンジジュースを緑色に着色して飲んでもらうと、着色しない元のジュースより酸っぱいと評価された。[12] 赤が甘さを増し、緑が酸味を増すように感じるのは、私たちが経験から得た色と味の組み合わせによるものだ。緑色のブドウはあるが、私たちはたくさんの果物を食べて、熟した果物は赤くて甘く、青いものは酸っぱいということを学んでいる。

色は、味の認識や食べたいと思う量にも影響する。新しいチョコレートを試食してほしいといって集めた被験者に、緑色と茶色の〈エム・アンド・エムズ（M&M'S）〉をロゴを外して食べてもらうと、茶色にくらべて緑色のほうは、あまりチョコレートっぽくないという評価が返ってきた[13]。別の実験では、色と味が一致したフルーツジュース（紫色でグレープ味、黄色でレモン味）と一致しないもの（紫色でレモン味、黄色でグレープ味）を飲んでもらったところ、一貫してグレープ味は紫色のもののほうが好まれたし、レモン味は黄色のもののほうが好まれた。ところが、目隠しをして飲んでもらうと、色と味が一致したジュースと一致しないジュースは同じように好まれた[14]。要するに、色は食べ物の嗜好を強めることができるが、それは色が期待と一致することを目で見て確認できるときだけということになる。

食べ物や飲み物の色と味の組み合わせについては、文化の影響も大きい。イギリス人と台湾人のボランティアに、さまざまな色の飲み物を見せて味を予想してもらったところ、茶色の飲み物を見て、イギリス人の七〇パーセントはコーラと予想し、グレープ味を予想した人はいなかった。ところが、台湾人の四九パーセントはグレープ味を予想し、誰ひとりとしてコーラだとは思わなかった[15]。

同じ人たちに今度はオレンジ色の飲み物を見せると、イギリス人の全員がオレンジの味がすると思ったが、台湾人でそう思った人はひとりもいなかった。台湾人の反応は実にさまざまで、半分近くの人がオレンジ色の飲み物を見て、フルーツ味の飲料だと予想するにとどまった。これらの違いは経験によるものだ。アジアには、茶色い缶入りのグレープ味のエナジードリンクがあり、また、台湾のタピオカティーにはオレンジ色のものがあるが、オレンジの味はしない。

本来あるはずの色がなければ、それはそれでまた物議を醸す。一九九三年、ペプシコーラは〈クリスタル・ペプシ〉という無色透明な飲料を発売した。味は普通のペプシとまったく同じだったが、大失敗に終わった。コーラ自体を変えずに、缶の色をなくしてつまずいた例もある。コカ・コーラが、二〇一一年、ホッキョクグマの保護資金を募るために、限定版として白い缶のコーラを発売したところ、味が違う、配合を変えたに違いないという苦情が寄せられることになった。

私たちは、職場の方針だろうと、グラスのなかの飲み物だろうと、対象は何であっても自分の期待に合わないものは好まない。そう考えれば、物理や化学の力を利用して料理の可能性を追求する分子ガストロノミーのレストラン——食べる人の予想を裏切るような料理が出てくる——が人気を博しているのは不思議なことだ。こういうレストランでは、たとえば、イクラがのったマグロのタルタルのように見える料理は、じつはスイカの薄切りと、オレンジジュースにアルギン酸ナトリウムを加えて、塩素酸カルシウム水溶液に落として粒状にしたものでできている[16]。分子ガストロノミーのレストランで食事をするときには、騙されたら喜ぶ、少なくとも受けいれる、という暗黙の協定をシェフと結ぶことになる。

◎明かりを消して

二〇〇〇年代のはじめごろ、「ブラインド・レストラン」なるものが、短期間ながら流行った。客は暗闇のなか、本当に盲目のスタッフにテーブルまで案内される。面白いことに、食べることに集中したと感じる客が多く、たいていは普通のレストランで食べるよりも少ない量しか食べなかったという。この感想を裏づけるように、目隠しをして食べてもらう実験では、目で見て食べるときよりも二五パーセントほど摂取カロリーが低くなっている。[17] 見ることができなければ、人は食べ物の香り、風味、味、食感をより意識することになる。しかし、それが食べる量が減る理由になるとは思えない。それよりも、普段は目から受けとっている食べ物の魅力が欠如しているから、という理由のほうが大きいのではないか。

見ることができなければ、食べ物は視覚的に私たちを誘惑できない。だから、おなかは空いていないけど、バジルソースのニョッキがウィンクするからもう一口食べてしまう、ということは起こらない。そもそもお皿においしいパスタが残っているかどうかもわからないかもしれない。食べる量は当然減るだろう。もうひとつ重要なのは、見えなければ、何を口に入れるのかわからないことだ。もしかしたら危険なものかもしれない。となれば、私たちは本能的に警戒する。新奇恐怖症《ネオフォビア》に似た、この警戒感があるから、私たちは注意しながらゆっくりと食べることになる。そのため、たとえそこが高級レストランであっても、あるいは、実験だから危ないものを食べさせられることはないとわかっていても、やはり食べる量は少なくなってしまうのだろう。さらに、進化の歴史を振りかえってみれば、暗闇には捕食者が潜んでいた。だから、食べることに夢中になって、警戒を怠れば、自分たちが食べられてしまっていたかもしれない。ブラインド・レストランはものめずらしさで人気を博したが、次第にすたれてしまった。人間は暗闇のなかで食べるようにできていないのである。

まったくの闇のなかで食べるときと反対のことが起こるのが、薄暗くしたレストランである。心地よくリラックスした雰囲気のなかで食事をすれば、私たちはおおらかな気分になり、ふだんよりもカロリーを摂取する。[18] 暗い照明は落ちつくので、つい長居してしまい、結果としてたくさん食べることになる。さらに、時間がたてば食欲も戻ってきて、デザートメニューもゆったりと眺めることができ、そのつもりがなかったとしても思わず頼んでしまうかもしれない。一方、ファストフード店はいつも明るいが、これは逆の効果を狙っている。照明が明るい場所では、人はさっさと食べてさっさと出ていくからだ。こうして〝ファスト〟フード店は成りたっている。サービスが速いというだけではない。速く食べて速く出ていくのは、スピードを求める客の要望を満たしているし、客の回転率が上がれば店の売り上げも上がる。

◎器の色

味や食べる量を変えるのは、食べ物の色やレストランの照明だけではない。食べ物を盛る皿や容器の色も影響する。ホット・チョコレートは、白いマグカップより赤いマグカップで飲むほうがおいしく感じるし、ソーダ水は赤や緑や黄色のグラスより、青いグラスで飲むほうが爽快感がある。[19] これは後天的に得た色と温度の結びつきによるもので、赤、黄色、オレンジ色は「あたたかい」色、青や白は「冷たい」色となっている。こうした色は、太陽は赤、オレンジ、黄色で、水と氷は青と白というように、単にものの温度を物理的に表現するだけではなく、心理的な期待もいだかせる。あたたかい色は居心地のよさを連想させ、冷たい色は爽快な気分を連想させる。だから、ホット・チョコレートはあたたかい色のマグカップで飲むほうがおいしいし、ソーダ水は冷たい色のグラスのほうがさわやかに感じる。

食器類も味覚を変える。チャールズ・スペンスとクロスモデル・リサーチ・ラボラトリーがおこなった実験によれば、カラメル味のポップコーンは青いボウルで出したときのほうがより塩辛いと評価され、普通のポップコーンは赤いボウルで出したときのほうがより甘いと評価された。[20] 人間が熟れた果物を経験的に知っていることから、赤はすべての食べ物を甘く見せる効果がある。さらに食べ物自体が赤くなくても、盛りつけられた器の赤の効果は食べ物に波及する。同様に、私たちは青と塩辛さを経験的に結びつけているので――海は青く、海水は塩辛い――青いボウルがポップコーンを塩辛く感じさせたのだ。

スペンスの研究からは、たとえばストロベリームースなどのデザートは、黒い皿より白い皿で供されたほうが甘く感じるということもわかっている。[21] 色のコントラストが理由だろう。ストロベリームースは白い皿にのせたほうがより赤く見える。赤は甘さのシグナルなので、白い皿に盛ってピンクのデザートの赤みを強調したほうが甘く感じるというわけだ。

◎赤の恐怖

赤は魅力的な色だ。食べ物を甘く感じさせ、ポジティブなあたたかさを連想させるが、同時に危険を示すシグナルでもある。だから、恐怖を感じさせることで、間食を切りあげさせることもできるかもしれない。

ドイツのある大学で、「心理状態についていろいろ答えてもらう」ということで募った、一三歳から七五歳のボランティア一〇〇人に、ブースにひとりですわって回答用紙を埋めてもらう、という実験がおこなわれた。回答用紙の隣には一〇個のプレッツェルを置いた紙皿が置かれ、記入しながらご自由にどうぞということになっていた。紙皿は青と白と赤のものがそれぞれ三分の一ずつ用意された。

驚いたことに、赤い皿が置かれたブースに入ったボランティアの人は、白と青の皿のブースの人にくらべてプレッツェルを半分しか食べていなかった。あとから確認した結果、おなかが空いていたかどうかや、ボランティアの色の好みは関係ないことがわかった。実際、色としては白がいちばん不人気で、青と赤は同じくらい好まれた。また、赤いステッカーを貼ったプラスティックカップで飲み物を出されたボランティアは、青いステッカーを貼ったカップで出された人にくらべて、飲んだ量が半分だったということもわかった。[22] こうした結果を見ると、赤という色には消費を抑える効果があるように思える。これはどういうことなのか。

ダッシュボードに灯る赤、信号の赤、赤い三角形はすべて、注意しないとこれから危険なことが起こるという警告のマークだ。自然界では赤は脅威の合図となっている。血は赤く、炎症は赤く、赤い植物や虫は毒の存在を知らせる。世界は私たちに、赤は危険のシグナルで、目にしたら警戒しろと教えてきた。これをプレッツェルやドリンクの実験に当てはめてみれば、皿やカップに赤い色を見たことで、無意識に警戒感を募らせ、なんとなく飲んだり食べたりしていたのをやめた、と言えるかもしれない。赤と警告の結びつきは、ほかの実験からも導かれている。筒型の容器に入ったポテトチップスで、一定の枚数ごとに色の違うポテトチップスを混ぜたものを被験者に渡して食べてもらったところ、数枚おきに黄色いチップスが出てくるものを食べた人にくらべて、赤いチップスが出てくるものを食べた人は、食べた量が半分で、摂取したカロリーも二五〇キロカロリーほど少なくなった。赤いチップスは、被験者にこれ以上食べていいのかどうか考えさせる役割を果たしたようだ。[23]

赤には、欲望の手綱を締める効果があるようなので、だらだらと食べるのをやめたければ、赤い皿にお菓子を盛るといいだろう。しかし、たくさん食べたいときには赤を使わないほうがいい。回避・制限性食物摂取障害（ＡＲＦＩＤ）の子どもには新しい食べ物を赤い器や赤い容器から与えてはいけない。また、入院中の人や化学療法を受けていてあまり食べられない人にも赤い皿は使うべきではない。[24]

明るい話もある。最近おこなわれたある調査で、七〇パーセントの人が黄色と幸せを結びつけていることがわかったという。一〇〇〇人を超える回答者から幸せな食事としてあげられたのは、オムレツ、マカロニ・アンド・チーズ、バナナ、レモンケーキだった。子どものころから太陽と結びつけられ、おもちゃに使われることも多いため、いつのまにか黄色は幸せの色ということになったのだろう。[25]もちろん、この調査をおこなったのが、イギリスのハッピー・エッグ・カンパニーであることを考えれば、この結果をそのまま鵜呑《うの》みにするのは適切ではないかもしれない。とはいえ、政府機関や食品メーカーがよりよく食べるために色を利用することを考えれば、いろいろな可能性が広がっていると言えるだろう。

◎多ければ多いほど

私たちは大盛りが好きで、控えめに盛りつけられた料理より、派手にたっぷり盛られた料理が出てきたほうが、たくさん食べる。皿の上に一枚か二枚のせられたパンケーキより、何枚も重ねられたパンケーキのほうがおいしそうに見える。広告に使われる料理写真がたいてい山盛りになっているのは、これが理由だ。パンケーキにしてもパスタにしても、大盛りサイズのときには、いつもより一口が大きくなり、食べるスピードも速くなる。早食いをすると、満腹になったことを体に知らせる機能が正常に働かない。だから、大盛りの料理は、本来ストップがかかるところを超えて食べてしまうことが多い。

ブライアン・ワンシンクはコーネル大学の教授であり、研究者であり、作家であり、農務省の栄養政策プロモーションセンターのもとエグゼクティブ・ディレクターである。彼は、だらだらと食べすぎてしまうのは、環境や心理的な側面が大きいこと、そして、過食の元凶はサイズであることを明らかにした。大学生に学校の食堂で、サイズの異なるキャセロールを食べたもらったところ、三五〇グラムのものを食べた学生は、二五〇グラムのものを食べた学生にくらべて、四三パーセント多く食べたという（一七二キロカロリー余計に食べたことになる）[26]。器やパッケージの大きさも影響する。ワンシンクと彼の研究仲間によれば、皿やパッケージが大きいことで、スナック菓子なら五〇パーセント、料理なら二五パーセント余計に食べてしまうということだ[27]。

驚いたことに、大きなサイズは、食べているものがおいしくないと思っていても食べさせてしまう力を持っている。ワンシンクが、マーケティングの専門家であるジュンヨン・キムといっしょに、フィラデルフィアの映画ファンを対象におこなった実験では、製造後二週間たった古いポップコーンを中サイズと大サイズの容器に入れて渡した。すると、大サイズの容器をもらった人は三四パーセントも多く食べたのである。その味には、一点から九点までのうち、二点しかつけなかったにもかかわらずである（一点は非常にまずく、品質も非常に悪いことを意味する）[28]。

大きな容器は、たとえ入っている量が少なくても、誘惑する力が強いようだ。ベルギーの研究者が被験者に〈エム・アンド・エムズ〉を二〇〇グラム渡したところ、七五〇ミリリットルの容器に入れてもらった人は、二五〇ミリリットルの容器に入れてもらった人にくらべて量もカロリーも二倍近く消費した[29]。容器のサイズは、消費してもいい適切な量を私たちに示している。しかも、大きな容器に入っていたのは、半分にも満たない量だった。この対比は、量が充分ではないという錯覚を招く。適切な量に対する誤認に、対比による錯覚が重なったことで、被験者は余計に食べることになったのだ。さらに、この実験では、テレビを見ながら好きなだけ食べてもいいとした。過食という観点から見れば、10章で取りあげるように、テレビを見ながら食べるのは非常に危険な行為だ。

教訓。大きな容器の場合、中身がどれだけ入っていようと、気をつけよう。

◎一口サイズ

立食パーティーに招かれて、前菜をとるとする。こうした前菜の大小と食べる量は関係するのだろうか。正解は「関係する。小さいほうが食べる量は減る」となる。食べ物が一口サイズになっていれば、同じものを大きなままで食べるより、食べる量は減る。実験によれば、サンドイッチ四つを一口サイズの三二ピースに切り分けて出したほうが、一六ピースに切り分けたときよりも、減る量は少なかったという。同じように、味を評価するためにキャンディを食べてもらったときには、二〇に分けたキャンディよりも、同じ量を一〇に分けたキャンディのほうが、多く消費された。また、クリームをのせたウエハースもそのまま一本出したときのほうが、切り分けて出したときよりも、たくさん、しかも早く食べられていた[30]。

小さくしたほうが食べる量がなぜ減るのかと言えば、小さな食べ物を食べるときは、時間をかけて食べるからだ。スモークサーモンとクリームチーズとディルをのせたカナッペはゆっくり味わうが、同じものをはさんだベーグルはがぶりといくだろう。普通のキスチョコは口のなかで溶かして充分に味わってから、次の一個を手にとるが、バレンタインデーにもらうジャイアント・キス・チョコにはかぶりつくはず。一口が大きいと、私たちはあまり噛まずに味わうことなく、すぐに飲みこんでしまう。口にとどまる時間が短ければ、感覚への刺激を充分に受けとめることができず、満足度も低くなる。だから、同じ二六〇キロカロリーの、カフェラテ一杯と〈オレオ〉クッキー五枚をくらべると、ラテのほうが物足りなく感じるのだ。クッキーは、あっという間に喉を落ちていくラテと違って、口のなかにとどまる時間が長い。小さくしたほうが食べる量が減る、もうひとつの理由は、一口サイズのものを口にすると、たくさん食べないことを前提とするおやつのように感じ、一方、大きめのサイズで供される食べ物は食事のように感じて、存分に食べても許されるような気がするからだろう。

一口のサイズ以外にも食べる量に影響するものがある。一カ所にまとめて盛りつけられた食べ物は、バラバラに配置されたものよりも多く消費される。アリゾナ州立大学の実験では、五ピースのチキンをかためて皿に盛りつけたときよりも、皿の上にばらばらに置いたときのほうが、被験者の食べる量は少なくなり、次に出てくる料理の摂取カロリーも減った[31]。皿に広げて置かれていれば、量が明らかになり、人は自分が食べた量を意識する。広げれば広げるほど、食べ物はたくさんあるように見え、たくさん食べたと思えば、次の皿には自制が働くということなのだろう。

皿の上での広がりは、皿の大きさによっても変わってくる。一〇〇グラムのパスタを大きな皿に盛りつけるときには、皿の端からは距離をとって中央に盛りつけるので、小さな皿に盛ったときよりも少なく見えるはずだ。だから、食事指導をする栄養士は、小さな皿で食べるように勧めるのである。食べ物がスペースをとっていればいるほど、私たちは食べ物がたくさんあると考える。逆に、食べ物のまわりに余白があると、私たちは食べ物の量を過小に評価し、もっと食べてもいいと思ってしまうのだ。だが、安心してほしい。大きな皿についたくさん盛ってしまうのは、あなたが大食いだからではない。これから見るように、それは目の錯覚のせいなのだ。

◎イリュージョンの世界へようこそ

デルブーフ錯視――一九世紀に活躍したベルギーの哲学者、数学者、心理学者であるジョゼフ・デルブーフが発見し、その名がつけられた――こそ、私たちが大きな丸い皿やボウルで供されたときに量が少なく感じる原因だ。一五七ページの図に示すように、黒い丸の大きさはまったく同じであるにもかかわらず、外側の円（あるいは皿やボウル）が大きいと、内側の円はずっと小さく見える。

こうして私たちは、自宅やパーティーの場だけではなく、科学的な実験においても騙される。栄養学の専門家でさえも間違える。ブライアン・ワンシンクらは、中西部の規模の大きな大学から八五人の栄養学者を集めて、大きなボウルか小さなボウルを渡し、好きなだけアイスクリームをすくって食べてもらった。結果、大きなボウルをもらった人は、小さなボウルを手にした人にくらべて三一パーセント多くアイスクリームを食べていた。参加者全員に、どのくらいの量をすくったか見積もってもらうと、大きなボウルを手にし、まわりよりも五〇グラムは多くすくった人でも、みなと同じだと思ったと言う。小さなボウルを持った人は、実際よりも少し多く見積もった。[32] こうした錯覚は、スプーンで苦い薬を飲むという場面でも作用する。患者に咳止めの薬用に大きなスプーンを渡したところ、適正量の二二パーセント増しの量が飲まれていたという。

さいわい、デルブーフ錯視は逆の効果もある。スープを小さなボウルによそえば、サイズが過大に評価されて、飲む量が減ることを示す実験結果は複数ある。つまり、ボウルや皿が小さければ、摂取カロリーも低くなるということだ。[33] だから、もしあなたが太っているなら、大きな器と、それゆえにたくさん盛ってしまうことが原因かもしれない。最近のお皿は、数十年前の大皿と同じくらいの大きさになっている。それなのに、私たちはそれにたっぷり盛りつけて完食している。

一皿が大きいとたくさん食べてしまうのは、私たちはそこにある食べ物の量を見て、食べる量を決め、普通は食べ終わったことが目で確認できるまで食べるからでもある。私たちが食べる量を決めるにあたって、いかに目に頼っているかを示した実験がある。被験者の学生に「新しいトマトスープ」だと紹介して、好きなだけ飲んでもらうというものだ。[34] 二〇分後、試飲は終了とし、学生にどのくらい飲んだか訊いた。これが普通の試飲テストと違うのは、半分の学生には、自動的にスープが補充されるボウルを使ったところにある。したがって、二〇分経過してもボウルのなかには、スタート時点のようにたっぷりと入っていた。ボウル自体はみんな同じ形で、五〇〇ミリリットルは入る。自動的に補充される魔法のボウルで飲んだ学生のほうがたくさん飲んだと言われても驚かないだろうが、七三パーセントも多く飲んだと言われれば驚くだろう。さらに驚くのは、自動補充の学生は自分が人よりたくさん飲んだとも、満腹になっているとも思っていなかったことだ。

同じような実験が食べ放題のスポーツバーでおこなわれ、チキンウィングを食べ終わったそばから骨を片づけると、骨を積みあげた場合よりたくさん消費されるという結果が出た。[35] 山になった骨を見れば、食べた人は自分がどれだけ食べたかわかるが、片づけられてしまうと食べた量を判断で

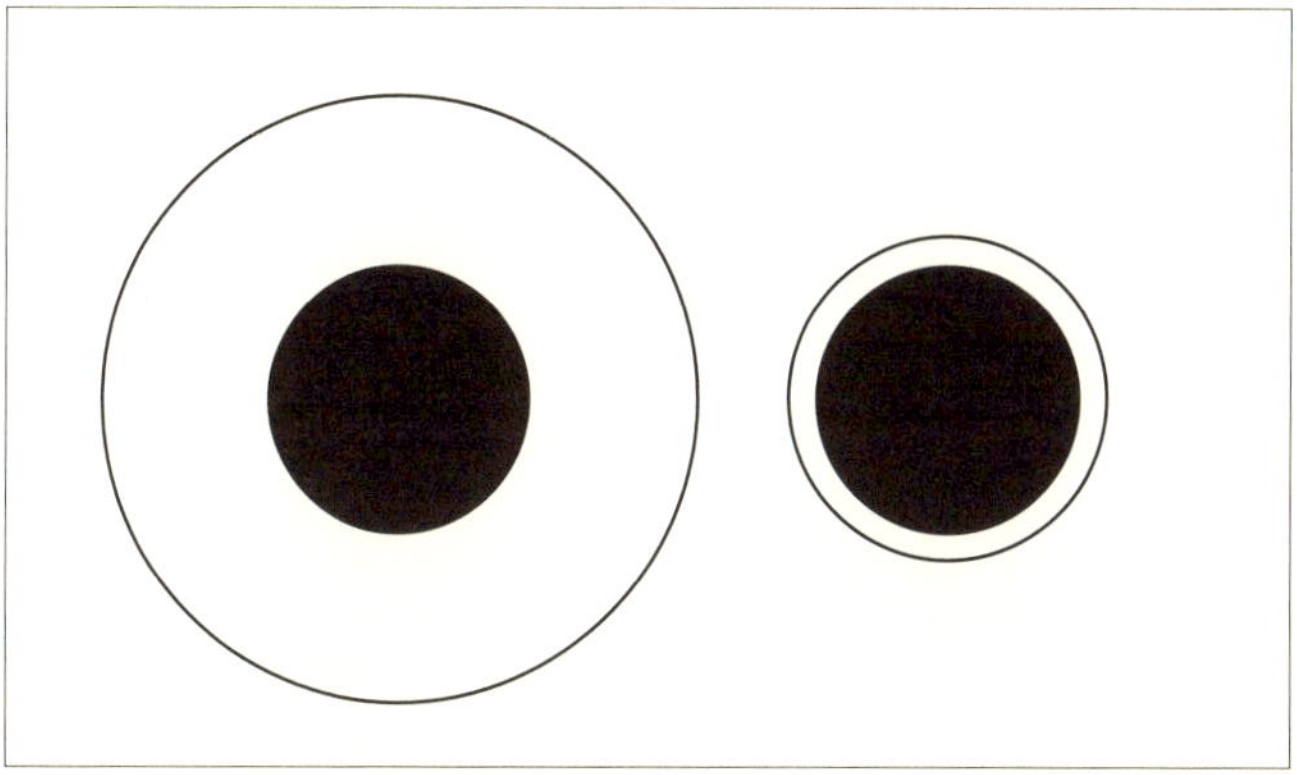

デルブーフ錯視

きなくなる。私たちが食べる量を視覚に頼って判断していることや、皿はきれいにしなければならないという社会通念――アメリカの成人の五四から六一パーセントは、皿は洗剤ではなく、フォークできれいにすべきだ、と考えている[36]――が大恐慌以来あること、それから現在の一人前の量の巨大さを考えあわせれば、過去四〇年、アメリカ人の体重が増え続ける一方なのもわかるというものだろう。

一九七〇年代の初頭から、アメリカの成人の肥満率は高まる一方で、現在では二倍以上になっている。二〇一〇年時点で、大人の三五パーセント、子どもの一七パーセントが肥満である。このまま行けば、二〇三〇年にはアメリカ人の半分は肥満ということになる[37]。同じように、食品のパッケージや一人前のサイズも大きくなる一方だ。農務省が推奨するサイズと比較すると、クッキーは七〇〇パーセント、パスタは五〇〇パーセント、マフィンは三三三パーセント、ステーキは二二四パーセントという大きさになっている。これに呼応して、一九七〇年代以降、一日の平均摂取カロリーは五〇〇キロカロリーほど増加している。

◎サイズは重要

私たちは目の前から食べ物が完全になくなるまで食べ続ける傾向があるうえに、自分が食べた量を把握するのは苦手としている。自動で補充されるボウルではなく普通の皿だったとしても、それは変わらない。このことを証明したワンシンクの調査がある。メンバーは中西部にあるハンバーガーとサンドイッチのファストフードのチェーン店で、もうすぐ食べ終わりそうな客にインタビューし、どのくらいのカロリーを摂取したと思うか訊いてまわった。[38] この調査は二〇〇六年におこなわれたため、メニューのカロリー表示はまだ法制化されていなかった。[39] そのため、自分が食べるもののカロリーを把握したうえで食べている客はいなかった。インタビューする側は、包み紙からメニューを特定し、レストランのウェブサイトから調達した情報をもとにカロリー数を把握できるように訓練した。客は、自分が食べたもののカロリーを、平均で二三パーセント低く見積もった。その数字は大量に食べた客の場合は三八パーセントにもなった。この法則に当てはめると、一三〇〇キロカロリーのジャイアント・ダブル・チーズバーガーとフライドポテトは、八〇〇キロカロリーになる。一方、たとえば、ベーシックなハンバーガーとドリンクなど、控えめな食事をした人は、大きくずれることがなく、実際に食べたカロリーより八パーセントほど少なく見積もっただけだった。

この調査の第二部では、大学生に大・中・小と量を変えたチキンナゲットとフライドポテトとコーラのセットを食べて、カロリーを予想してもらった。もっとも少ないセット（ナゲット三個、ポテト四〇グラム、コーラ六〇〇ミリリットル）は四四五キロカロリー、もっとも大きいセット（ナゲット一二個、ポテト一七〇グラム、コーラ一二〇〇ミリリットル）は一七八〇キロカロリーだった。この実験は研究室でおこなわれたが、被験者はやはりいちばん大きいセットを食べたときには、カロリーを過小に（今回は二三パーセント）評価し、小さなセットを食べたときにはほぼぴたりと当てた（実際には、三パーセントほど過大に評価した）。これらの結果から、私たちは見れば見るほど、食べれば食べるほど、カロリーを過小に評価することがわかる。しかし、控えめな量であれば、カロリーを過大に評価する可能性もあり、そうなれば食べる量は自然と少なくなるだろう。小さい皿がダイエットにいい理由はここにもある。

カロリーを過小に見積もってしまうのは、大食の罪悪感を避けようとする心理的な反応ではない。私たちが避けることができない認知ミスなのである。ものが大きくなればなるほど、音がうるさくなればなるほど、光が明るくなればなるほど、私たちはその大きさ、音、明るさがどれほど変化したかを見積もるのが下手になる。実際に起きている変化の幅を物理的に認識できないからだ。次回停電があったときに、懐中電灯の光で試してみてほしい。懐中電灯を「中」でつけると約六〇ルーメンの光量となり、「高」なら一六〇ルーメンほどとなる。約三倍となるわけだが、私たちにはわずかな明るさの差しか感じられないはずだ。精神物理学の世界では、平均的な明るさから光の強度を二倍にしても、人が認識できるのは二三パーセント程度にすぎないとされる。これはワンシンクらがおこなった実験から導かれた結果にも似ている。盛りつける量を倍にしたとき、増えたと認識されるのは、実際の一〇〇パーセントではなく、四五パーセント程度だったのだ。

残念ながら、視覚の錯覚の影響は、体重が増えるにつれて大きくなる。肥満体の人は普通の人よりも、食事のサイズを過小に見る傾向がある。これは、実際には二二〇〇キロカロリーのランチを食べたという事実に向き合いたくないという気持ちから起きる、社会心理的な反応だと思われてきた。しかし、繰りかえすが、これは目の錯覚によるものだ。

皿の上に食べ物がたくさんのっていればいるほど、認識ミスが発生する。肥満の人がカロリー量を正しく認識できないのは、肥満の人であればあるほど、普通はたくさんの量を頼むからだ。カロリー量を無意識にごまかそうとしているのではなく、人間が本来抱える問題に起因しているのである。ファストフード店でも研究室のチキンナゲットの実験でも、被験者のＢＭＩを計測したところ、推測能力との関連は見られなかった。つまり、カロリーの過小評価を引きおこすのは、人の大きさではなく、食べ物の大きさということになる。問題は、最初から皿に大量に盛りつけて、カロリーを過小に評価する状況をつくれば、体重が増えてさらに食べる量が増えるという悪循環を生みだすことだろう。

◎カロリー計算

カロリー計算となると、私たちの目は現実を見ることができないようだが、脳は違う。最近、私の故郷のモントリオールのマギル大学で、神経画像処理を利用して、さまざまな食べ物に対する脳の反応を計測する実験がおこなわれた。被験者は、カロリーの高いものから低いものまで、なじみのあるお菓子や料理の写真――〈フリトス〉、チーズケーキ、アップルソース、チェリートマトなど――を五〇枚見せられて、一枚ごとにカロリー数を見積もったうえで、好きかどうかを判定する。それから、ふたたび写真を見せられて、いくらなら代金を払うか質問される。そのあいだ脳のさまざまな部位の活動が計測される。[40]その結果明らかになったのは、皆カロリーの見積もりは下手であること、それから見積もったカロリーと好き嫌いに相関関係がないということだった。一方、神経画像処理データによれば、高カロリーな食べ物の写真を見せたときには、脳のなかの価値、報酬、食物摂取量を予測する部位が活発に働き、被験者はより高い金額をつける傾向にあったが、その値段と、その食べ物の好き嫌い、あるいは予測したカロリーとのあいだには関連性は見られなかった。

　つまり、脳は私たちが知らないことを知っているようだ。高カロリーな食品に関しては言えば、それはあまりいいことではないかもしれない。〈フリトス〉やチーズケーキなどカロリーの高いお菓子は、脳の報酬系を刺激し、口では興味がないと言っても、脳は欲しがるように私たちをけしかける。つまり、高カロリーな食品を見てしまったがために、脳の報酬系が働き、結果として思わず食べすぎてしまう、ということになるのではないだろうか。だからといって、食べ物を前にしたときには目隠しをすればいいというわけにもいかない。どうすればいいのだろうか。

　政策担当者が考えたのは、カロリーをメニューに表示し、厳しい現実を見てもらうことだった。医療保険制度改革の一環として法制化され、二〇一六年一二月の時点では、二〇店舗以上を持つレストランは、すべてのメニューアイテムにカロリーを表示するように求められている。ＩＴ企業のなかにもこの動きにのるところが出てきた。二〇一五年六月、グーグルはIm2Caloriesという、食事の写真を撮って記録するだけで、カロリーを計算して管理してくれるアプリをつくることを発表した。[41] しかし、カロリーを目にすれば、私たちは低カロリーのものを選ぶようになるだろうか。

こうした時代の流れを先取りしていた町がある。二〇〇八年、ニューヨーク市はファストフードの店に対して、メニューにカロリーを表示するように求め、ニューヨーク大学医学部の研究者らは、カロリー情報が消費者の食行動にどう影響するかを調査した。調査は二〇〇八年の、法律が施行される前と後に実施され、さらに二〇一三年から二〇一四年にかけてふたたびおこなわれた。調査した店は、バーガーキング、ケンタッキーフライドチキン、マクドナルド、ウェンディーズの四つで、ニューヨーク市とニューアークで実施された。ニューアークでもおこなわれたのは、ニュージャージー州はカロリー表示を義務づけていなかったので、比較のためである。調査担当者は、ランチや夕食どきに、店を出ようとする客に声をかけ、レシートを記録させてもらい、さらに短い質問に答えてもらった。質問のなかには、カロリー表示に気づいたか、というものもあった。データは、七九の店で七六九九人から収集された。男女の人数は同じで、平均年齢は四一歳、アフリカ系アメリカ人が四八パーセントとなり、店がある地域の人口統計を表すものとなった。

客の反応をまとめると、客はカロリー表示がある店では、それに気づいているし、その情報を役立てようとするということがわかった。しかし、時間がたつにつれて、あまり関心は払われなくなり、利用もされなくなっていった。結局、五年かけておこなった調査からわかったのは、カロリーを表示しても、客が摂取するカロリーや栄養、ファストフード店を訪れる回数は変わらないということだった。こうして研究者らは、カロリー表示は、栄養状態の改善には役立たないと結論づけた。[42]しかし、それは早計だったかもしれない。うまくカロリーを表示すれば、健康な食生活を促すことができる。

二〇一二年八月から二〇一三年六月まで、ジョンズ・ホプキンス大学ブルームバーグ公衆衛生学大学院の研究者は、ボルティモアで所得の低いアフリカ系アメリカ人家庭が多い地域の中学校と高校の近くの食料品店六店舗で、カロリー教育プログラムの有効性をテストした。[43]食料品店で飲料が並ぶところに、目立つポスターを二週間貼ったのである。ポスターには次のようなメッセージが書かれていた。「ジュース一本、二五〇キロカロリーって知ってた？」「小さじ一六杯分の砂糖が入ってるって知ってた？」「一本分のカロリーをなかったことにするには、五〇分走らないといけないって知ってた？」「一本分のカロリーを消費するのに八キロ歩かなきゃいけないって知ってた？」消費カロリーの計算は、一五歳五〇キロの子どもを基準に計算された。

子どもたちの購買行動は、ポスターを貼る前の四週間、貼られた二週間、ポスターを取り去ったあとの六週間にわたって観察された。喜ばしいことに、ポスターはどれも砂糖を多く含む飲料の購入を減らす効果があったが、とくに「〇キロ歩く」というメッセージは効果的で、砂糖の入った飲料の購入が減って、代わりに水やダイエット飲料、飲料以外の購入が増えた。さらに希望が持てるのは、ポスターをはがしたあとの六週間も健康的な購買行動が続いたということだ。ポスターに気づかなかったと言う子どももいたが、気づいた子の半数近くは、ポスターを見て自分は買うものを変えたんだと思うと言った。

「〇キロ歩く」というメッセージがいちばん効果があったのは、子どもたちにとってこれがもっともリアルにイメージできたからだろう。つまり、カロリー情報を現実の世界で消費するイメージに変換できれば、人々のカロリー摂取を減らしたり、健康的な購買活動を促したりすることができるということだ。やり方次第では大人にも効果があるだろう。年齢、収入、教育といった個人の特性によって効果がある情報はどのように変わってくるかを理解し、いちばん伝わる方法で情報を伝えることが求められる。問題は、メニューなどに情報を伝えるためのスペースが必要だということ、それから、わずかなカロリーを消費するだけでもかなり運動しなければならないという事実だ。体重七〇キロの人が、三五〇ミリリットルのグリーンティー・ラテか〈オレオ〉クッキー五枚分のカロリーを消費しようと思ったら、三〇分間、バイクをこぐか、ローラーブレードをするか、テニスをしなければならない。体重が重くなればなるほど、運動や歩き回ることで消費するカロリーも増える。八四キロの人なら、三〇分の同じ運動量で、〈オレオ〉六枚分のカロリーが消費でき、五七キロの人なら四枚分しか消費できない。七〇キロの人が、ビッグマックのカロリー（五六〇キロカロリー）を消費しようと思ったら、二時間早足で歩くか、一時間アイスホッケーをしなければならない。[44] コカ・コーラのような企業は「食べる量を減らさずに、運動する量を増やそう」と言うが、ほとんどのアメリカ人にとって、食べている量を相殺するほど運動するのは、現実的な話ではない。

それでも、私たちはカロリー摂取量を過小に評価し、運動効果を過大に評価する傾向があるので、運動による消費カロリーを周知させることができれば、大きな効果をあげることができるかもしれない。Sageという新しいアプリは、アニメーションを使って、栄養などの詳しい情報を教えてくれる。[45] アプリ内には数百もの食品がブランドごとに並び、使用者がカロリーを消費するのに必要な運動量もわかる。たとえば、一日に二〇〇〇キロカロリーを摂取する人がイチゴを一カップ食べたときには、四分間のランニングか、五分間の水泳かバイク、あるいは一六分間のヨガが必要だ。

◎お酒を飲むときのヒント

バーに友人と行き、ふたりでちょっといいテキーラを頼んだら、友人の分はずんぐりとしたタンブラーに注がれて、自分のは細長いショットグラスに注がれたとしよう。そんなとき、友人のほうが得をしているような気がしないだろうか。おそらく、あなたの勘は正しい。フィラデルフィアのプロのバーテンダーに、一・五オンス（四四ミリリットル）を注いでもらったところ、背の低い幅広のグラスには、細長いグラスよりも二六パーセント多く注がれるという結果が出た。[46] 円柱状の物体を前にしたとき、まず目が行くのは幅ではなく高さなのだ。だから、たとえ容量は同じでも、背の低いずんぐりしたグラスよりも細長いグラスのほうがたくさん入ると思ってしまう。高さと幅がまったく同じときも、私たちは高さを優先する。セント・ルイスのゲートウェイ・アーチの高さには皆感動するが、幅の広さに言及する人はいない。

私たちは背の低いグラスのほうが入らないと思うから、背の高いグラスよりもつい多めに注いでしまい、たくさん飲むことになる。さらに、脚つきのフルートグラスの場合、どこが中間地点なのかはっきりしないので、飲んでいる量を正確に把握できず、結果としてあっという間に飲んでしまうことになる。

イギリスのブリストル大学である実験がおこなわれた。普段つきあいでビールを飲むという、一六〇人の男女学生とスタッフが集められ、半数の被験者には、三五〇ミリリットルのビールを細長いまっすぐなグラス（ノンアルコール飲料によく使われるタイプ）に注いで出し、残り半数には、同じ量のビールをフルート型のグラス（パブでよく見るタイプ）に注いで出した。飲み終わるまでの時間を記録したところ、フルート型のグラスを渡された人のほうが、ずっと速く飲み終わった（フルートグラスの人は平均で約七分、まっすぐなグラスの人は約一二分）。フルートグラスでビールを飲むと、約二倍の速さで飲むことになるということだ。[47]

それから、被験者にグラスの中間地点を指し示してもらうと、フルートグラスの中間地点は実際よりかなり下のほうが指された。フルートグラスはグラスの形が上下均等ではなく、中間地点はかなり上部にある。ところが、私たちはそのことをわかっていない。まるで悲観論者の言い分のようだが、グラスにはまだ半分あると思ったときには、すでに三分の二が空なのだ。つまり、ビールを半分飲んだと思ったときには、じつは六六パーセントを飲んでしまっている。

飲みながらなかなか減らないと思えば、つい急いで飲もうとするだろう。そして、半分まで来たと思ったら、実際にはもうすぐ飲み終わるというところまで来ていて、残りはすぐに飲み終わる。グループで飲んでいるときに速いペースで飲めば、それだけたくさん飲むことになる。友だちみんなとパブに繰りだして、一五分以内にビールを二杯飲んだとしても、次にペリエを注文することはないだろう。このペースで飲み続ければ、おなかがいっぱいになるか、酔いつぶれないかぎり、あなたは二時間でフルートグラス一七杯のビールを飲むことになる。もし細長いまっすぐなグラスで飲んでいれば、一〇杯ですんでいたはずだ。

つい飲みすぎてしまう飲み会なら、フルートグラスではなく、細長いまっすぐなグラスで飲んだほうがいいだろう。あるいは、グラスの半分にあたるところに印をつけて、飲んだ量を正確に把握できるようにするといい。とはいえ、ソフトドリンクもフルートグラスで提供すれば、売り上げが上がるのかと思ったバーの経営者は、ちょっと待ってほしい。ブリストル大学の実験では、ビールと炭酸量が同じセブンアップ三五〇ミリリットルを提供したが、フルートグラスでもまっすぐなグラスでも飲むスピードに違いは見られなかった。つまり、アルコール以外にはこのグラスの錯覚は通じない。なぜか。

理由は、飲む目的の違いだろう。ノンアルコール飲料を飲むのは、その味が好きだから、あるいは喉が渇いているからだ。しかし、アルコールには、味への欲求を満たしたり、喉の渇きをいやすだけではなく、さらに飲みたいという気持ちにさせる効果がある。しかも、飲むスピードが速ければ速いほど、そう感じるまでの時間も短くなる。グラスの形は飲むスピードを変える。そして面白いことに、形によっては、見る人が感じる味までも変える。

◎形が味を変える

本書の冒頭で述べたように、テレグラフ紙は、二〇一三年の秋、キャドバリーが〈デイリーミルク〉チョコレートの形を、丸みを帯びた形に変えたことに対して、世間から不満の声があがっていると報じた。新聞によれば、長年のファンはチョコレートが丸くなって、「甘ったるく」「しつこい」味になったと言っているという。[48] ところが、二〇一〇年にキャドバリーを買収したクラフトは、レシピは変えていないと主張した。会社が嘘を言っているのだろうか。それとも客が見た目に騙されているのだろうか。

オックスフォード大学のクロスモデル・リサーチ・ラボラトリーのチャールズ・スペンスは、まったく同じ食べ物でも、角ばった形より丸い形のほうが、甘く感じると言っている。[49] だから、配合は同じでも、チョコレートが丸くなったことで、消費者は甘くなったと感じたのである。

食べ物をのせた皿の形も、食べ物の甘さを変えることがわかっている。ロンドン大学の感覚研究センターのマール・フェアハーストの研究によれば、ビーツ、ヤギのチーズ、スイスチャード、クレソン、フライにしたエシャロットを使った前菜は、四角い白い皿より丸い白い皿で供したほうが、食べた人は一七パーセント甘く感じたという。酸味も調べられたが、酸味は皿の形に影響されなかった。[50] 同じように、カナダのニューファンドランド大学のピーター・スチュワートとエリカ・ゴスは、ニューヨークスタイルの小さなチーズケーキで実験し、四角い白い皿より丸い白い皿で食べたほうが二〇パーセント甘く感じられるとした。[51] つまり、丸みを帯びた形は、甘さを認識するよう指示を出し、相乗効果をもたらしてより甘く感じさせる力を持つ。

味を左右する形は、食べ物とは関係なく作用することもある。最近、ビヘイビオラル・ブレイン・リサーチ誌に掲載された実験では、まず被験者に白黒で描かれた図形を見せている。ひとつは丸や楕円形といった丸みを帯びた形のもの、もうひとつは四角や三角、五芒星といった角ばったもの。被験者はそれらを数秒間見てから、ほんの少しだけショ糖を入れた紙コップの水――普通なら砂糖が入っていると気づかない程度の甘さ――を渡されて飲む。すると、丸い形を見た被験者は水が甘いと気づいたが、四角い形を見た被験者は気づかなかったという。[52] これは、3章で述べた味覚と嗅覚の相乗効果に似ている。味覚に対する形の影響は、広告の文字にもおよぶ。チャールズ・スペンスによれば、丸っこい文字は甘いお菓子の甘さを強調し、角ばった文字はスナック菓子の塩味を強調するという。[53] 私たちは自動的に甘味と丸い形、苦味や塩味と四角い形を結びつけているようだ。[54]

こうした反応は、私たちが経験から学んだものだ。甘い食べ物はたいてい丸い。ほとんどの果物は丸みを帯びている。四角いナシはない（日本では四角い果物がつくられているようだが）。デザートもアイスクリーム、クッキー、カップケーキなど丸いものが多い。同じ理屈で、四角いものは塩辛く感じる。丸みと甘味ほど一貫してはいないものの、トルティーヤ・チップスは三角形だし、カットされたチーズや肉はたいてい三角や四角い形をしている。さらに、塩辛い食べ物を食べる道具も角ばっていることが多い。たとえば、イギリス人の学生は同じチェダーチーズを、ナイフから食べたときのほうが、スプーンから食べたときより塩辛いと評価した。[55] エンダイブやルッコラなどの苦い野菜は、とげとげしい形をしている。

こうした形と味のつながりは先天的なものではない。そこに経験が大きな役割を果たしていることは、ナミビアのカオコランドに住むヒンバ族という、文字を持たず、現代の市場や広告とは無縁に生きる狩猟採集民族を調査して明らかになった。彼らにさまざまな形を見せて味とつなげてもらったところ、丸いものを苦味と結びつけるなど、西洋人とはまったく逆の反応が返ってきたのである[56]。

四角い形は、塩辛く感じさせるだけではなく、ものを大きく見せる効果もある。同じ分量の材料を使っていても、四角いピザは丸いピザよりも大きく見える[57]。丸い皿にのせたとき、四角いピザは端からはみ出すので、見た人は余計に食べられると錯覚するのだろう。

◎よりよく食べるために

自分を騙してヘルシーな食事をしたいと思うなら、いくつか試してもらいたいことがある。野菜や果物はできるだけそのままに近い形で、大きな器にたっぷり盛ろう。そのほうがたくさん食べられる。小さく切るとあまり食べずにすむので、ペストリーやペパローニは一口サイズにカットしよう。ポップコーンやデビルドエッグ、ピザなどは、塩は控えながら塩味はしっかり利かせたいだろうから、青くて四角い器に盛り、角ばったカトラリーで食べるといい。だらだらと甘いものを食べ続けてしまうのを防ぐために、デザートはボウルか丸い皿に盛ろう。丸みは甘味を強めてくれる。とくに誘惑を感じる食べ物には赤い器を選ぶことだ。甘さが強調され、食べすぎに気をつけるようになる。高カロリーの好物には小さな器を使い、適当な量を皿いっぱいに広げて盛りつけよう。また、不透明な容器に入れたり、中身が見えないように包んで、近くにあっても目に入らないようにするのもいい手だ。

目の錯覚は、ＡＲＦＩＤの子どもにも役立てることができる。研究によれば、子どもは果物や野菜を普通にスライスしたり、スティック状に切るよりも、楽しい形にしたほうが喜ぶという[58]。さらに、専門家は、見た目がさまざまな食べ物を見せることで、好き嫌いの激しい子もいろいろな食べ物があることに慣れて、受けいれやすくなるかもしれないという。つまり、視覚的に訴えたほうが、食べてみようという気になるかもしれないということだ。ほかに、赤い皿は使わないなど、食器類の色や形に配慮することで、充分に栄養をとれない人の食事を改善することができるかもしれない。人口の高齢化が進むにつれて、こうした気遣いは重要になってくるだろう。

摂取カロリーを減らしたい人にとっては、実用化も近い「拡張現実《AR》」のテクノロジーを食べ物に利用したしくみが役立つかもしれない。このシステムを使えば、低カロリーでヘルシーな食べ物が、おいしそうに見えるようになる。横浜国立大学の岡嶋克典教授は、チャールズ・スペンスと協力して拡張現実システムをつくり、食べる人が受けとる食べ物の味、テクスチャー、見た目を変えることに成功している[59]。

食べ物をたくさん食べたい、あるいは食べたくないと思わせるテクニックはいくらでもあり、それによって実際に食べる量は変えることができる。これまで味覚、視覚、嗅覚によって気持ちやおなかの空き具合が変わるところを見てきたが、聴覚や触覚もまた食べ物の味を変え、食行動を変えることができる。

6章　音と感覚

イギリスのブレイという村に、ミシュラン三つ星のザ・ファット・ダックというレストランがある。分子ガストロノミーを実践する一流レストランである。美食の世界の最先端を行く分子ガストロノミーは、料理の過程で起こる材料の化学的、物理的な変化を研究し、そうした変化を芸術、技術、環境と融合させることで、客が思いもよらない料理を提供して、客の感覚に訴えることを目指している。

感覚に訴えるためには、斬新な見た目や、「ホタテ、コーヒー、カリフラワー、オレンジ」といった変わった料理名だけではなく、音も利用される。[1] ザ・ファット・ダックの「サウンド・オブ・ザ・シー」という有名な料理は、iPodを隠した巻貝といっしょに出てきて、イヤホンをしてから食べるように指示される。iPodからは、波が寄せる音とカモメの鳴き声が聞こえる。料理は、砂浜に打ち寄せられた海藻や貝をイメージしていてiPod以外は、すべて食べられる。アイスクリームのコーンを砕いたもの、タピオカ、海藻、カキ、貝、ウニ、味噌、ベルモットが使われていることがわかるだろう。[2]

分子ガストロノミーの料理すべてが客を楽しませることに成功するわけではないが、有名シェフのヘストン・ブルメンタールが二〇年ほど前に生みだしたこの「サウンド・オブ・ザ・シー」は、感覚の体験を、iPodをクリックすることで、深遠なる体験にまで昇華させる料理となっている。

チャールズ・スペンスは、オックスフォード大学の感覚心理学者で、聴いている音が味覚に影響することをつきとめた人物だ。スペンスは、ザ・ファット・ダックにタフィー（砂糖、バター、糖蜜、塩少々からつくる）をつくってもらい、被験者にふたつの音楽を聴きながら食べてもらうという実験をおこなった。ひとつは、金管楽器による低音の音楽で、もうひとつはおもにピアノによる高音域の音楽だった。被験者には暗くしたブースにすわって、あたりがよく見えないなかで、まったく同じタフィーを、ひとつは低音の音楽を聴きながら、もうひとつは高音の音楽を聴きながら試食してもらい、どちらのタフィーが甘いか、あるいは苦いか評価してもらった。まったく同じタフィーだったにもかかわらず、被験者は高い音を聴いたときにはタフィーが甘く、低い音を聴いたときには苦く感じた。[3]

これは心理学の研究室のなかだけで起きた理論上の話ではない。スペンスは、ロンドンにある実験的なレストラン、ハウス・オブ・ウルフがゲストシェフとして招いたキャロライン・ホプキンソンと組んで、実験をおこなった。二〇一二年一〇月、レストランのメニューに「ソニック・ケーキ・ポップ」というデザートが加えられた。ほろ苦いタフィーをチョコレートで包んだデザートで、食べるときにはここにかけてくださいと、電話番号が書かれた一枚の紙もついてくる。自分の携帯電話でかけると、オペレーターが甘いほうがよければ1を、苦いほうがよければ2を押すように言う。1を押すと、高音のメロディーが流れ、2を押すと重低音の音が流れる。高音の音楽を聴いたときには、味覚が甘いクレッシェンドにハイジャックされたように感じ、低音の音楽を聴いたときには、口のなかのものは苦い和音となる。

スペンスはこの多感覚的な結びつきを、ルイス・チェスキンの言葉を借りて「感覚転移」と呼ぶ。[4] チェスキンは二〇世紀のマーケティングに革新をもたらした人物で、消費者は商品そのものと、それに付随する感覚をもとに商品を認知することを発見した。たとえば、セブンアップの缶の緑色は、ソーダをよりレモンライム味らしく感じさせる効果がある。私たちの脳は、音や映像などを感覚で受けて、味覚という別の感覚に情報を伝える。アイスクリームの〈ベン・アンド・ジェリーズ〉は、容器にQRコードをつけて、それをスキャンすると味がよくなる音が聞こえるような商品を開発中らしい。

しかし、なぜ高音が甘さを強め、低音が苦味を強めるのだろうか。考えられるのは、色や形と同じように、経験から学んだ心理的なつながりや対応する概念をもとに知覚が変化するから、というものだ。デザートは丸いものが多く、したがって丸い形を見ると甘く見える。同じように、アイスクリームの移動販売車が流す楽しげな音楽を耳にして、私たちはすぐそこに甘いアイスクリームがあることを知る。食の歴史と感覚による認知は切り離せない。ベーコンエッグ・アイスクリーム（実在する）を食べながら、ベーコンが焼ける音を聴けば、よりベーコンの風味が感じられるし、ザ・ファット・ダックの「サウンド・オブ・ザ・シー」は、波の音を聴きながら食べれば、よりフレッシュに感じられる。[5]

ゆるやかな共感覚なのではないか、という見方もある。[6] 共感覚とは、ある感覚で認知したものを別の感覚でも認知する現象である。約四パーセントの人が高レベルの共感覚を持つとされ、何かをある感覚で認知したとき、それを別の感覚、つまり特定の味、色、音、触感としても感じる。リチャード・サイトウィックの著書『共感覚者の驚くべき日常』に登場するＭＪは、鶏肉の味を「とがっている」と表現する。[7] 音が別の知覚につながる共感覚者は多い。イギリスで二四時間ぶっ通しでおこなわれる、音楽技術を競うコンテストで、作曲家のＬＪ・リッチは朝の四時に、仲間の音楽家の気持ちを盛りあげようとさまざまな味をピアノで演奏し、朝食時には卵の味を弾いた。このときリッチは、音楽の世界には共感覚を持つ人が多いはずなのに、自分の演奏をわかってくれる人がまわりにいないことをはじめて知った。最新の研究で、共感覚と絶対音感——何も聴かなくても、あらゆる音を認識したり再現したりできる——には、遺伝学的に見てつながりがあることがわかっている。[8]

ほかの可能性としては感情とのつながりがあげられる。低い音は後ろ向きなメッセージや感情を、高い音は前向きな感情を伝えることが多い。『ピーターと狼』を聴いたことがある人は覚えていると思うが、おじいさんが怒る場面はファゴット（低音の木管楽器）で、無垢な小鳥はフルートで表現される。苦味はおいしくなく、嫌悪と結びつき、甘味はおいしく、幸せと結びつくことを考えれば、低音が苦味を強調し、高音が甘味を強調するのも当然の結果なのかもしれない。音と味のつながりは個人的な思い出にも左右される。ザ・ファット・ダックで「サウンド・オブ・ザ・シー」を食べたある客は、耳と口で受けた感覚がきっかけとなって思い出がよみがえり、思わず涙してしまったという。[9]

音が味の認知を変える理由のなかには、音と味わっているときの口の動きが一致するからという、興味深いものもある。苦いものを食べたときの人間の表情は本能的なもので、口のなかにあるものを出すか、それ以上口に入ってこないようにするものだ。舌を出すか、口をすぼめるその表情をしているときには、舌は低い位置にある。その状態で音を出そうとすれば、低い音になるだろう（たとえば、「うぇー」とか）。逆に、甘いものを食べて自然と笑顔になるときには、舌は口蓋のほうにあり、そのまま音を出せば、高い音が出る。つまり、低い音と苦味、高い音と甘味には生物学的なつながりがあるということだ[10]。

おそらくは、これまでに述べた理由が組み合わさって、私たちは音と味の相乗効果を体験しているのだろう。音が変えるのは、タフィーの甘さやシーフードのおいしさだけではない。どのワインを買うか、ディナーにどのくらい時間をかけるか、飛行機のなかではなぜある飲み物がおいしいと感じるのか、食べることをどのくらい楽しんでいるか、といったことも左右する。

◎音量

音は、いろいろな形で私たちの食べ物に対する認識を変える。影響力は大きいのにあまり注目されないのが、食べながらたてる音だ。チャールズ・スペンスは、この音と味の関係も調べた。被験者には口の近くにマイクロフォン、耳にイヤホンを装着してもらって、〈プリングルズ〉のポテトチップスを食べてもらった（〈プリングルズ〉を選んだのは、見た目と食感がそろっているから）。被験者は一枚ずつ口に入れて嚙みくだき、吐き出して、味や質を評価するように指示された。被験者に伝えられなかったのは、イヤホンから聞こえる、自分の嚙み砕く音の大きさや周波数が意図的に変えられて流れてくるということだった。この調整は、ポテトチップスの評価を大きく変えた。音を大きくし、高周波にしたときには、ポテトチップスはパリパリしていておいしい、新鮮だと評価されたが、音と周波数を落としたときには、古くてしなびていると評価されたのだ。[11] それだけではない。実験終了後、被験者の四分の三が、「古い」ほうのポテトチップスは賞味期限が切れているか、開封後時間がたったものだと思うとコメントした。実験に使ったポテトチップスはすべてその場で開封したもので、実質的には同じものだった。

音が食べ物の評価を変えるもうひとつの例に、パッケージが出す音がある。これについては、〈プリングルズ〉よりも〈レイズ・クラシック〉に軍配が上がる。〈プリングルズ〉の容器を開ける音よりも、レイズ・クラシックの袋を破いて開ける音のほうが、消費者にチップスがパリパリしていると感じさせるのだ。[12] しかし、気をつけてほしい。大きすぎる音は逆効果となる。二〇一〇年、フリトレー社は、環境保護意識の高い消費者を取りこもうと、一〇〇パーセント土に還る素材の袋で、ヘルシーな〈サンチップス〉を発売した。袋のカサカサいう音が、消費者の感じるパリパリ感を高めることがわかっていたフリトレー社は、新たに緑色の袋を開発した。ところが、この袋、破いて開けるときはもちろんのこと、触っただけでも信じられないほど大きな音がするのだ。空軍のパイロットでビデオブロガーのJ・スコット・ヒースマンは、実際に開けるところを動画にして投稿した。〈サンチップス〉の新しい袋を開ける音は、九五デシベルにも達した。[13] 九五デシベルといえば、削岩機から一五メートルほど離れて聞こえる音がそれくらいで、九〇デシベル以上は耳に悪いとされている。フリトレーの広報担当者は、生分解可能なポリマーはガラスのような性質があるからだと説明した。つまり、袋がたてる音は、ガラスが粉々になる音なのだ。このイノベーションに反応して、フェイスブックには「ごめん、サンチップスの袋がうるさくて聞こえない」というコミュニティができた。フリトレーは袋をつくりなおした。いまは完全に生分解可能ではないが、開けるときの音は少し小さくなり、七〇デシベルと、オリジナルの〈サンチップス〉と同程度になっている。[14]

パリパリ感を高めるのは、口のなかで嚙み砕く音や袋の音だけではない。大きな音は一般にパリパリ感を高める。イギリスのマンチェスター大学の研究者は、ユニリーバ――アイスクリームの〈ベン・アンド・ジェリーズ〉、マヨネーズの〈ヘルマンズ〉、綿棒の〈キューティップス〉など、多数のブランドを傘下に持つ巨大企業――の研究者と組んで、実験をおこなった。被験者には、ヘッドホンをつけてもらい、ホワイトノイズを低音量（四五から五五デシベル、図書館レベル）か、高音量（七五から八五デシベル、フードプロセッサーのそばにいるレベル）で聴きながら、クッキーやパンケーキ、ポテトチップス、チーズなど、かたいお菓子とやわらかいお菓子の両方を食べてもらった。[15]いずれも騒音は小さいなかで食べたほうがおいしいという答えが返ってきた。パンケーキはより甘く、ポテトチップスはより塩辛く感じたという。一方、歯ごたえのあるスナック菓子は、音がうるさいなかで食べたほうが、より歯ごたえを感じることがわかった。[16]つまり、大きな音は、パリパリ感を増すが、味は落とすということになる。

◎空で味わうなら

騒音が味を落とすとすれば、飛行機で出てくる食事が、たとえファーストクラスであってもおいしくないのはそれが理由かもしれない。機内の騒音はだいたい七五から八五デシベルで、塩味と甘味を感じなくするのに充分な音量だ。さらに、高度が高くなるにつれて気圧も低くなるので、鼻のとおりも悪くなり、風味を充分に味わえない。そういうわけで、機内で食べるかぎり、ファーストクラスで供される、おしゃれな器に盛りつけたサーモンのグリルも、エコノミーで出されるチキン料理もあまり変わらないということになる。そう聞いたら慰めになるだろうか。しかし、機内でブラッディ・マリー（あるいはウォッカを抜いてヴァージン・マリー）を注文すれば、うれしい驚きが待っている[17]。

ジュースを売ったり、出したりする人なら、野菜ジュースよりフルーツを使ったジュースのほうがずっと人気があることを知っているだろう。しかし、二〇一〇年、ドイツのルフトハンザ航空は、機内ではビールと同じくらいトマトジュースが好まれることに気づいた。理由を探るために、航空会社はLSGスカイシェフ——機内食を提供する世界最大のケータリング会社——に調査を依頼した。すると、機内の低い気圧がトマトジュースをおいしくしていることがわかった[18]。だが、騒音が塩味を薄めるとしたら、なぜそんなことが起こるのだろうか。結局のところ、トマトジュースは塩味ではないか。

コーネル大学で食と感覚を研究するロビン・ダンドは、学生のキンバリー・ヤンといっしょに、さまざまな騒音のなかで味覚はどう変化するかということを確かめるために、実験をおこなった。一八歳から五五歳までの被験者には、ヘッドホンをつけて録音した機内の音（八五デシベル）を聴きながら、あるいは静かな状態で、塩味、酸味、甘味、苦味、うま味を味わい、濃度を判定してもらった。結果、音は苦味には影響しなかった。甘味は、騒音のなかではあまり甘く感じないことがわかった。塩味と酸味も同様だった。ところが、うま味は、うるさいなかで味わうほうが、静かなところで味わうよりも、強く感じられたのである。トマトにはグルタミン酸が豊富に含まれており、うま味が強い。トマトに塩味を感じるのは、塩味とうま味が似ているからだ。最近、飛行機に乗ったときに、私の夫が「ブラッディ・マリーは、飛行機のなかで飲むとうまいね！」と言ったのは、こういうことなのだ。私は「ここがうるさいからよ！」と大声で教えてあげた。

騒音のなかでは味がそれぞれに影響を受けることが、機内食がまずいとされる理由のひとつだ。塩味と甘味が弱くなり、苦味がそのままだとすれば、朝食のグレープフルーツやフルーツカクテルも、ディナーのチキンとブロッコリもおいしく感じないだろう。しかし、トマト、パルメザンチーズ、マッシュルーム、ベーコンといったうま味を強調する食事にすれば、どのクラスの乗客ももっと楽しめるはずだ。次のフライトでは、地中海風スタッフド・マッシュルームが出てくることを祈ろう。

ここまで読んで、なぜ機内に響くエンジン音がカクテルやカップケーキの味を変えてしまうのか、不思議に思われるかもしれない。答えは非常に興味深く、感覚と脳内で起こることが互いに影響しあっていることを示している。

味覚は三つの脳神経から刺激を受ける。舌咽《ぜついん》神経、迷走神経、顔面神経から分岐する鼓索《こさく》神経である。鼓索神経は、舌の前方部分からスタートして味の情報を脳に伝えるが、その際、中耳の鼓膜を通る。つまり、味覚を伝える神経は脳に到達する前に耳を通ることになる。このため聞こえる音は味覚に影響する。最近の研究により、騒音は鼓索神経を一時的に乱し、甘味と塩味の情報を弱め、うま味を強めるのではないかと考えられている[19]。

味覚には多くの神経がかかわっているので、プレッツェルが塩辛いか甘いかを判断する能力を完全に失うということはめったにない。しかし、味覚神経が多少の損傷を受けるケースは意外に多い。子ども時代に耳の炎症を繰り返したことで鼓索神経がダメージを受けたために、本来の味がよくわからないという人は結構いる。逆に、鼓索神経がダメージを受けたことで、味の認識を抑制する機能が効かなくなり、味覚が敏感になる人もいる。扁桃腺を切除するのも舌咽神経を傷つけるおそれがあり、傷つけた場合には味覚障害を起こす可能性もある。しかし、子どものころに耳に炎症を起こしたり、扁桃腺を切除したりしたとしても、あまり心配することはない。損傷の程度も味覚障害もかなりの幅があるからだ。しかし、味覚に異常を感じたときには、歯医者だけではなく、聴力もチェックしたほうがいいかもしれない。

◎ワインと音楽

音楽には人の気持ちや行動を変える力がある。聴いて泣きたくなることもあれば、踊りだしたくなることもあるだろうし、昔の恋愛を思いだしたり、心が落ちつくこともあるだろう。それだけではない。音楽は食べ物や飲み物とのかかわり方を変える力も持っている。一九九〇年代に、スコットランドのヘリオット・ワット大学のエイドリアン・ノースは、スーパーマーケットで流れている音楽によって、ワインの売れ行きが変わることを発見した。アコーディオンによるフランス風の音楽を流したときには、フランスワインがドイツワインの五倍売れ、ドイツのビアホール風の音楽を流したときには、ドイツワインがフランスワインの二倍売れたのである。[20] 興味深いことに、ワインを買ってスーパーから帰ろうとする客に、それを選んだ理由を訊いたところ、音楽に影響されたと言う人はほとんどいなかった。

この発見から二〇年後、ノースは音楽とワインの関係についてふたたび実験をおこない、今度はポップミュージックやオーケストラの曲など、聴く音楽によってワインの味が違ってくることをつきとめた。赤ワインか白ワインを、チャイコフスキーの『くるみ割り人形』の『花のワルツ』を聴きながら飲んだ人は、上品で繊細な味だと表現した。一方、まったく同じワインを、ヌーヴェル・ヴァーグの『ジャスト・キャント・ゲット・イナフ』を聴きながら飲むと、爽快ですがすがしい味がすると言う。カール・オルフの『カルミナ・ブラーナ』といった重厚感のある曲は重々しい味に、マイケル・ブルックの『スロー・ブレイクダウン』といったゆったりした豊かな音楽は芳醇な味に、それぞれワインの味を変えた。

ノースの実験にワインを提供した、チリのワインメーカー、モンテス社のアウレリオ・モンテスは、音楽とワインの組み合わせについて、次のように助言する。招いた客に高価なシラーを出したと思ってもらいたければ、パヴァロッティが歌うプッチーニの『誰も寝てはならぬ』をかける。夏の暑い夜にマルベックしかなければ、オーティス・レディングの『ドック・オブ・ベイ』をかければ、さわやかな味だと思ってもらえる。シャルドネでまろやかさを味わってもらいたければ、ライオネル・リッチーの『イージー』をかければいいだろう。[21] ノースの発見が示しているのは、その音楽が呼びおこす気分があるということだ。フランスの音楽を聴いた人は、フランスに関連するものに意識が向かい、フランスワインを購入したのだろうし、洗練された音楽を聴いた人はエレガントな気分になり、口にしたワインも同じように感じたのだろう。

音楽はワインの購買や味を変えるだけではなく、飲酒量の認識も変える。イギリスのポーツマス大学のロレンツォ・スタッフォードらがおこなった実験で、学生にウォッカ・クランベリーを飲んでもらったところ、クラブミュージックががんがん鳴り響くなか（一〇〇デシベル）で飲んだ学生は、同じ音楽が八〇デシベル程度で流れるなかで飲んだ学生にくらべて、カクテルに入っているウォッカの量を見誤る傾向があることがわかった。[22] これにはさまざまな理由が考えられる。大音量の音楽は味覚を鈍らせ、何かに集中するのを妨げる。少々ハイな気分にもなるだろう。こうした理由があるからこそ、バーのBGMは大音量でかかっているのだ。自分が酔っぱらっているかどうかわからなければ、とりあえずもう一杯頼むだろう。

さらに興味深いことに、スタッフォードらは、大音量のBGMのなかで飲む場合、過去半年に酔っぱらった経験が多い人ほど、自分が飲んでいる量がわからなくなることも明らかにしている。つまり、騒々しいクラブによく行って飲みすぎた経験が多ければ多いほど、自分の飲酒量がわからなくなるということだ。また、トニックウォーターに含まれるキニーネ（日本のトニックウォーターには含まれていない）の苦味を、あまり苦く感じない人ほど、音楽が鳴り響くなかで飲んだときに飲酒量がわからなくなるということも明らかになっている。苦味をあまり感じないノンテイスターは、BGMがうるさくなると、飲んだ量がわからなくなるということなのだろう。

ノンテイスターの人は、テイスターとスーパーテイスターにくらべてアルコール依存症になりやすい。ノンテイスターの人は、酒の刺激や苦味をあまり感じないため、酒に対する抵抗が少なく、たくさん飲むことができ、おそらくは若いうちから飲みはじめるからだろう。スタッフォードの研究結果は、ほかの可能性も示唆する。ノンテイスターの人にアルコール依存症のリスクが高いのは、ノンテイスターであることに加えて、音が関係しているかもしれないということだ。ノンテイスターの人はテイスターやスーパーテイスターの人よりも、一般に味覚の感度が低いので、大音量の音楽によって受ける影響も大きいことが考えられる。だから、飲んでいるアルコールの量がわからなくなり、自分で思っている以上に飲んでしまうのかもしれない。さらに、大音量のBGMがかかるバーによく行っていれば、聴力にダメージを与えながら飲みすぎるという事態を繰り返すことになり、アルコール依存症になる可能性を高めることになるだろう。

◎リズムに合わせて食べる

エリザとジェイはそれぞれ専門職につき、ボストンの注目エリアであるバックベイに暮らす三〇代のカップルだ。記念日を祝いに、数週間前に予約した近所の人気レストランに出向いたところ、店内は信じられないくらいの喧騒に包まれていた。しかし、金曜の夜に別の店を探したくはなかったので、ふたりはそのままそこで食事することにした。その夜はなにもかも予定通りにはいかなかった。会話をするのに大声を張りあげなければならなかったし、予定していたより早く食べ終わってしまった。早々に帰宅してベビーシッターを帰したときには子どもたちはまだ起きていて、ロマンチックな夜は望むべくもなかった。

騒々しいレストランであっという間に食べ終わってしまうのは、エリザとジェイにかぎった話ではない。イギリスの中級クラスのレストランで観察したところ、BGMにうるさい音楽をかけたときより、静かな音楽をかけたときのほうが、客は長居して、食べ物も飲み物も多く注文することがわかった。そうなればその分金も使うし、カロリーも余計に摂取することになる。[23]エリザとジェイの場合は、少なくとも余計なお金は使わずにすんだ。明るい照明と同じように、大音量の音楽も、早食いを促す効果がある。しかし、ファストフード店でないかぎり、それは売り上げにとってマイナスになる。客にはたくさん注文してお金を落としてほしいというレストランは、BGMの音量を下げたほうがいい。

音量だけではなく、音楽のテンポもまた食べる速さや食べ方に影響する。[24]テキサスのフォートワースのとある高級レストランで、八週間にわたって一〇〇〇人以上の客を観察した結果、BGMにスローな音楽をかけたときよりも、インストゥルメンタルをかけたときのほうが、客の食べるスピードが速くなることがわかった。[25]大学生がキャンパスの食堂で食事をするところをこっそり観察した実験もある。わかったのは、スローな音楽よりも速いテンポの音楽をかけたときのほうが、一分あたりに食べる量が激増するということだった。だが、どんな音楽をかけても食べている時間は変わらなかった。つまり、食事にかける時間が同じなら、速く食べるほうがたくさん食べることになる。さらに、食べ終わった学生にBGMに気づいたかと訊いてみたところ、どちらの音楽がかかっていても、誰も気にしていなかった[26]。つまり、BGMを意識していなくても、食べるスピードや食べる量は影響を受けることになる[27]。

音楽が食べ方や味を変えることは知っておいたほうがいい。食べているものを冷静に観察し、行動をコントロールできるようになるからだ。こうした知識は、トラックにはねられて嗅覚を失ったスタンの役に立つかもしれない。ステーキを食べるときには、味のなさにいらだちながら食べるのではなく、ジュージューと肉が焼ける音をBGMに食べることもできる。「サウンド・オブ・ザ・シー」の例にならって、海辺の音を聴きながら、フィッシュ・アンド・チップスを食べてもいい。マッシュルームやチーズやトマトを使った料理のときは、音量をあげて食べればもっと楽しめるかもしれないし、食べているものを連想させるBGMをかければ、満足感も高まるだろう。たとえば、冷たいビールを一気に飲むときには、バイエルン地方の音楽をかけるとか、フィレミニョンを食べるときには、モーツァルトの『アイネ・クライネ・ナハトムジーク』をかけるとか。

回避・制限性食物摂取障害（ARFID）など食の問題を抱えた子どもを持つ人にも役立てることができるだろう。たとえば、新しい食べ物を食べさせるときには、アップテンポのにぎやかな音楽よりも、ゆったりとした落ちついたBGMのほうがいい。あるいは、チキン料理のときに『チキン・ダンス』をかけるなど、料理に合わせた音楽をかけるのも手だ。食事が楽しくなり、子どもも新しい食べ物に挑戦しやすくなるだろう。

◎雰囲気の違い

一般に、食事時の雰囲気が良ければ、食事の時間は自然と長くなり、人はたくさん食べることになる。しかし、居心地はいいものの、いつもと違う雰囲気のときには、食べる量が減ることもある。コーネル大学の食とマーケティングの専門家、ブライアン・ワンシンクと、オランダのフローニンゲン大学のクールト・ヴァン・イッタサムは、客の食事を観察するために、イリノイ州シャンペーンのファストフード店ハーディーズから許可を得て、店内の一部を改装してまったく違うふたつの空間をつくりあげた。[28] ひとつは元のままの、明るい照明ににぎやかな音楽がかかった空間。もうひとつは、隔離されていた喫煙コーナーを植物や絵画で飾り、ブラインドをつけ、テーブルには真っ白なテーブルクロスをかけて、間接照明で照らし、ゆったりとしたジャズを流した。こちらのエリアはセルフサービスではなく、スタッフがサーブしてくれる。もっとも店が込みあうランチタイムに、訪れた客は無作為にどちらかの空間に案内された。食べ物と飲み物のメニューはどちらも同じで、ハーディーズの通常のものを用意した。

どちらの客も、同じくらいのカロリー（約六五〇キロカロリー）の同じようなメニューを頼んだ。予想どおり、雰囲気のよさは味に影響し、改装したエリアで食事をした人のほうが、食べたものを高く評価した。また、元のままのエリアにいた客よりも長く滞在した。しかし、予想に反して、食べる量は少なくなり、残す人も多くいた。摂取したカロリーは、平均で一三三キロカロリー少なかった。さらに、追加で何かを頼むときには、元のままのエリアにいる客が追加で注文するメニューよりも、カロリーの少ないものを選ぶ傾向が見られた。結局、ファストフード店のなかに設えた雰囲気のいいエリアは、食を細くする効果があったということになる。おそらく、客は自分が食べるものを意識してしまい、また、いつもとは違う経験に多少の恥ずかしさを感じ、食べるのを控えめにしたのだろう。なじみのない特別な環境で食事をすれば、人の意識は食そのものに向かう。口に入れるものに意識を集中すれば、おのずとゆっくりと食べることになり、結果としてフライドポテトも少ない量で満足し、デザートを頼む気も薄れるのだろう。

◎食べ物を感じる

食べ物の質感、粘り、温度は、好き嫌いを左右する。多くの人はかたいもの、粒が混じっているもの、ぬるぬるするものが嫌いだ。牡蠣《かき》が嫌いだという人は、たいていあのぬるっとした食感が嫌だと言う。種入りのブドウのように、なかに小さな粒が入っているものも人気がない。こうした反応には理由がある。口のなかで噛み切れないものは喉に詰まらせる危険があるし、食感が一定でないのはその食べ物が汚染されているからかもしれない。しかし、すべての食べ物に当てはまるわけではない。カッテージチーズは湿った粒状のものの集まりだが、スーパーの乳製品売り場で大きな面積を占めているし、ケシの実とゴマのベーグルは、全体に粒状のものが散らばっているが、ベーグルのなかでいちばん人気がある。結局、ぬるぬるしていようと、粒状であろうと、その食べ物を受けいれることができるかどうかは、実際にそれを食べた経験によるところが大きい。

質感は食べるスピードと食べる量にも影響する。やわらかい食べ物は、同じ食べ物でかたいものよりも、早くたくさん食べられる。好きなだけ食べていいと昼食を提供した実験では、マッシュポテトとニンジンのピュレを出された被験者のほうが、丸ごと調理されたジャガイモとニンジンを出された被験者よりも二〇パーセントほど多く食べた[29]。どちらの料理もおいしいと評価されたので、マッシュポテトとピュレのほうがおいしかったわけではない。マッシュされた料理は嚙みやすく、飲みこみやすかったからである。

かたい食べ物を食べるときには一生懸命嚙まなければならず、感覚で認知するのに時間もかかる。同じカロリーなら、飲み物よりも固形物のほうが満腹感を味わえるように、すぐに飲みこんでしまうマッシュポテトより、嚙みごたえのあるベイクドポテトのほうが、感覚に訴えるものがある。飲みこむ前にしっかり嚙まなければならないものだと、味やにおいをより味わえる。逆に、食べ物から受ける感覚的な刺激が少ないものであればあるほど、満足感や満腹感は薄れてしまう。次回のサンクスギビングデーで満足感を味わいたければ、ジャガイモもほかの野菜も大きめで用意し、詰め物は嚙みごたえのあるものにすればいい。すぐに飲みこんでしまうようなやわらかい食べ物ばかりだと、まだまだ食べられるということになってしまう。

食べ物や、食べ物が入っている容器の質感もまた、私たちの認識を変える。ゴツゴツした容器に入ったクッキーは、なめらかな表面の容器に入ったクッキーよりもかたくて歯ごたえがある、と受けとめられる。[30] 表面がざらざらしたレモンキャンディは、同じキャンディでも表面がなめらかなものよりも、酸っぱいと言われる。[33] これらは、食べ物に関連する何かが持つ特性が食べ物に移る感覚転移によるものだ。クッキーの例で言えば、容器の表面の形状がクッキーそのものに移り、それぞれかたいクッキー、なめらかなクッキーということになった。では、ざらざらしたキャンディが酸っぱく感じたのはどういうわけだろうか。この実験はイギリスでおこなわれたが、イギリスでは表面がざらざらして酸っぱいキャンディが人気がある。被験者にとっては、ざらざらしたキャンディのほうがなじみがあり、その質感が酸っぱさとつながったのだろう。こうしたタイプのキャンディはほかの国にもある。もし、読者のみなさんにとってもおなじみであれば、おそらくざらざらして酸っぱいキャンディという描写だけで、唾液が出ていることだろう。

嗅覚を失った人と話をしてわかったのは、彼らがおいしく食べるためには質感が大切だということだ。とくに歯ごたえのある食べ物やかたい食べ物、かたさとやわらかさを両方持つ食べ物が好まれる。なかでももっとも好まれるのが、歯ごたえのある食べ物だ。音が聞こえるだけではなく、咀嚼するのに時間がかかり、満足感も得られるからだろう。塩キャラメル味のプレッツェル・アイスクリームなどといった食感と味が複雑に組み合わさったものは、とくに喜ばれる。ほかにも複数の食感と味を合わせたヘルシーな料理はたくさんある。無嗅覚症のある女性は、ウォルドーフ・サラダが大好きだ。クリーミーなドレッシング、歯ごたえを楽しめるリンゴとセロリとクルミ、やわらかいレタス、口のなかではじけるブドウといった食材が、甘味、塩味、酸味とともに味わえ、みずみずしさと脂肪分の両方が口のなかで感じられるからだ。

食べ物の質感が刺激になる無嗅覚症の人とは反対に、好き嫌いの激しい人にとっては、質感がマイナスに働くことがある。ゲイブの場合は、歯ごたえ以外の食感をすべて嫌った。好き嫌いがない人であっても、食感が苦手で、ということはよくある。そこで研究者は問いかける。触感の問題と食感の問題は根が同じなのだろうか。

自閉スペクトラム症の子どもは質感に敏感で、触れられることを嫌がることはよく知られている。また、極端な好き嫌いの問題を抱えている子が多い[32]。しかし、健常の子どもでも、何かに触れて受ける刺激に対する反応はさまざまだ。マーサは洋服のラベルのチクチク感や、草が足に触れる感覚、ベッドに紛れ込んだ砂には耐えられないが、妹のサラはまったく気にしない。

手と口の感覚に関係があるのかどうかを調べるために、オランダのマーストリヒト大学のシャンタル・ネダーコーンらは、四歳から一〇歳までの好き嫌いのない健康な子どもを集めて、ライスミルクからエンドウ豆までいろいろな食べ物に対する反応と、サンドペーパー、ヘアジェル、ビロードといったさまざまな質感のものに触れたときの反応を見た。すると、七歳未満の子どもたちのあいだでは、いろいろな食べ物にチャレンジしようとせず、好きな食べ物が少なかった子は、触ることにも抵抗を示す傾向が見られた[33]。しかし、七歳以上の子どもたちには、手で触ってみて感じる好き嫌いと、食べ物への反応とのあいだに関連性は見られなかった。年齢による違いが生じるのは、経験が影響し、なじみのあるものは楽しめるようになるからだろう。小さな子どもは、なじみのないものは、触るのも口に入れるのも嫌がった。年齢が上のほうの子どもは、食感と触感のいずれも経験を積んでいるため、それぞれの好みに相関性は見られなかった。

子どもが触れるものをしょっちゅう口に入れることを考えれば、ゲイブのような子どもに、さまざまな触感の物体を触らせて慣れさせるというのは有効な手立てかもしれない。たとえば、具材がごろごろ入っているようなシチューを嫌う幼い子どもには、まずは手でいろいろなもの——ゼリー、岩、砂など——を触らせて慣れさせる。そうすれば、シチューのようないろいろな食感を持つ食べ物にもチャレンジする気になるかもしれない。

温度にこだわる人もいる。これは子どもにも大人にもいる。私の知りあいの女性には、食べ物によって決まった温度でなければ食べないという人がいる。ライスやパスタは熱々でなければならない。室温まで冷めたものは絶対に食べない。一方、トーストは室温でなければならず、デザートは冷たいものは食べない。だから、アイスクリームは溶けるまで待つ。本人が言うように、温度によって口あたりが違うからかもしれないが、私は高カロリーのものを避けるための言い訳にしているのではないか、と思っている。野菜やフルーツはどんな温度でも食べているからだ。

温度にこだわりがあるかどうかは別にして、温度が食べ物の味を変えるのは本当だ。塩辛い食べ物は、熱々のときよりも室温くらいになったときのほうが塩辛く感じる。今度フライドポテトを食べる機会があったら、最初の一口と二〇分くらい経ってからのものをくらべてみてほしい。残ったポテトの塩辛さに驚くだろう。最初に塩を追加したときにはとくにそう感じるはずだ。苦味も熱いときのほうが薄れる。あなたがスーパーテイスターなら、芽キャベツはオーブンから出してすぐに食べたほうがいい。その場合、塩をふるのを忘れずに。塩は苦味を弱めてくれる。

デザートを心行くまで楽しみたかったら、アップルパイは少しあたためてもらおう。甘いものはあたたかいほうが甘さが強調される。体温くらいが最高だ。口に入れたひとかけらのチョコレートが溶けるときの至福を思えば、納得してもらえるはず。[34] 酸味は温度に影響されないようなので、レモネードは冷たくして飲んでも、少し飲んでしばらく庭のテーブルに置きっぱなしにしても変わらないだろう。だが、甘味は温度とともに上昇するので、夏の日差しであたためられたレモネードは、甘味が酸味を上回って、甘く感じるかもしれない。

温度が変えるのは甘さだけではない。温度は食べ物の質感も変える。アイスクリームは冷凍庫から出してすぐよりもしばらく置いておいたほうが甘くなるが、同時に溶けて水っぽくなる。溶けないデザート、たとえばバニラ・カスタードも、あたためると密度が薄れるように感じる。面白いのは、デザートでも含まれる脂肪分の多寡によって、温度による食感への影響が異なることだ。低脂肪のカスタードをあたためると、室温のときよりクリーミーになるが、高脂肪のカスタードは、あたためるとクリーミーさが薄れる。[35] つまり、低脂肪のデザートは、食べる前に電子レンジで少しあたためると、よりおいしくいただけるということになる。一方、脂肪分たっぷりのチョコレートムースなどをいただくときは、冷蔵庫から出してすぐ食べたほうがよさそうだ。

温度によっては、口のなかがからっぽでも味を感じさせることができる。ある実験で、舌先に小さなプレートをのせてあたためたり、冷やしたりしたところ、舌をあたためると人は甘さを感じ、冷たくすると酸味と塩味を感じることがわかった。[36] デザートを食べる前に舌をあたためておけば、より甘く感じられるということだ。

気温もまた食体験、とくに食べる量に影響する。寒いときには体温を維持するためにより多くのエネルギーを必要とするため、その分多く食べなければならない。一九一〇年、南極に向けて出発したロバート・スコット率いる一行は、飢餓により全員が死亡するという悲劇的な結末を迎えた。温和な気候であれば平均的な成人男性が必要とするカロリーの二倍にあたる、一日四四〇〇キロカロリーの食事をとっていたが、それは氷点下の気温のなかで生き抜くために必要なカロリーの半分にすぎなかった。普通の生活圏ではそこまで寒くはないし、いまは暖房設備も整っているが、それでも人間は夏よりも冬のほうがたくさん食べる。考えられる理由は多くある。家のなかで過ごす時間が増え、つねに手元に食べるものがある。日が差す時間が短いことから軽いうつ状態になり、過食に走ってしまう。寒い戸外から帰って高カロリーのあたたかい飲み物や食べ物をとれば体が喜ぶ。さらに、冬はサンクスギビングデーからバレンタインデーまで食を楽しむイベントが目白押しである。逆に、外が暑いときには食は細るが、飲み物はたくさんとるようになる。これは体を冷やし、汗で失われた水分を補給するということで理に適っている。しかし、水分をとるためと言ってビールを選んではいけない。アルコールには利尿作用があるからだ。

◎重いほうがおいしい

あなたには、これを食べるときにはこの皿で、と決めている食器があるだろうか。たとえば、アイスクリームはコレールのボウルではなく、かならず旅行先のウェールズで買ったハンドメイドの器で食べるとか。そんなとき、器の重さがあなたの選択に影響していると考えたことがあるだろうか。オックスフォード大学のクロスモデル・リサーチ・ラボラトリーは、ある実験で、被験者にプレーンなギリシャヨーグルトの味を評価してもらった。このとき盛りつける器として、見た目はまったく同じだが、じつは重さが違う三種類のボウル――三五〇グラム、七〇〇グラム、そしてわずか六〇グラムのもの――を用意した。被験者には、ボウルを片手に持ち、もう片方の手でスプーンを持って試食し、ヨーグルトの味を評価するようにお願いした。すると、最重量のボウルのヨーグルトがもっとも濃厚かつ高価そうだということで、いちばん好まれ、最軽量のボウルに入った同じヨーグルトは安っぽい味で、あまりおいしくないと言われた。[37]

これもまた感覚転移によるものだ。食べているものに付随する重さが、過去の経験に伴う感情や知覚を呼びおこし、それが食べているものに投影され、現在進行形の経験を変えてしまったのである。ボウルの重さはコストに対する考え――重い器のほうが高いはず――を呼びおこし、その価値観がヨーグルトの味に影響したのだ。ボウルが重ければ重いほど、なかに入っているものは濃厚でおいしい、というように。コレールの食器は薄くて軽くつくられていて、食器棚のなかで場所をとらないというメリットがあるが、食べたときの満足感はそれほど期待できないだろう。一方、ハンドメントの重いボウルは収納しづらいかもしれないが、食事の満足度は高くなる。

食べ物や飲み物と複雑に絡みあうものとして、BGM、噛む音、食べ物の質感、使う食器類などを見てきた。いずれも私たちの食べるという経験を左右するものだ。このほかにも、人間の感覚につねに密接にかかわるものがある。場合によっては単独でも威力を発揮する。私たちの心である。

7章　マインドの魔力

食べ放題のビュッフェで、食べすぎないようにするコツがある。できるだけ、食べ物が並ぶカウンターから遠くにすわることだ。ほんの少しの違いだが、食べ物の近くにいると、結局たくさん食べることになる。デザートコーナーの近くにすわった客は、離れた場所にすわった客よりもデザートを食べる率が高くなる。アイスクリームは、冷凍ショーケースのふたが開いているほうが、手にとる人は増える。すわったテーブルの近くに牛乳のディスペンサーがあれば、牛乳を飲むし、テーブルに水を入れたピッチャーがあれば、つい水をついでしまう。これはレストランだけで見られる現象ではない。職場でも同じだ。ハーシーのキスチョコを机の上に置いている人は、二メートルほど離れた場所に置いている人、つまり席を立たないと食べられない人よりも、一日に六個ほど多く食べていた。[1] 食べ物との距離が近ければ近いほど、私たちは食べる。これは間違いない。

食べ物の数も食べる量に影響する。私たちはたくさん見れば、たくさん食べる。ジャーナル・オブ・コンシューマー・リサーチ誌に掲載された論文によれば、プレッツェルでもクッキーでもクラッカーでも、中身がパッケージにたくさん表示されている商品のほうが早くなくなるという。[2] つまり、おいしそうなポテトチップスやビスケットの写真を少なめにすれば、消費者は急いで食べなくなる。そうなると、買い置きを補充する回数も減り、消費者はお金をあまり使わないですむが、食品会社はうれしくないだろう。

食べ物の並べ方によって見た目が変われば、食べる量も変わってくる。ペンシルバニア大学ウォートン校のバーバラ・カーンは、コーネル大学のブライアン・ワンシンクとともに実験をおこない、テレビのコマーシャルを評価してほしいと集めた被験者ひとりひとりに、三〇〇個のゼリービーンズを入れたトレーを渡して、待合室で待機してもらっているところを、隠しカメラで観察した。半分の人たちには、オレンジ、黄色、緑といろいろな色のゼリービーンズを色ごとに並べて渡し、残りの半分には、全部を混ぜたものを渡した。すると、ごちゃ混ぜのゼリービーンズを渡された人は、きちんと分類されたものをもらった人のほぼ倍の量を食べた。また、別の実験では、四五〇グラムの〈エム・アンド・エムズ〉をボウルに入れて渡し、好きなだけ食べてもらった。結果、一〇種類の色の〈エム・アンド・エムズ〉が入ったボウルを渡された被験者は、七種類の色の〈エム・アンド・エムズ〉を渡された被験者よりも四三個多く食べた。[3] 私たちは大量の食べ物が寄せ集められているのを見ると、たくさん食べてしまう。ごちゃごちゃとたくさんある様子は、少量のものより魅力的に見えるし、たくさんあるほうが量の把握が難しくなるからだ。逆に言えば、お菓子を食べるのを減らしたければ、キャンディやスナック菓子を種類別に分けて並べて置くといい。

食べ物までの物理的な距離、心理的な認知、社会環境など、私たちに与えられた状況は、食欲と実際に食べる量を大きく左右する。つまり、心の持ちようで食が変わるということだ。

◎距離を置く

すぐ手の届く、見えるところにあるもの、つまり、いつでも食べられるものは、抗いがたい力を持っている。[4]逆に言えば、高カロリーのおやつは遠ざければいいということになる。オフィスに置いたチョコレートの例を思い出してほしい。ダイエットのアドバイスによくある、お菓子を買い置きしないほうがいいというのは、そういうことだ。誘惑には抵抗できない。どうしても置いておく必要があるなら、たとえば、地下室などのすぐには手が届かない場所にしまっておこう。私のように無精者なら、なかなか取りにいかなくなるだろう。一方、果物や野菜を目に見える、手の届くところ——机の上やテレビやコンピューターのそば——に置いておけば、健康的な食べ物をとる機会が増える。しかも、野菜も果物も繊維が豊富で満腹感も得られるので、食べたあとにはお菓子を探し回る気が失せるというメリットもある。

便利になった現代の食環境には別の問題もある。食事の支度にエネルギーを使わなくなったことで、カロリーも消費しなくなったことだ。昔は、パンはパン屋で、肉は肉屋で、アスパラガスは八百屋で、といった具合に店から店へと渡り歩いて買い物をし、それらを使って一から料理をした。買った荷物を抱えて店を行ったり来たりするのを別にしても、材料を洗って切って料理して、という一時間の作業だけで少なくとも一〇〇キロカロリーは消費する。[5]ところが、袋をいくつか開けて電子レンジに入れる、という作業ではほとんどエネルギーを使わない。

人間に備わる怠惰な性質がプラスに働くこともある。小分けにされた食べ物を前にしたときだ。

たとえば、小さなポテトチップスの袋を三つ渡された場合、三つ分のポテトチップスが入った大きな袋をひとつ渡されるより、食べる量は減る。つまり、お菓子も一〇〇キロカロリー程度に小さく包装すれば、摂取カロリーを節約できるということだ。実際、肥満体の被験者を集めてクラッカーを食べてもらうという実験をおこなったところ、一〇〇キロカロリーごとにパックされたものを四つ渡された人は、四〇〇キロカロリー分が入った一袋を渡された人よりも、摂取カロリーが二五パーセントほど少なかった[6]。食べ物を小分けにすれば、色分けされたゼリービーンズと同じような効果が望める。また、一袋を食べ終わるごとにまだ食べるのかと考えたり、複数の袋を開けるのに余計な労力がかかるというのも、ブレーキがかかる理由だろう。ところが、小分けにした袋に〝たった一〇〇キロカロリー〟と書かれたラベルが貼られていたりすると、私たちはいとも簡単に「健康ハロー効果」にとらわれる。これは、ブライアン・ワンシンクと、フランスのビジネス・スクールINSEADのソルボンヌ・ビヘイビオラル・ラボラトリーで食物マーケティングを研究するピエール・シャンドンが、なぜ特定の食べ物がヘルシーだと認識されるのか、そして認識されると消費にどのような影響を与えるのか、ということを説明するのにつくられた言葉である。

◎ラベルが単なるラベルではなくなるとき

「低脂肪」や「砂糖不使用」といったラベルを見て、こう思ったことはないだろうか。「やった！たくさん食べられる！」本当にカロリーが低いのかどうかはともかく、おなかまわりの脂肪の原因になる材料のうち、少なくともひとつは減らしておきましたよ、とラベルに書いてあるのだから。人は食べてもカロリーはたいしたことがないと思えば、低脂肪クッキーをたくさん食べる。しかも、カロリーオーバーの心配から解放されたことで、その日の残りの摂取カロリーが増えることはめずらしくない。最悪なのは、「低脂肪」をうたう食品の多くが、レギュラー商品とほぼ同じカロリーで、ほぼ同じ量の砂糖を含んでいることだ。たとえば、低脂肪の〈オレオ〉クッキー三枚と普通の〈オレオ〉クッキー三枚をくらべたとき、どちらも砂糖は一四グラム、カロリーはレギュラークッキーが一六〇キロカロリー、低脂肪クッキーが一五〇キロカロリーとなっている。[7]

「ヘルシー」もダイエットの世界ではよく誤解を招く言葉だ。ヘルシーというのは体や心によいという意味なので、消費者はこの言葉を使った食べ物を食べて体重が増えるとは思わない。一般に体重増加は不健康なことだからだ。だが、賢い広告主は、食物繊維やビタミンやミネラルを多く含むなど、健康にいい面がひとつでもあれば、「ヘルシー」とうたう。そうすれば、消費者はたくさん食べて、たくさん購入することを知っているからだ。女子学生に市場調査と偽って、オートミールクッキーを食べてもらった実験では、まったく同じクッキーを、ひとつは「ヘルシーな材料を使用した新しいタイプの食物繊維クッキー」、もうひとつは「フレッシュなバターと昔ながらのブラウンシュガーを使用した新しいおいしさのクッキー」と紹介したところ、前者のクッキーを渡された学生のほうが三五パーセント多く食べた。

「ヘルシー」という言葉は私たちを過食に走らせるが、皮肉なことに、中身のぜいたくさを強調したものには、食べる量を減らす効果がある。たとえば、高カロリーだと言われてミルクセーキを飲んだ人は、同じミルクセーキを低カロリーだと言われて飲んだ人にくらべて、満腹感を得やすく、飲んだあとに食べ物を出されてもあまり食べなかった。[8] 直観には反する結果だが、マーケティングとしてリッチ感を前面に打ちだすと、それを食べた人は満腹になりやすくなるので、食べる量は減るということだ。つまり、ヘルシーさをうたっていないものを食べたほうが、結局は健康にいいらしい。

「ヘルシー」にだまされるケースはほかにもある。ジャーナル・オブ・マーケティング・リサーチ誌に最近、次のような研究結果が発表された。いつもダイエットをしている女性に、パッケージにランニングシューズのロゴが入った「フィットネス・トレイル・ミックス」（トレイル・ミックスとはナッツやドライフルーツを混ぜたエネルギー補給用のスナック）と、とくに何も書いていないシンプルなトレイル・ミックスを食べてもらった。[9] すると、クッキーのケースと同じように、ヘルシーさを強調したトレイル・ミックスのほうが多く消費された。さらに、試食のあとにバイクをこぐエクササイズの機会を提供したところ、「フィットネス・トレイル・ミックス」を食べた人のほうが運動に興味を示さず、しかもたくさん食べた人ほどエクササイズを断る傾向が見られた。ヘルシーさをうたうと消費を促すだけではなく、運動する機会を減らすことになるようだ。

ヘルシーさを打ち出しているのに、健康にマイナスになるようなことがダブルで起こるのはなぜだろうか。考えられる理由のなかで面白いのは、ランニングシューズのロゴを見て、運動したような気になってしまうのではないかというものだ。ほかには、フィットネス・トレイル・ミックスは体にいいので、ヘルシーなものはもう充分だと被験者が思ってしまうからではないか、という見方もある。これは健康ハロー効果を示すほかの研究結果とも一致する。人は何かひとつ健康によいことをしたと思うとき、ほかは免除されると思ってしまう。しかし、たくさん食べた被験者のほうが、エクササイズを断ったというのは、別の理由がありそうだ。たくさん食べた被験者は、すでにダイエットに反することをしてしまったのだから、いまさら運動しても無駄だと思ったのではないだろうか。万年ダイエットをしている人にはよくあることだ。一度堤防が決壊すると、洪水はとめられない。

ヘルシーな食事だと思えば余計に食べてしまうという現象は、ダイエットをしている人や実験の世界だけで起こることではない。ヘルシー志向を売りにするレストランで食事をするときや、メニューにサラダを見つけたりしたとき、私たちはヘルシー志向とは逆の高カロリーなメニューをつい選んでしまう。[10] ヘルシーな食事の存在を目にすると、同じ場所でつくっているほかのメニューもそれほど悪くないはずだ、と思ってしまうのではないか。ほうれん草のサラダを出すレストランなら、ミニハンバーガーのベーコン・チーズ・スライダーを頼んでも、ファストフード・チェーンのホワイト・キャッスルのものより、体にいいものが出てくると思うのだろう。

皮肉なことに、体重に関心がある人のほうが、健康ハロー効果の影響を受けやすい。体重を意識している人に、ミートボールとペパローニのチーズステーキサンドのカロリーを予想してもらうと、平均で八四〇キロカロリーということだったが、サンドイッチのそばにセロリとニンジンのスティックを置くと、七一四キロカロリーまで落ちた。[11] ヘルシーなつけあわせを置いただけで、予想カロリーが一五パーセント落ちたのである。一方、体重を気にしていない人に同じ予想をしてもらうと、二パーセントしか変わらなかった。

体重を気にする人が、高カロリーな食べ物にヘルシーな要素を加えただけでカロリーを過小に評価してしまうのは、ダイエットの意識が食べ物を善と悪に分類させるからだと思われる。ヘルシーな要素を目にすると、その人のなかではその料理全体が善の方向に振れ、その結果、全体のカロリーを低く見積もってしまうのだ。一方、これを食べたら太るかどうかという基準で考えない人は、カロリーや料理の内容にはあまり影響されない。要するに、食べ物を善悪でとらえないほうが、カロリーを適正に評価できるようになるということだ。だから、政府の関係者は、ダイエットや健康に関してメッセージを発信するときには気をつけたほうがいいだろう。「低カロリー」で「ヘルシー」なものを食べるように強調しすぎると、ダイエットをしている人がカロリーを見誤って、結局太ってしまうという事態を招きかねない。

◎オーガニックの罠

一九九〇年、アメリカのオーガニック食品の年間売上高は約一〇億ドルだった。これが二〇一四年には三九〇億ドルになっている。[12] 一九九〇年のアメリカの全人口に占める肥満の人の割合は一一・四パーセントだったが、二〇一四年には三四・九パーセントになっている。[13] これは単なる偶然だろうか。おそらくそうではないだろう。

ミシガン大学の調査により、人々は、オーガニックの表示がある〈オレオ〉クッキーは、普通の

〈オレオ〉クッキーよりカロリーが低いと思っていることがわかった。調査に参加した人は、同じカロリー数が表記された両方のパッケージを目にしているにもかかわらず、そう思っていた[14]。さらに、普通の〈オレオ〉よりオーガニックの〈オレオ〉を食べるべきだと思っていることも判明した。ダイエットをしている人のなかには、普通の〈オレオ〉を食べたときには運動しなければと思うが、オーガニックのほうを食べたときにはそう思わないという人もいた。もっと驚いたのは、甘いものをまったく食べずにただ運動をパスするより、オーガニッククッキーを食べてパスするほうが許される気がするという人がいたことだ。つまり、痩せたいと思いながら、クッキーを一枚も食べないより、オーガニックのクッキーを食べたほうがいいと、理屈に合わないことを信じていることになる。

消費者は、オーガニックは健康にいいと考え、さらに拡大解釈して、カロリーも低いと思っている。だから、体重を落としたい人は、低カロリーだという間違った認識をもとにオーガニック食品を求め、思った以上にカロリーを摂取するという事態に陥っているかもしれない。さらに、環境保護に熱心な人ほど、オーガニック信仰も強く、そういう人はオーガニックのラベルを見るたびに過食のリスクにさらされることになる。

オーガニックが引き金となる低カロリーの幻想は、実際に食べる肉や野菜だけではなく、食品をつくる人々をも巻きこむようだ。複数の調査結果から、フェアトレードのチョコレート――カカオ農家には適正な対価を支払い、生産者は労働にふさわしい賃金を受けとっていることを示すラベルが貼られている――は、まったく同じチョコレートでフェアトレードのラベルがないものより、はるかに低カロリーだと考える人が多いことがわかっている。[15] つまり、企業が倫理的に行動し、サプライヤーを正当に扱っていると知っただけで、消費者、とくに食品を倫理的な観点から選ぶことに価値を見いだしている人たちは、カロリーを過小に評価し、肥満につながる食べ物をせっせと食べているのである。

企業の側でも、こうした倫理性を重視したマーケティングを展開し、客に予定外の買い物をさせようと躍起になっている。たとえば、フェアトレードのチョコレートは、客の衝動買いを狙ってだいたいレジの近くにある。オーガニックな原料を使っていても、崇高なポリシーのもとにつくっていても、ラベルをよく見れば、五五〇キロカロリーあることはわかるはずだ。それを買うことで気分はよくなるかもしれないが、カロリーが減るわけではない。

ヘルシーさをうたうマーケティングのおかげで、私たちはカロリーを甘く見てつい食べすぎてしまうが、高カロリーなぜいたくさを印象づけるマーケティングにも私たちは反応する。どうしてこのような矛盾する反応が起きるかといえば、食品のラベルによって喚起される考えが、私たちの思う食べ物の価値やカロリーなどの認識をゆがめるからだ。それによって食べる量が変わってくる。傍目には意識的にコントロールされているように見える食べる量を左右するのが、身体的な感覚でも、摂取したエネルギー量でもなく、これから食べるものがどのくらいのカロリーだと思うかという自分の意識だとしても、それほど驚くことではない。人は、体の生理的なシグナルにはあまり注意を払わないし、そもそも食べたものがシグナルに変わるまでには時間がかかる。しかし、意識によるコントロールのおよばない消化プロセスや代謝率も、私たちが考える内容によって変わったりするのだろうか。つまり、どう思うかによって、食べたもののカロリー消費量が変わるということはあり得るのか。

◎ミルクセーキ・プラセボ

プラセボ効果——思うことで感じ方が変わる——は、緊急事態を救うことがある。よく知られているのは、戦場で痛み止めが不足しているときに、負傷した兵士にモルヒネだと言って単なる砂糖を飲ませると、実際に痛みがやわらぐという話だ。しかし、そうした危機的な状況にかぎらず、プラセボ効果はさまざまな場所で見ることができる。この業務はエクササイズ効果があると言われた従業員は、何も言われなかった従業員より、体重の減りが大きくなる。[16] 運動をすれば視力がよくなると言われて納得した人は、実際に運動したあとに視力を測るとよくなる。寝不足でふらふらしている人に、濃いコーヒーをいれたといって、カフェイン抜きのコーヒーを渡せば、疲れがとれてすっきりする。ランナーに運動能力を高める薬だといって塩水を飲ませれば、本当にタイムが縮まり、本人は体力の回復が早くなったと言う。[17] これらはほんの一例にすぎない。

自分は特効薬を飲んだから、健康になる、強くなる、足が速くなると信じて、それが自己実現効果をもたらすことはある。気の持ちようが変化を起こすことはめずらしくないだろう。気が紛れたり、精神を統一したり、前向きになったりするのはすべて意識のうえで起きることで、それがエネルギーや痛みの認識など、ほかの感覚に影響をおよぼすとしても、それほど驚く話ではない。しかし、意識によってコントロールできないところ――たとえば代謝率――に、気持ちの変化が影響をおよぼすとしたらどうだろうか。

イェール大学のアリア・クラムたちは、ミルクセーキの味をテストするという名目で、標準体重の男女学生と地元住民を集めた。[18] 一回目は、「贅沢ミルクセーキ」という商品名が書かれ、「芳醇でリッチな味わい」「至福の味」といったフレーズが並ぶパッケージのものを飲んでもらった。日を改めた別の機会には、「すっきりミルクセーキ」という商品名で「カロリー控えめ」「脂肪分ゼロ、砂糖不使用」と銘打ったものを飲んでもらった。どちらのボトルにも、栄養素は目立つように表示されていた。いちばん上にはカロリーが表示され、「贅沢ミルクセーキ」は六二〇キロカロリー、「すっきりミルクセーキ」は一四〇キロカロリーとなっていた。しかし、被験者には秘密にされたが、中身はまったく同じで、本当のカロリーは三四〇キロカロリーだった。

実験はドリンクを飲んでもらうにとどまらなかった。一週間あけておこなわれたどちらの回でも、被験者の腕には静脈用カテーテルを挿入し、ミルクセーキを飲む前、最初の一口を飲んだとき、飲み終わってから三〇分後の血液を採取してグレリンの値を調べた。グレリンとは、空腹のときに消化管から分泌されるホルモンである。グレリンの値が高くなると、そろそろ食べたほうがいいという情報が脳に伝わる。また、グレリンが分泌されると代謝が落ち、カロリーを消費しなくなる。胃がからっぽなのに、食べ物を求めて活動しなければならない事態に備えているのだ。たっぷり食べたあとにはグレリンの値は下がる。食欲を抑え、脳に食べるのをやめるように指示しているのだ。それに対し、また、グレリン値が下がると代謝が上がり、摂取したばかりのカロリーが燃やされる。それに対して、ドレッシングをかけたサラダくらいでは、グレリン値はほとんど変わらず、代謝も上がらない。理屈のうえでは、グレリンは摂取したカロリーに比例して分泌を増やしたり減らしたりしながら、適切に代謝しようとする。だが、脳と代謝のコミュニケーションは、かならずしも理屈どおりにはいかないようだ。

実験の結果、「贅沢」バージョンを飲んだ被験者のグレリン値は、最初の一口のときに急激に上がったが、三〇分後には「すっきり」バージョンを飲んだときにくらべて大幅に下がった。表向きは低カロリーの「すっきり」ミルクセーキを飲んだ被験者のグレリン値は、実験のあいだほぼ横ばいで変化しなかった。実際にはふたつのミルクセーキは同じもので、カロリーはそれなりにあるのだが、高カロリーのミルクセーキを飲んだと思った被験者の体は、低カロリーだと思ったものを飲んだときの数倍のカロリーを摂取したとして反応したことになる。つまり、高カロリーのものを食べたと思うだけで、カロリーは燃え、代謝は上がるということだ。しかも、おなかは空きにくくなる。実際にどれだけのカロリーを摂取したかは関係ない。現在はコロンビア大学にいるアリア・クラムは、ナショナル・パブリック・ラジオでこう語った。「ラベルは単なるラベルではありません。自分が信じていることを思い出すきっかけになるんです。信念は、ほぼあらゆる分野、私たちがすることすべてにおいて重要です」[19]

覚えておいたほうがいいのは、「低カロリー」と表示された食べ物ばかりを買えば、代謝が下がって逆効果になるかもしれないということだ。低脂肪のブルーベリーヨーグルトもカロリー数を知らずに食べたほうが、カロリーは燃える。となれば、たとえ低カロリーのものでも、これは高カロリーなんだと自分に言いきかせながら食べるといいかもしれない。しかし、カロリーと低脂肪のうたい文句がでかでかと容器に表示されていれば、それも難しいだろう。そう考えれば、脂肪分やカロリーがオフになっていないものを選んだほうがよさそうだ。多くの場合、カロリーの差はそれほどでもない。たとえば、無脂肪のバニラ・フローズン・ヨーグルトは一〇〇キロカロリーで、全乳のバニラ・フローズン・ヨーグルトは、脂肪分が三から四グラムで、カロリーは一〇四キロカロリーでしかない。[20] 後者であれば、代謝は落ちないし、脂肪分のおかげで満腹感が長く続く。それに、低脂肪の食品には砂糖がたっぷり含まれていることが多いので気をつけたほうがいい。

心理状態や物理的な環境は食体験に、そして好むと好まざるとにかかわらず、食べたあとに大きな影響をおよぼす。こうした影響をおよぼすものはほかにもある。誰と食べるかという問題だ。ラリーのケースを見てみよう。

◎いっしょに食べる

ラリーは明るく活動的で健康な中年男性で、趣味で地元のソフトボールチームに所属し、定期的にプレーしている。ある日、勝ち試合のあと、バーで打ち上げがあった。ラリーが到着したときには、チームメイトはすでに盛りあがっていて、ちょうどバッファロー・ウィング（鶏の手羽先をスパイシーに揚げたバッファロー名物の料理）の大盛りが三皿、山盛りになったナチョスが二皿テーブルに届いたところだった。全部で八人のアマチュアプレーヤーがテーブルを囲み、わずか一〇分で、すべての皿が空になった。追加の料理が注文され、一〇時前にはピザ、オニオンリング、チーズフライを盛っていた四皿が、バッファロー・ウィングの残骸の隣に積み重ねられた。しかし、ラリーはおなかがいっぱいになった感覚はなかった。それどころか、自分が食べている意識すらなかった。

おなかが鳴ったり、めまいがしたりと、空腹による不快な症状が落ちついたあとで、食べる量にもっとも影響するのはいっしょに食べる人の数だ[21]。大勢であればあるほど、食べる量も増える。ジョン・デ・カストロは、テキサス州ハンツビルにあるサム・ヒューストン州立大学の心理学の教授で、人間の食習慣を研究している。彼の研究によれば、人はほかの誰かといっしょに食事をするときには、ひとりで食べるときより三三パーセント多く食べ、三人といっしょのときには五八パーセント、五人といっしょのときには七〇パーセント多く食べるという。七人以上になると、ひとりのときより九六パーセント多く食べるというのだから、ほぼ二倍の量を食べることになる[22]。

理由はいろいろ考えられるが、もっとも大きいのは、誰かといっしょに食事をすれば、ひとりのときよりも長い時間食べることになるということだ。参加人数が多ければ多いほど、食事の時間も長くなるだろう[23]。それに、みんなでテーブルを囲むときには、ごちそうが並ぶことが多くなる。大量の食べ物を目の前にして時間を過ごせば、それだけ食べ物を口にするチャンスも増える。すでに見てきたように、私たちは目の前の食べ物を見て、自分が食べる量を把握する。だから、バッファロー・ウィングの大皿三枚と山盛りのナチョス二皿を見れば、ひとり分を盛りつけた皿を前にしたときによりも、たくさん食べていいような気がするのだろう。いつもよりたくさんの料理が並ぶサンクスギビングデーの夕食で食べすぎるのもむべなるかなである。

家族や友人といっしょにご飯を食べるのはたいていの場合、ひとりで食べるより楽しい。試合に勝ったとか誕生日だからといったように、何かのお祝いということもあるだろう。そんなときには食欲に拍車がかかるのではないか。また、私たちはほかの人が食べる量を見て、それを基準にするところがある。いちばん食べる人にはなりたくないが、ひとりだけ食べない人になるのも避けたい。それに、もりもり食べている人といっしょにいると、自分ももっと食べていいような気がするものだ。楽しい雰囲気のせいで、自分が食べているものに気が回らないこともあるだろうし、あるいはもっと食べようという気になるかもしれない。いずれにしても、食は進む。しかし、面白いことに、いっしょに食べる人の数が食を進めるという法則が成り立つのは、同席する人たちが家族や友人である場合にかぎられる。大勢で食事をするとして、それが見知らぬ人だった場合、ひとりで食べるときよりは食べる量は増えるものの、大幅にアップすることはない。知らない人と食べるのはそれほど楽しくないだろうし、長い時間をいっしょに過ごそうという気にもならないだろうから、これは納得できる。[24]

◎人の振り見て、我が振り合わせる？

あなたは出張で町を訪れたいとこと食事をしていて、サーモンとポレンタ（トウモロコシ粥）、それからつけあわせにグリルド・ズッキーニを頼もうと考えているとき、いとこが前菜にイカのフライ、メインにシーフードつきのステーキ、デザートにメープルペカンのパンプディングを注文しているのが聞こえてくる。自分の番になり、あなたは結局、前菜とデザートも頼んでしまう。翌週、結婚式を控えた友人と食事に出かけ、彼女がグリルド・チキン入りのミックスサラダに低カロリーのヴィネグレットソースを頼んでいるのを見て、あなたはメインのサーモンをやめて、シーザーサラダを頼んでしまう。なぜ、注文を変えてしまうのだろうか。なぜ、自分の頼みたいものを頼めないのか。

私たちは、いっしょに食事をする人が食べる量に影響される。いとこの例でも友人の例でも、あなたは意識的に相手に合わせようとしている。そこには相手を応援する気持ちや、フェアでいたいという気持ちがある。しかし、人と食事をすることの影響を調べるために、何も知らない被験者に仕掛け人である見知らぬ人と同じ席についてもらうと、被験者はやはり相手から影響を受ける。しかも、それはときに劇的なものとなる。

ジャネット・ポリビーとピーター・ハーマンは、仕事のうえでも私生活でもパートナーだ。結婚生活は四〇年を超え、共同研究生活はそれをさらに数年上回る。ふたりのつきあいは、イリノイ州エバンストンにあるノースウェスタン大学で、ジャネットが大学院生、ピーターが助教授になったばかりのときにはじまった。ふたりは関係を深め、ジャネットが一九七六年に博士号をとると、ふたりでトロント大学に移った。以降、心理学部に構えたふたりの研究室は数々のすばらしい研究成果をあげている。健康ハロー効果や、痩せたいならダイエットしないほうがいいなど、食の心理学の謎を多数解きあかしており、その功績は大きい[25]。

彼らの研究室が取り組んでいる主なテーマのひとつにモデリングがある。なぜ人に合わせて食行動を変えるのか、解きあかそうというものだ。実験では、被験者はモデルとなる研究者——指示を受けてがつがつ食べたり、控えめに食べたりする——とペアになってすわる。二四時間以上食べていない被験者は、目の前にどれだけたくさんの食べ物があっても、モデルがサンドイッチとリンゴのスライスを少ししか食べなければ、同じように少ししか食べなかった。[26] これは逆でも同じだった。おなかいっぱい食べたばかりなのに被験者は、モデルが次々と食べるのを見て、やはり同じようにたくさん食べたのである。[27] しかし、とくに驚くのは、モデルが本物ではなくても効果があることだ。

ハーマン・ポリビー研究室のデボラ・ロスが博士課程のときに、被験者に、その人の前の被験者一〇人はクッキーをたくさん食べた、あるいはほとんど食べなかったと書いた紙を見せるという実験をおこなった。すると、前の被験者がたくさん食べたという偽情報を見せられた人はたくさん食べ、ほとんど食べなかったというメモを見せられた人はほとんど食べなかった。[28] しかし、被験者はほかの人の行動を知って、自分がそれに合わせたとは思っていなかったし、認めようともしなかった。どうしてクッキーをたくさん食べたのですか、あるいは食べなかったのですか、と問うと、おなかが空いていたから（空いていなかったから）とか、このクッキーは好きだから（あまり好きじゃないから）といった答えが返ってきた。誰ひとりとして、ほかの人が食べたクッキーの枚数に影響されていることはわかっていなかった。私たちが他人に合わせるのは、人によい印象を与えたいからなのに、心のなかではそれは褒められた行動ではなく、印象を悪くするだけだと信じこんでいるので、認めようとしないのである。[29]

ロスの実験に参加した人のなかには、ほかの被験者の真似をしたことをわかっていて否定した人もいたかもしれないが、ほとんどの人は自分がしていることをわかっていなかっただろう。母音を伸ばす話し方をする人に会って、思わず真似てしまっている人を見たことがないだろうか。自分では気づかないうちに、誰かの仕草や話し方を真似てしまうというのは誰にでも起こる。食事の場でも同じことが起こる。ふたりで食事をするとき、どちらかが食べ物に手を伸ばし、一口食べると、すぐにもうひとりも同じことをするというのはよくあることで、ふたりとも互いに相手の行動を真似しているとは思っていない[30]。

私たちが意識しているか否かにかかわらず、モデリングが食行動に大きな影響力を持つのは事実だが、その影響力を弱めるものがある。ひとつは相手を好きかどうかということだ。私たちは相手と仲良くしたいと思っているときに、とくに真似る傾向がある。だから、崇拝する相手がふたつめのデザートを頼めば、あなたはたとえ満腹であっても同じように頼むだろう。ところが、相手のことを好きでないときには、わざと相手に合わせないかもしれない[31]。元配偶者と財産のことを話し合うために、しぶしぶ食事をともにすることになったとしたら、おそらくあなたは自分のペースで食事をするだろう。当然、女性が友人とふたりで食事をするときには悩むことになる。最初にオーダーする人は考える。自分の気持ちに素直になってチーズバーガーとトリュフのフライにしようか。それとも、ここはぐっとこらえてトーフの炒め物にしようか。それに対して、もうひとりはどうするか。

もうひとつの要因は、相手の見た目だ。とくにその人が太っているかどうかによって変わってくる。ブライアン・ワンシンクの研究室は、モデルの腹回りが食行動を変えるかどうかを調べる実験をおこなった。肥満体と標準的な体重の女性に、大量に（パスタをたっぷり、サラダは少し）、あるいは控えめに（パスタを少し、サラダはたっぷり）食べてもらい、それによっていっしょに食べる人の食べる量が変わるのかどうか調べた。[32] モデルは同一人物で、五七キロのプロの女優に依頼し、肥満体の女性になるときには約二〇キロの脂肪スーツを服の下に着てもらった。食事はビュッフェ・スタイルでかならずモデルが先にとりに立つ。モデルの体形と食べる量の組み合わせにしたがって、それぞれいっしょに食べる被験者を二〇人を用意した。結果は明白だった。モデルが太っているときには、モデルが食べた量にかかわらず、いっしょに食べた人は、モデルが痩せているときよりもパスタを多く、サラダを少なく食べていた。被験者のＢＭＩは肥満体から標準までさまざまで、男女同数だったが、そうした要素はまったく関係なかった。被験者がパスタとサラダをどれだけ食べるかは、モデルの体形次第で、モデルが太っているときには被験者は過食に走った。研究者は、肥満体のモデルを見て、「健康に気をつけなければならない」と思っていた被験者のたがが外れたのではないか、と考えた。だから、パスタを多めに、サラダを少なめにという健康的とは言えない方向に走ったのではないか。しかし、こうも考えられる。太ったモデルといっしょにいることで、何をどれだけ食べてもまわりにとやかく思われないような気がして、好きなもの――パスタ――をたくさん食べたのではないか。

人といっしょにいるときに食べたいものをいくらでも食べていいと思うのは、過食への強力な後押しとなる。逆に、人といることで、どんなにおなかが空いていても、食べる気がしなくなることもある。私たちは食べているところをじっと見られたり、否定的に思われたりするのを恐れるからだ。

◎人の目を意識する

「いや、結構です、ありがとう」ウェイトレスが焼きたてのパンを盛ったバスケットを差しだしたとしても、あなたは空腹をこらえて断るだろう。なぜなら、あなたはいま新しい上司といっしょに食事をしているからだ。誰かに自分をアピールしたいとき、あるいは自分はこういう人間だと思ってほしいというなんらかのイメージがあるとき、私たちはひとりで食べるときより、食べる量が減る。控えめに食べる姿は、性別には関係なく、好ましく見られることが多い。食べ物よりいっしょにいる人に集中しているように見え、食に振りまわされることのない自己管理のできる人という印象を与えるからだろう。

しかも、単に見られるだけで、人は自意識過剰になる。そうなると、上司の評価が気になることもあって、食は余計に細くなる。デボラ・ロスの実験で、自分の前の人の偽情報を与えられて大食いした人も、部屋の隅に立った人に監視されたときには、過食に走らなかった[33]。前の被験者がどれだけ食べたと知らされようと、見られているとわかったときにはほとんど食べなかった。

人の食は見られることで抑制されるが、観察者が人間でなくても同じことが起こる。ミズーリ大学で食堂のテーブルに実物大の半身像を置いてみたところ、ほとんどの学生は急いで食べるようになった。なかには、食べ終わらないうちに出ていってしまう人もいた。しかし、同じ半身像を図書館の机に置いて様子をうかがうと、勉学に励む学生には何の変化も見られず、出ていく人はいなかった。[34]

食べるところを見られるのは、なぜか居心地が悪い。「食うか、食われるか」という本能がうずくのかもしれない。食べすぎを避けたい人は、知らない人に囲まれて、あるいは厳しい上司や半身像といっしょに食べてはどうだろう。それはさておき、重要なのは、心理的、社会的な要素――テーブルを囲む人の数、その人たちとの関係、食べ物までの物理的な距離、ラベルやパッケージ――は食べる量を左右し、さらには生理的な反応にまで影響するということだ。

そう言われると不思議に思わないだろうか。食べ物そのものには影響力はないのだろうか。もちろんある。口にする食べ物の品質は食べる量に影響する。しかし、ここでも、人間の感覚や心は食行動と密接に絡み合っている。

8章　満腹感の秘密

モントリオールで過ごした子ども時代、私には中国人の親友がいた。彼女は、うちはいつも中華料理を食べているのに、外食するときも中華料理店に行くのよ、とよく愚痴っていた。彼女と兄弟たちは食のうえでもカナダに順応したくて、折に触れてカナダ料理を食べに行きたいと両親にねだった。ときどきは彼らの言い分が通り、そんなとき一家は、ケンタッキーフライドチキンより少し高級なチキン料理のレストランに行った。彼女の話はとても意外だったので、よく覚えている。彼女の父はカナダ料理をどれだけ食べても「おなかいっぱいにならない」と文句を言うというのだ。ライスを食べないかぎり、決して満腹にならないと。だが、アジア人以外の人は中華料理を食べてこう言うではないか。「食べた気がしない!」ライスが足りなかったのだろうか。なぜ、満腹になる食べ物と、満腹にならない食べ物があるのか。そして、それが人によって違うのはなぜだろう。

振りかえってみれば、人類は日々満腹感を得ることを目標として生きてきたはずなのに、どの食べ物がもっとも飢えを満たすのかということについては、二〇世紀の終わりになるまで誰も研究してこなかった。一九九五年、オーストラリアのシドニー大学のスザンナ・ホルトがはじめてこのテーマに取り組み、健康な男女学生に、すべて二四〇キロカロリーの分量にした三八品目——フルーツ、シリアル、ペストリー、キャンディ、牛肉、チーズ、ジャガイモ、スナック菓子など——を評価してもらうという実験をおこなった。[1] 参加者には朝食をとらずに研究室に来てもらい、一日に一品を食べて、食後にどのくらいおなかが空いているか、その食べ物がおいしいと思うかどうかを評価するようお願いした。その後、二時間、研究室で休憩してから、出ていく前にもう一度、空腹具合を教えてもらった。それから、実験参加のお礼として、食べ放題の朝食ビュッフェに行って好きなだけ食べてもらい、その量を記録した。

実験の結果、もっとも満腹度が高かったのは、ゆでたジャガイモだった（いちばん満腹度が低かったクロワッサンの七倍）。甘いもののなかでは、自然な糖分のフルーツが、ケーキやキャンディなど精製糖を使ったものよりも、満腹度が高かった（精製糖を使ったものは概して満腹度が低かった）。二番目は同点でオートミールと魚、それからポップコーン、全粒粉パスタ、ベイクドビーンズと続いた。食後すぐの満腹度は、二時間後の空腹具合を予想させる。つまり、パスタを食べて満腹になれば、二時間後もあまりおなかは空いていないだろう。同様に、おなかが満たされた人ほど、ビュッフェで食べる量は減るはずだ。場合によっては、その差は数百キロカロリーになるかもしれない。要するに、同じ二四〇キロカロリーだからといって、同じように食欲を満たすわけではないということになる。

もうひとつの大きな発見は、食べ物が大きければ大きいほど、おなかがいっぱいになったと評価されたということだ。二四〇キロカロリーが、小さなマーズバー一本と、大きなボウル二杯分のシリアルだったら、シリアルのほうが満腹度が高くなる。サイズの大きなものは必要以上に食べてしまうことが多いが、大皿で食べたほうが満腹になるのは、カロリーを余計に摂取したからだけではなく、たくさん食べたように見えるからだ。だから、ダイエットには、低カロリーで満腹度の高いものを大皿で食べるといい。たとえば、ゆでたジャガイモと魚とか（あまりおいしそうには思えないが）。さらに興味深いのは、参加者がおいしいと評価したものほど、満腹度が低くなったことだ。もし、あなたがクロワッサンはおいしいけれど、ゆでたジャガイモはまあまあだと感じたら、クロワッサンではなかなかおなかがいっぱいにならないだろう。驚くことではないが、実験では、カロリーが凝縮された小さな食べ物のほとんどはおいしいと評価された。同じ二四〇キロカロリーでくらべるなら、クロワッサンもチョコレートバーも、ゆでたジャガイモより小さくなる。

こうして基準となる知見が得られたわけだが、このあと、食べ物のおいしさと食べたあとの食欲の関係については、相反する研究結果が出てきた。ホルトがおこなったある実験では、先に食べたものが気に入れば、その後もたくさん食べるという結果が出てきたが、まったく逆の結果を示すものもあった。考えてみれば、どちらもあり得ることがわかるだろう。夕食に嫌いなものが出てきたら、食後に埋め合わせとしてお菓子を食べたくなるかもしれない。一方で、まずい食事で食欲を失い、それ以上食べる気がしないというときもあるはずだ。同様に、おいしい夕食を充分に楽しんだら、舌もおなかも満足してそれ以上はいらないと思うだろう。あるいは、あまりにおいしかったので、もっと食べたいということになるかもしれない。とくに別の味覚を求める気持ちは強くなる。だから、私たちはメインの絶品フィレミニョンを食べたあとに、デザートのチョコレートタルトを勧められると断れないのだ。

残念ながら、空腹感を抑えるミラクル・フードといったものはない。ホルトらの研究では、ヨーグルトとピーナッツがクロワッサンよりもわずかに満腹度が高いということがわかっている程度だ。しかし、最近の研究によれば、ナッツとヨーグルトは食欲を満たすだけではなく、ダイエットにも役立つという。二〇一一年、ニューイングランド・ジャーナル・オブ・メディシン誌は、ハーバード大学とボストンにある多数の病院が共同で実施した大規模な調査の結果を掲載した。[2] 一二万八七七人の男女を二〇年以上にわたって追跡し、食生活とライフスタイルが体重増加に与える影響を調べたもので、四年ごとに調査した結果、ヨーグルトとナッツの摂取量の増加が、体重減少につながっていることがわかったという（四年間で〇・四五キロ）。ヨーグルトはタンパク質を多く含み、食欲を満たす。さらに脂肪分が多いタイプなら、さらに満足度が上がる。脂肪は満腹感をもたらすからだ。ナッツも、タンパク質、脂肪、繊維質が多く、飢えを満たしてくれる。ピーナッツは、じつはナッツ（木の実）ではなくマメ科の植物で、遺伝的にも木の実のペカンよりエンドウ豆に近いが、やはり脂肪、繊維質、タンパク質が多く含まれているため、空腹を紛らわせてくれる。かぼちゃやヒマワリの種など、最近流行りの種子にも同じ効果がある。

　論文はさらに、毎日食べる果物、野菜、全粒粉の量を増やせば、ある程度の体重減少（〇・二三キロ）が見込めると続ける。対照的に、砂糖入りの飲料や肉をとる機会の増加は、〇・四五キロの体重増加につながるようだ。しかし、もっとも体重を増やす原因となったのはジャガイモだった。四年ごとに計測した結果、ポテトチップスをたくさん食べれば〇・七七キロ、フライドポテトなら一・五九キロの増加となった。油を使わずにゆでたり、ベイクしたり、マッシュしたりといった調理法であっても、四年間で〇・二三キロの増加が見られた。論文の執筆者は、ジャガイモが太るのは満腹感が得られないからで、一方、ヨーグルトとナッツに多少なりともダイエット効果があるのは満腹感が得られるから、と結論づけた。

ゆでたジャガイモはもっとも満腹度が高いとしたホルトの研究との矛盾を、どう理解すればいいのだろうか。ホルトの実験はオーストラリアでおこなわれ、参加したのが二〇代前半の若者だったのに対して、ニューイングランド・ジャーナル・オブ・メディシン誌のほうは、場所がアメリカで、参加者の年齢が三〇代から五〇代前半だったということを別にして、このジャガイモのパラドックスを説明できるだろうか。

ひとつ考えられるのは、ホルトの実験では朝食にゆでたジャガイモを食べてもらったが、朝食と夕食では違いがあるということだ。ジャガイモ料理を食べるのは夜のほうが多いだろう。同じ食べ物でも、一日のうちの早い時間帯より遅い時間帯に食べるほうが満腹感を得づらくなることがわかっている。だから、ダイエットのアドバイスとして、朝食をしっかりとるように言われるのだ。同じカロリーでも朝食にとったほうが満腹になるので、それ以降に食べる量が減らせるからということなのだろう。しかし、朝食に関する研究をいろいろ見ると、朝食を抜いても体重の増減にはあまり影響しないようだ。空腹であればあるほど、食べ物を前にしたときにたくさん食べてしまうことを思えば、いつ何を食べるかよりも空腹感のほうが影響は大きいだろう。繊維質や脂肪やタンパク質など、空腹を満たす効果が高い栄養素というものはあるが、本当に空腹を満たすのは心理的なものである。とくにその食べ物になじみがあるかどうかは大きい。私の友人のお父さんがいつもライスを必要としているのはそのせいだ。

◎なじみがあるものが空腹を満たす

イギリスのブリストル大学でおこなわれた最近の実験によれば、被験者がその食べ物を食べる頻度と、それを食べるとどの程度の満腹感を味わえるかという期待のあいだには、〇・八六という強い相関があることが示されたという。[3] 相関の最高値は一で、それは、たとえば、春に降る雨の量と地下水の量のように、ふたつの状況が一対一で対応する場合を指す。心理的なもので、相関が〇・五を超えることはめったにない。一例をあげれば、うつ状態と神経症に罹患する人の相関は〇・四七だ。[4] 身長と体重という身体的な関係でも、相関は〇・七〇どまりだ。[5] ブリストル大学の数字が突出していることがわかるだろう。

この実験では、大学生に、パスタやステーキ、バナナ、カシューナッツといった、普通の食べ物(すべて二〇〇キロカロリー分)の写真を一八枚見せて、どのくらいの頻度で食べるか訊いた。答えは「食べたことがない」「年に一回もない」「年に一回」「毎月」「毎週」のなかから選んでもらった。被験者にとっていちばんよく食べるのはジャガイモとパスタで、いちばん少なかったのはカシューナッツだった。おそらくイギリスでは、カシューナッツはクリスマスの定番で、それ以外の時期はあまり出番がないからだろう。それから、被験者には、それぞれの食べ物を食べるとどのくらいおなかが満たされると思うか、と訊いた。すると、満腹になると思うものと、よく食べるものは見事に一致したのである。

期待する満腹感では、パスタとジャガイモはカシューナッツの約六倍と評価された。被験者の回答をもとに計算すると、二〇〇キロカロリーのパスタと同じ満腹感をカシューナッツで得るには、八九四キロカロリー分食べなければならないことになる。[6] となれば、注意が必要だ。普段あまり食べることのない高カロリー食品のカロリー数を知らなければ、食べたときに思わぬカロリーを摂取してしまうおそれがある。たとえば、普段の朝食はシリアルだが、夏休みの旅行先でブランマフィンを食べてみようと思ったら、ちょっと待ってほしい。ブランマフィンのカロリーは平均で四五〇キロカロリーもある。私たちはしょっちゅう食べれば食べるほど、それでおなかが満たされると信じるようになる。そして、信じることで、本当にそうなる。

友人のお父さんは、ライスをよく食べる。よく食べるどころか、ほぼ毎食口にしているので、お父さんにとってはライスは満腹感をもたらしてくれる最高の食べ物なのだ。満腹にならないというレストランで、お父さんはロティサリーチキンを頼む。つけあわせのポテトとロールパンもついてくるが、ライスはない。ポテトとロールパンを食べたとしても、普段なじみがないので満腹感は得られない。実際にはかなりのカロリー数で、おそらくライスよりも高いくらいなのだが。同じように、アジア人以外の人が中華料理ではおなかがいっぱいにならないと文句を言うのも、蘑茄鶏片《ムーグーガイパン》（鶏肉、しいたけ、野菜を炒めた、アメリカでポピュラーな中華料理）になじみがないからだろう。つまり、満腹度について言えば、経験と期待は一致するということだ。食べる機会が多ければ多いほど、食べたあとの満腹感を味わうことになる。これはダイエットに利用できるかもしれない。なじみがあるかどうかが満腹感の決め手というなら、セロリのスティックなど低カロリーのものを食事のたびに食べて、体に覚えこませればいい。うまくいけば、おなかが空いたときには、太る心配のないセロリを食べて空腹を紛らわせることができるようになるだろう。本当に身につけることができれば、ダイエットに効果があるかもしれない。

◎儀式

私が住んでいるロードアイランドには、地元でチェーン展開しているグレッグズというレストランがある。そこではいかにもアメリカといった料理が特大サイズで出てくる。店内にはベーカリーもあって、巨大なチーズケーキや色とりどりにデコレーションされたカップケーキなど、いろいろな種類のデザートがつくられている。なかでもいちばん人気なのが、直径三〇センチ、高さ一五センチのチョコレートケーキだ。このケーキは「ロードアイランドのナンバーワン・ケーキ」の称号を一二年以上連続でもらっていて、誕生日といえばこれ、という一品になっている。チョコレートはあまり好きじゃないという人でも、「ダブル・リッチ・チョコレート」が四層をなし、クリーミーなファッジがまわりを覆い、チョコレートのカールで飾られたこのケーキは拒絶できないだろう。いつ食べてもおいしいが、誕生日に食べるこのケーキは格別だ。キャンドルに火を灯し、歌って、お願い事をして、切り分けてみんなに配るという一連の儀式のあとに、いよいよ自分の一切れを味わう。喜びもひとしおだ。じつは、誕生日にかかわらず、なんらかの手順にしたがって何かを食べると、その食べ物はよりおいしく感じられるものなのだ。

ミネソタ大学のビジネス・スクールとハーバード・ビジネス・スクールは、ある実験をおこなった。チョコレートバーを食べるにあたって、決まった手順——最初にバーを半分に割り、まず片方の包みをはがして食べ、それからもう片方の包みをはがして食べる——にのっとって食べてもらったところ、その被験者は、いつもどおり普通に食べた人や、食べる前に自由に何か儀式めいたことをしてもらった人より、チョコレートの味わいを楽しめることがわかった。おいしさが長く続き、より高い金額を払ってもいいと思ったという。[7] チョコの代わりにニンジンでも同じだった。このときは儀式として、指で机をたたき、目を閉じて、深呼吸してから食べてもらった。さらに、儀式をすることで食べ物をおいしく味わうには、自ら実施することが必要だということもわかった。人がやっているのを見ていても効果はない。だから、誰かの誕生日でグレッグズのチョコレートケーキを食べても、主役が感じるほどの至福は味わえない。

なぜ、こうしたことが起こるのかと言えば、儀式をおこなうことでその人の意識が食べ物に集中し、食の経験が力強いものになるからだ。言いかえれば、私たちは儀式をおこなうことで、これから食べるものをより意識するようになり、食べることに没頭する。だから、チョコでもケーキでもニンジンでもいつもよりおいしく感じるのだろう。食前の祈りや、それに似た儀式のようなものも食事をおいしくする効果があるのかもしれない。フランスは、先進国のなかでは肥満体の人が少ない国だが、美食の国としても有名だ。そんな国で食事が儀式化されているのは偶然ではないだろう。フランス人は食事に時間をかけ、きちんとすわって食べる。どんなに忙しくても、仕事の合間に歩きながら食べる人はめったに見ない。

自分で料理するのも、ほかのＤＩＹと同じように、成果に魅力を加えるようだ。自分で食べ物を用意することの効用を調査したある実験では、試食テストと称して大学生を集めて、ふたつのグループに分け、ひとつのグループにはラズベリー・ミルクセーキを自分でつくってもらうために、レシピと材料と道具を渡し、もう一方のグループには同じレシピですでにつくっておいたラズベリー・ミルクセーキを渡した。[8] 参加者はそれぞれ味わい、味を評価する。評価にあたっては試飲する量は指定しなかった。すると、自分でミルクセーキをつくった学生は、出来合いのものを渡された学生より、味を高く評価しただけではなく、四八パーセントも多く試飲した。八二キロカロリー多く摂取したことになる。[9]

自分でつくったときに評価が高くなるのは、イケア効果として知られている。[10] 既製品のロッキング・チェアよりも、六角レンチを片手に、この部品はどこに使われるのかと頭を悩ませながらつくった〈ポエング〉のほうが、ずっと愛着はわくだろう。私たちは製品にしても食べ物にしても、自分の労働の末に完成したものには喜びを感じる。問題は、食べ物の場合、喜びが過食につながることだ。出来合いのものを買ってくるより、自炊のほうが健康にいいが、カロリーが高くなるときには食べすぎないように気をつけたほうがいいだろう。

食べ物に関する儀式の効用は、自分で料理する喜びとは少し異なる。食べる前と食べているときに何か儀式をおこなえば、意識が食事に向かい、おいしく味わえ、満足感も増す。その結果、過食に走らず、ニンジンなどのヘルシーな食材も楽しめるようになる。つまり、自分で食事を用意することで、よりおいしく味わえるようにし、食べながら儀式をおこなうことで食事に意識を集中させて食べすぎを防ぐというのが、もっともよいアプローチということになるだろう。でたらめな動きではなく、何かしらの儀式をおこなえば、夕食はもっと楽しめる。出来合いのものを買ってきて、テレビを見ながら食べるよりずっとおいしくいただけるはずだ。

◎酒とカロリー

二〇一四年一一月、アメリカの食品医薬品局は、二〇店舗以上を持つレストランにすべてのメニューのカロリー表示を義務づけると発表した[11]。対象となるのは、ボリュームたっぷりのサウスウエスト・エッグ・ロールやシュリンプ・スキャンピ・リングイネだけではなく、文字どおりすべてのメニューで、アルコール飲料も含まれる。アルコール飲料の業界では、これまで栄養成分や原材料を表示するように義務づけられたことはなく、ワインメーカーはカロリーを測るのにコストがかかる（ワインの種類ごとに五〇〇ドル）として抵抗した。とはいうものの、ワインメーカーがカロリー表示にしり込みしている本当の理由は、収益にとって打撃になることが予想されるからだろう。ワインは女性に人気がある。アルコール全体で見れば、女性より男性のほうが購入も消費も多いが、ワインの売り上げの八〇パーセントは女性の購入によるもので、ワインに関しては女性のほうが飲んでいる[12]。男性より女性のほうが体重を気にしていて、カロリー表示に敏感なのは、科学の力を借りなくてもわかるだろう。

最近のワインのアルコール度数は一二から一五パーセントで、度数が高くなればなるほどカロリーも高くなる。カリフォルニアのカベルネかシャルドネ一八〇ミリリットルで、ゆうに一二五から一七五キロカロリーになる。オーストラリアのシラーズなら一九〇キロカロリーだ。カロリーにあまり関心を払わずにいられる現状でも、健康や二日酔いなど気にすることがあるというのに、これにカロリー情報が目に入るようになれば、女性は消費を減らすのではないか。カロリーについてのもうひとつの問題は、グラス一杯のカベルネのカロリーは、ソフトクリームとほぼ同じなのに、満腹感ではかなり劣るということだ。

一般に飲み物を飲んでも、固形物を食べたときほどの満腹感は得られない。あっという間に喉を流れていくので、多くの感覚器官を素通りしてしまうことに加え、固形物のように消化器官にとどまっていないため、腸内にあるブドウ糖を感知する受容体がカロリーを認識できない。ブドウ糖を感知する細胞は砂糖の入った飲み物ではなく、デンプン質の豆や果物を検出するように進化したため、ソーダが来ても、サンドイッチのようにはうまくカロリーを認識できないのである。砂糖入り飲料が油断ならないのはこのためであり、肥満が蔓延している主な原因になっていると言われるゆえんである。体はカロリーを正確に認識できず、満腹感を得られないのに、摂取したカロリー分は体内にしっかり積もっていくのだ。

砂糖入り飲料は人を死に至らしめることもある。五一カ国六〇万人を対象に、三〇年にわたって調査分析した結果、砂糖入り飲料の消費により、毎年、世界で約一八万四〇〇〇人が死亡していることがわかった。アメリカだけで年間二五〇〇人が、砂糖入り飲料のせいで死亡している。残念ながら、ダイエット版も同様に悪い。アスパルテームやスクラロースといったノンカロリーの甘味料が、肥満や2型糖尿病につながることを示す証拠はたくさんある。偽の糖の情報が代謝を損ない、腸内細菌叢を変えることで、2型糖尿病への最初のステップであるブドウ糖不耐症になるという。[13]また、人工甘味料の摂取によって、期待とは裏腹に、炭水化物を欲するようになり、食欲が増し、体重が増えることを示す研究結果もある。[14]

アルコールも死につながることがあるが、体重増加となると話は別だ。「アペリティフ（食前酒）」という言葉の語源となったように、アルコールは食欲《アペタイト》を刺激するが、グラス一杯のワインやウイスキーは、同じカロリーのコーラやアイスクリームほど、体重に影響しない。アルコールは、ほかの食べ物や飲み物と違う生化学的経路を通って代謝されるため、消費のされ方も消費される量も異なる。少なくともアルコールのカロリーの一部は消えてしまうようだ。さらに、アルコールは体温を上昇させ、同じカロリーのほかの飲み物よりも、エネルギーを二〇パーセントほど多く代謝する。つまり、スタンディングバーでソーダ水を飲むより、ビールを飲んだほうが、カロリーを消費することになる。しかも、脂肪や炭水化物やタンパク質と違って、アルコールは体内に貯蔵されないため、すぐにエネルギーとして消費される。

そう聞けば、こう思うかもしれない。アルコールのカロリーがすぐに消費されるとしても、いっしょに何か食べれば、先にアルコールのカロリーが消費されている分、食べ物のカロリーは消費されず、結果として太るのではないか、と。しかし、どうやらそうではないらしい。健康な男性を集めて、六週間、毎日二六〇〇キロカロリーをとってもらい、その後の六週間は、同じ食事にプラスして二一〇キロカロリーの赤ワインを毎晩飲んでもらうという実験をおこなったところ、体重にも代謝にも変化は見られなかったのである。[15]

といっても、アルコールなら何でもカロリーを無視していいということにはならない。フルーツジュースや砂糖を加えたり、レッドブルで割ったカクテルは、その分カロリーが増えるし、さらにアルコールのカロリー消費を妨げることもありえる。しかも、飲む人によってアルコールのカロリーから受ける影響はまちまちだ。ときどき飲む人のほうが、大量に飲む人より、ハンバーガーにたまにつけたビールで太るし、最初から太っている人のほうが痩せた人より、一本あけたメルローのカロリーは体重になりやすい。[16]飲む人の特性はさらに複雑だ。よく飲む人にくらべて、あまり飲まない人や普通に飲む人は、飲みながら食べる量が多くなるだろうし、お酒が入ることで食が進んだり、さらには飲んだ量が把握できなくなったりする。

大量に飲む人が、あまり飲まない人よりもワインのカロリーを気にしないでいられるのは、アルコールによるダメージのせいでもある。研究結果はいくぶん議論の余地があるが、一日に酒を数杯以上飲み、脂肪分の多い食事をしている人は、肝臓にダメージを与えていて、カロリー全般を代謝しにくくなっているという。[17]長期間にわたるアルコール消費は肝臓を傷つける。そして、アルコールによる肝臓のダメージは、高脂肪な食事がさらに加速させることがわかっている。つまり、ワインといっしょにパテ、チーズ、バター、赤身肉といったものをたくさん食べる人は、低脂肪な食事をしながらワインを飲む人よりも、肝臓が受けるダメージが大きいということだ。

大量に飲む人は、カロリーが使われることなく消えてしまう「エネルギーの浪費」が増え、それが体重増加や肥満を抑えているようだとする研究結果はいくつかある。[18]フランス人は飽和脂肪の多い食事をしているのに、心臓疾患や肥満が少ないことで有名だが、この「フレンチ・パラドックス」を解く鍵もここにあるのかもしれない。おそらく、すわって儀式的に食べる食事形態や一皿のボリュームが少ないことに加えて、高脂肪なものを食べながら大量のワインを飲むことが、生理的な負荷となって体重増加を抑えているのだろう。

アルコール特有のメカニズムや飲む量の問題は別にして、ワインメーカーにとっても消費者にとっても、いいニュースがある。アルコール飲料にカロリー表示をしても、ソフトドリンクのカロリー表示ほど、客に購入を思いとどまらせることはなさそうだ。求められるカロリー表示の内容が異なることになったためである。業界から猛烈な抵抗を受けた食品医薬品局は「情報は、特定の銘柄ごとではなく、ビールやワインという区分で表示してもよい」としている[19]。

◎感覚特異的満腹感

ハイスクールにあがったアビーは、週に何回かかならずむちゃ食いをするようになった。食べたあとは自分自身に対する嫌悪感でいっぱいになり、胃の具合も悪くなった。パターンはだいたい決まっている。まず砂糖を欲し、大きなチョコレートチップ・クッキーを六枚食べる。甘いものに飽きると、今度はスナック菓子を求めて戸棚をあさり、ひとりで一袋の半分ほどを空ける。それでも飽き足らなく、今度は冷凍庫からアイスクリームの容器を取りだして、直接すくって食べる。そして、しまいには気分が悪くなる。

アビーは摂食障害を患っていた。アビーのケースは、むちゃ食い障害（ＢＥＤ）で、大量の食べ物を、たいていは短時間のうちに、気分が悪くなるまで食べるという行為を繰り返す。自分をコントロールできないことを恥ずかしく思い、嘆き、罪悪感を覚える。神経性大食症とは違って、むちゃ食い障害の人は吐いたり、下剤を使ったりして食べたものをむりやり排出しようとはしない。

ＢＥＤはアメリカではもっともよく見られる摂食障害で、女性の三・五パーセント、男性の二パーセント、思春期の若者の一・六パーセントが罹患している。[20] さいわい治療が可能で、認知行動療法や投薬などの方法がある。アビーの症状は深刻なものだったが、同じ症状の軽いものは誰でも経験したことがあるはずだ。特定のものが食べたくなって、それを食べておいしさを実感するが、すぐに飽きて、別のものが食べたくなる。そしてそれを繰り返す。

一九六〇年代後半から一九七〇年代前半にかけて、フランスのリヨン大学のミシェル・カバナックらは一連の研究を行い、ある食べ物が最初はすごくおいしく感じるのに、すぐにおいしくなくなるという、誰でも経験したことがある現象の原因を探った。到達した結論は、食べ物がおいしく感じるのは、体が必要とする栄養素を取りいれるために生理的欲求が高まるからで、いったん栄養が満たされれば、今度はおいしいと感じなくなるように指令が出るというものだった。つまり、おいしいと感じていて、体が必要とするかぎりは食べ続け、おいしさが薄れて体が満足すると食べるのをやめる。[21] ということは、アビーは、炭水化物を必要としていたのだろうか。それで、体が炭水化物はもう充分と合図を出したときには、食べるのをやめ、今度は別の栄養素、塩に向かったのだろうか。しかし、アビーの栄養状態に問題はなく、食べるスピードやその食べっぷり、さらに炭水化物を含む甘いものと塩辛いものを交互に繰り返し食べていたことを考えれば、この説明が当てはまるとは思えない。

一九八〇年代のはじめに、オックスフォード大学のエドマンド・ロールズとバーバラ・ロールズらは、カバナックの研究を見直した。その結果、特定の食べ物がおいしいと思うところから、おいしくないと思うところまで、わずか二分くらいしかかかっていないことに気づき、栄養を吸収したからとか、おなかがいっぱいになったからという理由はあり得ないと結論づけた。いずれも二分では起こりえないことだからである。代わりに、食欲が急になくなるのは、食べ物が持つ感覚的な性質によるものだとつきとめた。つまり、アビーが五分でチョコレートチップ・クッキーを平らげて、それ以上は食べたくなくなるのは、クッキーの感覚的性質——見た目、甘さ、舌触り、フレーバー——を限界まで堪能したからだ。

ロールズらは、食べ飽きる現象に感覚の特性がどう影響しているのかを調べる一連の実験をおこなった[22]。まずは、〈スマーティーズ〉（〈エム・アンド・エムズ〉のイギリス版のようなチョコレート）を使い、色の効果を試した。被験者は、まず好きな色の〈スマーティーズ〉を選んで味を評価してから、その好きな色の〈スマーティーズ〉を七分間、好きなだけ食べる。それから、好きな色の〈スマーティーズ〉といっしょに、ほかの色とりどりの〈スマーティーズ〉もあわせて試食し、あらためて味を評価する。すると、驚いたことに、好きな色の〈スマーティーズ〉の評価はぐっと下がったのである。疑わしいと思う方のために言っておくが、〈スマーティーズ〉も〈エム・アンド・エムズ〉のように、色は違っても、味も舌触りもフレーバーもまったく同じだ。被験者にこの事実を指摘したあとでも、ほかの色のほうがおいしいという人が半数以上だった。

次の実験では、食べ物の形の影響を調べるために、三種類のパスタを用意した。リボン状のパスタ、リング状のパスタ、スパゲティである。こちらも〈スマーティーズ〉のように、材料はまったく同じで、違うのは形状だけだ。被験者は最初に好きなパスタを選び、それをトマトソースで料理したものを三皿食べる。そして別の日には、好きなパスタを皮切りに、三種類のパスタを同じソースで調理したものを食べる。どちらの日も、被験者が食べた一皿目の好きなパスタの量は変わらなかった。しかし、三種類のパスタを食べた日には、二皿目と三皿目のほうがたくさん食べられた。つまり、材料が同じでも、形が違うと人はより多く食べるということになる。ピクニックで、同じドレッシングで味つけされているのに、ペンネのサラダを食べたあとにマカロニサラダを食べてしまうのは、これが理由なのかもしれない。

三つめの実験では、風味の影響を調べた。用意したのは、塩味、レモン風味、カレー風味のクリームチーズをはさんだ三種類のサンドイッチ。見た目を同じにするために、食品用の着色料を少量加えて、すべて黄色になるようにした。これをランチとして提供した。被験者には、ふたつめの実験と同じように、まず好きな中身を選んでもらい、その日はそれだけを盛って三皿出し、別の日には種類の異なるサンドイッチを一皿ずつ、全部で三皿出した。結果も同じで、三種類を出した日のほうが多く食べられていた。結局、いくら好きな食べ物を出されても、選択肢があるときのほうが、私たちはよく食べるということになる。

ある時点を超えると、その食べ物が魅力的に感じなくなることを、感覚特異的満腹感という。食べ物の感覚的な特性が同一であることに対して起こる現象であるためこう呼ばれている。この現象は対象を問わず、スナック菓子でもサーモンでもサンドイッチでも起こる。したがって、この状態を引きおこすのは、食べ物に含まれる栄養素ではないということになる。作用しているのは感覚の特性だけだ。[23] ある食べ物にいったん興味を失うとその状態は何時間も続くが、食欲自体がなくなるわけではなく、たいていはさらなる味覚の満足感を求めて、別の種類の食べ物に向かう。食べた量はそのまま摂取したカロリーに変換されるため、感覚特異的満腹感にはいい面も悪い面もある。

感覚特異的満腹感をきっかけに、別の食べ物に手を出す私たちの行動は、生物学的には有益な反応だと考えられている。異なる種類の食べ物を求めれば、摂取する栄養の種類も増えることになるからだ。いろいろなものを食べることを拒絶する極端なケースにおいても、感覚特異的満腹感は転換点になりうる。ゲイブは、ひとつのものを食べ続けることに飽きたから、新しいものを試してみようと思ったと言っていた。なかでもフィッシュ・スティックをやめてフィッシュケーキを食べられるようになったのは、その違いは形だけだったとしても、大きな前進だった。このように感覚特異的満腹感は、摂取する栄養の種類を増やしたり、回避・制限性食物摂取障害（ＡＲＦＩＤ）の子どもが、たとえわずかな違いしかなかったとしても、新しい食べ物にチャレンジするきっかけになったりするが、食欲がある人がビュッフェに行けば、往々にして食べすぎの原因になる。

興味深いのは、神経性大食症やむちゃ食い障害の人は、なかなか感覚特異的満腹感に到達しないということだ。そのため、アビーは普通の人よりも、チョコレートチップ・クッキーからスナック菓子に切り替わるまで時間がかかり、その分多くのクッキーを食べることになる。逆に、神経性食欲不振症の人は、感覚特異的満腹感を得やすく、クッキーを一口かじっただけで、スナック菓子に移るかもしれない。こうした反応の違いがあるから、過食症の人はドカ食いに走り、神経性食欲不振症の人は極力食べないということになる。[24]

食べ物の感覚の特性はすべて感覚特異的満腹感に影響するが、なかでも風味がもっとも大きく影響することが、多くの実験からわかっている。たとえば、先ほどのサンドイッチも一種類出したときより、三種類出したときのほうが、被験者が食べた量は三三パーセント増えた。一方、形や口あたりを変えても、食べた量は一五パーセントしか増えなかった。[25] トリュフチョコレートの詰めあわせを思い浮かべて、さまざまな風味を味わうときの至福を想像してみてほしい。中に入っているのがヘーゼルナッツのみというチョコレートの詰め合わせより、エスプレッソ、ダークチョコレート、ミント、ラズベリーと口にするたびに味わいが変わるほうが、たくさん食べてしまうはずだ。

食べ飽きる現象に風味が大きくかかわっていることを示す証拠はほかにもある。六五歳以上の人は風味にあまり影響を受けないという事実だ。アメリカン・ジャーナル・オブ・クリニカル・ニュートリション誌に掲載されたある論文に、一〇代の若者、二〇代から三〇代前半の成人、中高年、六五歳以上から参加者を募って、特定の食べ物に対する反応を調査した結果がまとめられている。[26] まず全員にストロベリーヨーグルトを大きなボウルで食べてもらう。しばらく休憩してから、さらにストロベリーヨーグルトと、四種類の食べ物――ツナサラダ、クラッカー、ニンジン、プレッツエル――を提供する。見た目も味も口あたりも、すべて異なることに注目してほしい。被験者にはそれぞれひと口ずつ食べて、味とどのくらい食べたいかを評価するようお願いする。すると、参加者の年齢に関係なく、皆一様に低い点をつけた。しかし、一〇代の若者、二〇代から三〇代前半の成人、中高年は、二回目に食べたストロベリーヨーグルトは、ほかの四種類の食べ物より、明らかに低い点をつけた。一方、六五歳以上の人については、ヨーグルトとほかの食べ物のあいだに差は見られなかった。

被験者に嗅覚のテストも実施したところ、老年グループの人の嗅覚能力は、ほかの年齢グループより下回っていた。高齢者の嗅覚が衰えているということは、ヨーグルトと、プレッツェルやツナのあいだで差が見られなかったことの理由になるだろう。高齢者は風味の違いに敏感に反応しないので、選択肢があっても心を動かされない。これは、感覚特異的満腹感には、口あたりや形や味よりも、風味が大きく影響することを示している。

とはいえ、嗅覚を失った若者も食べ物の感覚特性には反応し、同じものが続くと飽きる。[27] トラックにはねられて嗅覚を失ったスタンも、ステーキやジャガイモの見た目、音、口あたり、味そのものにはある時点で飽きる。しかし、それに対抗する方法はある。たとえば、肉はミートローフ、ハンバーガー、ステーキ、ローストビーフに、ジャガイモはベイクしたり、マッシュしたり、揚げたり、キャセロールにしたりと、それぞれ違った料理にすることができる。一週間、日替わりでいろいろな料理を用意するだけではなく、口あたりや味の違うソースで変化をつけることで、食べることを楽しみ、その楽しみの時間を長くすることもできるだろう。

◎単調な食事

冷蔵庫や食料保管庫においしそうなものがたくさん詰まっているからいけないのか、あるいは、危険なビュッフェにいるからいけないのか、とにかく私たちは、種類、量ともに豊富な食べ物を前にすると、体が必要とする以上に食べてしまう。食べすぎて苦しくなることも珍しくない。このように、たくさんの皿が並んでいるとつい食べすぎてしまうのは、さまざまな選択肢が目の前にあるからだ。典型的な例がサンクスギビングデーだろう。たくさんの料理をこぼれんばかりに盛りつけた皿を想像してほしい。それから、ターキーだけを盛った皿も。もしあなたが普通の人なら、前者の皿のほうを勢いよく平らげるだろう。

こうしたときに食欲をコントロールする方法はあるのだろうか。その可能性を探るために、私の生徒のひとりが、サンクスギビングデーに実家でちょっとした実験をおこなった。家族を説得して、一度に料理を一皿ずつ食べるようにしたのである。まずはサヤインゲンのキャセロール、食べ終わったら皿を片づけて、次はマッシュしたサツマイモ、といった具合に。ご想像どおり、家族はすぐに文句を言いはじめ、結局、ターキーが出てくる前に実験は強制終了となった。しかし、家族はみんな前年のように食べすぎて気持ち悪くなる前に、テーブルを立つことができたという。この話から、一度に一皿ずつ食べると、その料理に飽きやすくなり、また勢いよく食べないので、結果として食べる量が減るということがわかる。

その食べ物が持つ感覚の特性に飽きるまで食べるようにすれば、カロリー摂取を抑えることができるかもしれないが、かならずしもいいことではない。とくに毎日、単調な食事しかとれないときには問題となる。実際、軍隊の携帯口糧（ＭＲＥ）は深刻な問題を引きおこす。ＭＲＥは兵士が携帯できるように、主食、副菜、パン、デザートがそれぞれレトルトパックになったもので、火を使わない加熱ヒーターもついている。ＭＲＥを食べる期間は二一日以内と想定されているが、実際にはそれを超えることもある。最近、軍の経験者から、ＭＲＥだけを持って戦闘に行った仲間はみなすぐに食事が嫌になり、体重が減ったという話を聞いた。二一日あるいはそれ以上の期間を、おいしくないと思う食事で過ごすことで生じる問題は、食事の時間が楽しくないとか、体重が減るといったことにとどまらない。精神的にも肉体的にもきつい状況下で充分に食べることができなければ、身体能力も判断力も危うくなるだろう。

食事が単調なときには、いくら飢えていても充分に食べられないことがある。一九八四年、アレクサンダー・デ・ワールは、オックスフォード大学の学期末の夕食会で将来の計画について話していて、教授にエチオピアの難民について研究したいと伝えた。その教授こそが、エドマンド・ロールズその人で、感覚特異的満腹感の研究に没頭していたころだった。ロールズは過酷な状況のなかで食べることについて研究するいい機会だと思い、ワールがエチオピアの難民の食生活と健康を調査できるように手助けした。

難民キャンプはスーダン東部にあり、食料は世界食料計画から支援を受けていた。内容は、穀物、豆、脂肪、牛乳と日々生きていくうえで最低限のものだった。ワールがキャンプに到着したとき、難民のなかには、キャンプに来てから半年ほどたったグループと、最近着いたばかりというグループがあった。調査のために、ワールは全員に、インジェラ（ほとんどのエチオピア料理といっしょに食べる酸味のあるパン）などのエチオピア料理の定番メニュー三品と、配給品ではつくれない、似たような料理三品（キタとよばれる小麦と大麦からつくるピザ生地のようなものなど）を食べてもらい、感想を訊いた。キャンプに到着したばかりの人たちは、いずれもおいしく食べた。しかし、半年ほどいる人たちはいつも食べているメニューの方がはるかにまずいと言った。[28] ワールは帰国後、ロールズとともに、難民キャンプでの調査結果は、かろうじて必要な量の食事をとれていても、その食事に変化がなければ栄養失調になるかもしれないことを示していると発表した。食べることにうんざりしていたとしたら、いくらおなかが空いてもあまり食べないだろうからだ。

ここまで過酷な状況でなくても、単調な食事は体重を減らす可能性がある。一時期流行った「センサ」ダイエットはこの法則を利用している。これは、ノンカロリーのさまざまなフレーバーのパウダーを半年間、食べ物にかけて食べるというものだ。たとえば、チェダーチーズ風味のパウダーをひと月、すべての食べ物にかけ、ラズベリー風味のものを甘いものすべてにかける。効果には疑わしいところがあり、現在は販売されていないが、基本にあるのは、すべての食べ物を同じフレーバーにすれば食事が単調になり、食べる量が減り、体重も減るという理屈だ。この理屈を利用するなら、ツナキャセロール、豆腐の炒め物、ターキー・チリビーンズなどの一品を、ひと月、毎晩つくって食べるという手もある。食べる量を楽に減らせるとは、誰も言っていない。だから、ダイエットは難しいのだ。

健康的な食生活を続けるためには、食事は楽しめるものでなければならない。食べることは、人間にとって二大快楽のうちのひとつだろう。そして、もう一方の快楽と違って、私たちは生きてゆくために、毎日食べなければならない。食べることの中心に快楽がある以上、楽しみを一切排除するような食生活はなかなか受けいれられない。だから、成功するダイエットでは、食べるものの種類や食に対する向き合い方や考え方を変えることを基本とする。とはいえ、万人が成功するダイエットというのはなかなかないし、練りあげたプランを邪魔するものは無数にある。目指すのは、食べるもの、見せ方、食べ方をその人に合った形にし、満腹感を得ながら、食べすぎないようにすることだ。

◎想像力を発揮する

楽しみを維持しながら、食べすぎないようにすることができるかもしれないという研究結果がある。ある食べ物を食べたいという気持ちは、本物を手にしなくても抑えることができるというのだ。どうしてもバッファロー・ウィングが食べたいとしよう。目の前に二〇本のチキンウィングがあると想像してほしい。熱々で皮はパリパリ、バターたっぷりのソースが流れでている。次に、それをひとつ食べるところを想像する。手にとって一口かじり、あとはいつものようにジューシーな肉をはがすように食べて、最後は骨だけとなる。これを残り一九本分、繰り返す。頭のなかですべて食べ終わったときには、バッファロー・ウィングが食べたいという気持ちはおさまっているはずだ。ここでバッファロー・ウィングを盛ったバスケットを出されても、おそらく、想像せずに出されたときよりも、食べる量は少なくなるだろう。これが想像の力で食欲を抑えるということだ。

ケアリー・モアウェッジは、ボストン大学でマーケティングを専門としており、人々がさまざまな経験を気持ちよく感じたり、好ましく思ったりするときの心理状態を研究している。二〇一〇年、彼は、想像力がどのようにして食欲を抑えるのかを解明しようと、実験をおこなった。[29] 被験者にキューブ型のチーズ三〇個か、〈エム・アンド・エムズ〉三〇個を食べるところを想像してもらってから、本物のそれらを出したところ、食べることにまったく関係ない動作——コインランドリーで二五セント硬貨を三〇枚入れるなど——を想像してから食べてもらったときの半分の量しか減らなかった。ところが、想像で食べてもらうチーズやチョコレートの量を三個にしたときには、差がつかなかった。想像力で食欲を抑えるには、本当に食べた気になるまで、食べるところを想像しなければいけないらしい。この方法のいいところは、チーズにしても〈エム・アンド・エムズ〉にしても、想像したことで実際の味が落ちるわけではないということだ。感覚特異的満腹感と違って、その食べ物の物理的な特性には触れていないからである。また、これは自分で想像した食べ物にしか効き目はない。たとえばチーズを三〇個食べるところを想像しても、〈エム・アンド・エムズ〉やバッファロー・ウィングを食べたいという気持ちを抑えることはできない。別の手もある。バーベキューリブ、チキンナゲット、ハンバーガーなどの写真を多数見れば、気持ちを抑えることができるかもしれない。

ブリガムヤング大学のマリオット・スクール・オブ・マネジメントの教授であるライアン・エルダーは、塩辛いスナック菓子——プレッツェル、ポテトチップス、フライドポテトなど——の写真ばかりを被験者に見せて、それぞれを食べたいかどうか考えてもらい、そのあとでピーナッツを食べてもらうという実験をおこなった。すると六〇枚の写真を見た被験者は、二〇枚の写真を見た被験者よりも、ピーナッツの味を四二パーセント低く評価した[30]。重要なのは、いずれの写真にもピーナッツの写真は含まれていなかったことだ。つまり、ある種類の食べ物を繰りかえし見て思い浮かべるだけで、同じカテゴリーの食べ物を食べたいという気持ちは薄れることになる。

こうした研究から、私たちは食べ物（特定のものでも、カテゴリーごとでも）を過剰に思い浮かべると、食べたいという気持ちに疲れてしまい、食欲が減り、実際に食べる量も減るということがわかる。とはいえ、時間も労力もかかるので、チョコレートやチキンを食べたいと思うたびに、やってみようと思う人はそういないだろう。オスカー・ワイルドの「誘惑を退けるいちばんの方法は、誘惑に身をまかせることだ」というアドバイスに従うほうがずっと簡単だ[31]。さらに、人生には、誘惑に身をまかせるしかないというときがあり、そういうときのための食べ物がある。それは確実に気分をよくしてくれる。

9章　コンフォート・フード

二〇一六年一一月八日の夜、七一〇〇万人のアメリカ人がテレビに釘づけになっていた。[1] 国民の半数以上が恐れていた最悪の事態が現実のものになろうとしていたころ、国中のファストフード店のレジはフル回転していた。開票が進むにつれて、ドナルド・トランプが第四五代アメリカ合衆国大統領になりそうだということで、動揺が広まるなか、グラブハブ、ドアダッシュ、ポストメイツ、キャビアといったオンラインのデリバリー業者には、高炭水化物、高脂肪のメニューを中心に、注文が殺到していた。ニューヨーク、シアトル、ダラス、フィラデルフィアといった大都市で人気を集めるキャビアは、タコスなどの注文が一一五パーセント増となり、アトランタ、ナッシュビル、ミネアポリスなどで事業を展開するドアダッシュでは、カップケーキが七九パーセント増、ピザが四六パーセント増となっていた。アルコールの売り上げも急上昇し、この日の酒屋への注文は九〇パーセントアップしていた。[2]

オリヴィア・ケンウェルは、ニューヨークのアッパーウエストサイドの人気店でバーテンダーをしており、選挙の夜も働いていた。翌日、彼はマーケットウォッチの取材に対して、料理の注文に電話をかけてきた人々は口々に「今日はコンフォート・フードが食べたい」、つまり、気持ちを落ちつかせるものが食べたいと言っていたと語った。メレディス・ドイルは、インディアナ州のパデュー大学の大学院生で、同じ記事のなかで、普段は牛肉を食べないのに、選挙の夜は動揺のあまり、ウェンディーズのドライブスルーでダブルチーズバーガーを頼んでしまったと言っている。この傾向は翌日の水曜日も続いた。オンラインのデリバリーサービス大手のグラブハブによれば、一一月九日には、ニューヨークでグリーク・フライ（フライドポテトをオリーブオイル、レモン、オレガノ、フェタチーズであえたもの）が四二五パーセント、シカゴでマカロニ・アンド・チーズが三〇二パーセント、ロサンゼルスでフライドチキンが二四三パーセント、それぞれ注文がアップしたという。[3] 選挙結果に打ちひしがれたアメリカ人の多くが、なぜこうした食べ物を選んだのだろうか。コンフォート・フードとは何だろうか。私たちはなぜ、ストレスがたまったときにそれらを求めるのか。

コンフォート・フードという言葉をアメリカで最初に使ったのは、一九七七年一二月二五日のワシントン・ポスト紙の日曜版だった。南部料理についての記事のなかで、次のように書かれていたのである。「南部のコンフォート・フードといえば、グリッツ（粗挽きトウモロコシ）とならんで、ブラック・アイド・ピーズ（黒目豆）がある」[4]。辞書は「安らぎや慰めをもたらす食べ物」と定義する。オックスフォード・イングリッシュ・ディクショナリーはこれに、「子どものころや家庭料理を思わせる食べ物」と続ける。メリアム・ウェブスター・ディクショナリーは「なつかしい気持ちを呼び起こす昔ながらの料理」としている。これらの定義から、コンフォート・フードのふたつのポイントが浮かびあがる。子ども時代に食べたものであるということと、家庭や郷愁、家族を思わせるものであるということだ。この言葉を説明するのに辞書が苦労するのもわかるだろう。要するに、安らぎ《コンフォート》を得ることができるからコンフォート・フードなのだ。

オックスフォード・イングリッシュ・ディクショナリーは、コンフォート・フードのもうひとつの特徴である「砂糖や炭水化物を多く含む」という点を明示している。これを裏づけるように、北アメリカの一九歳から五五歳までの男女四〇〇人以上に、コンフォート・フードをあげてもらったところ、そのほとんどが炭水化物を含む食品だった。回答者の六〇パーセントは、コンフォート・フードに炭水化物の多い甘いものやスナック菓子——一位がポテトチップスで、アイスクリーム、クッキー、キャンディ、チョコレートと続く——をあげ、残りの四〇パーセントの人は、パスタやピザやキャセロールなど、やはり炭水化物を多く含む料理をあげた。[5] では、なぜコンフォート・フードで安らぎ《コンフォート》を得られるのか。その原材料から見ていこう。

炭水化物は脳のセロトニンの生成を促す。セロトニンは睡眠や気分を調整する神経伝達物質で、重い食事をしたあとに眠くなるのはこの物質のせいだが、炭水化物をたっぷり食べると気分が上向くのもこれによるものである。炭水化物とセロトニンと幸せな気分の関係は、一九八〇年代に心理学で登場し、うつ状態のときにペストリーやパスタが無性に食べたくなって過食してしまうのは、一種の自己治療であるとされた。[6] すなわち、カップケーキやカネロニを食べてセロトニンが分泌され、悲しみが癒されるという経験をするうちに、私たちは炭水化物と安らぎには関係があることを覚え、悲しいときにはこうした食べ物を求めるようになるというものだ。この理論は数十年間、信じられてきたが、新たな研究により、カップケーキやパスタなど精製された炭水化物を食べると、うつ状態が悪化するということがわかった。

女性の健康イニシアチブ（アメリカ国立衛生研究所による閉経後の女性の健康に焦点を当てた研究プログラム）に参加している五〇歳から七九歳の女性約七万人を対象に後ろ向き研究をおこなったところ、研究に参加したときに精製された炭水化物を多く食べていた女性ほど、三年後にうつ状態になっている可能性が高いことがわかった。この研究結果は、アメリカン・ジャーナル・オブ・クリニカル・ニュートリション誌に掲載され、開始時に野菜や果物、全粒穀物を多く食べていた女性は、その後三年でうつ状態になるリスクが平均より低いということも明らかにしている。[7] 結論としては、閉経後の女性が精製された炭水化物を多くとるとうつ状態になる可能性があり、野菜や果物や全粒穀物を中心とする食生活はそのリスクを下げるようだということになる。注意してほしいのは、これはあくまでも相関関係を示したものであり、ドーナツとうつ、あるいはリンゴと心の健康の因果関係を示したものではないということだ。しかし、ブルーな気分を追いはらうのにドーナツを食べるのはよくないことを示す研究はほかにもある。

たとえば、精製されたデンプン質や砂糖をたくさんとると、炎症を起こしたり、循環器疾患にかかりやすくなるが、いずれもうつとの関連性が指摘されている。さらにメタボリック・シンドロームは、過食、とくに炭水化物の食べすぎと関連があり、うつ病にかかるリスクを高めるとされている。しかし、もっと重要なのは、炭水化物によってセロトニンの生成を増やすためには、同時にタンパク質をとってはならないという点だ。アイスクリーム、ミルクチョコレート、パスタ、ケーキ、ペストリーには、セロトニンの生成を防ぐタンパク質が含まれている。このように、炭水化物でセロトニンを増やして気分をよくする、という理屈には決定的な問題がある。とはいえ、嫌なことがあった日に、カップケーキやマカロニ・アンド・チーズを食べたら元気になった経験があるから、信じられないという人もいるかもしれない。じつは、それはそれで正しいのである。

◎フード・ハイ

コンフォート・フードは、痛みから体を守るために分泌される天然ヘロインとでもいうべきエンドルフィンの分泌を促す。コンフォート・フードを食べて気分がよくなるのは、それが文字どおり鎮痛剤でもあるからだ。食品のなかには、たとえば、トウガラシのカプサイシンのように、直接エンドルフィンの生成を促す化学物質を含むものもある。しかし、それ以上にエンドルフィンの分泌を促すのは、過去にそれを食べたときの経験からよみがえる安らぎだ。たとえば、あなたのコンフォート・フードがマカロニ・アンド・チーズだとしよう。子どものころ、ベビーシッターと留守番をした日には、ご褒美としてお母さんが用意してくれた。あるいは、落ちこむことがあったり、気分がよくない日にはいつもお母さんがつくってくれた。こうしてマカロニ・アンド・チーズは、あなたにとって母の愛がこもった料理となり、いくつになってもそれを食べるときには、母の愛情やあたたかさを思い出して心が落ちつく。こうした幸せの記憶もエンドルフィンの分泌を促し、あなたの気分はさらによくなる。

チョコレートの喜び

コンフォート・フードには、エンドルフィンを分泌させるだけではなく、人を幸せにする化学物質を含むものがある。その最高峰にあるのがチョコレートだ。世界のチョコレート市場は二〇一六年には九八三〇億ドルに達することが見込まれている。[8] そのうち、アメリカだけで二一〇億ドルを占める。チョコレートはカカオの実からつくられ、カカオの木は中南米を原産地とする常緑樹である。紀元前一九〇〇年にはカカオを飲み物にしていたことを示す証拠があり、また、コロンブス以前のメソアメリカ文明の時代には、カカオの実は貨幣として使われていた。

市場調査会社のミンテルによれば、チョコレートを食べるアメリカ人の七二パーセントが、いちばん好きなお菓子はチョコレートで、四一パーセントの人が気分が上向くと信じているという。[9] 平均的なアメリカ人が一年に約四・三キロのチョコレートを食べるというのもうなずける。[10] 感覚的な面から見れば、まずすばらしい甘味があり、ものによっては苦味も伴う。それから、舌の上でカカオバターが溶ける、なめらかで官能的な感覚がある。このフレーバーと香りは心にもいい影響をおよぼし、特別なごちそう、プレゼント、休日、ロマンスといったものにつながる記憶や感情を呼び起こす。さらに、魅惑的な分子構造がある。

カカオパウダーには、癌から老化まで多くの病と闘う栄養成分のなかでもひときわ輝きを放つ、抗酸化作用のあるフラボノールがたっぷり含まれている。少なくとも週に一度チョコレートを食べると、脳の機能がよくなることもわかっている。[11] チョコレートには、化学的にカフェインに似た性質を持ち、軽い興奮作用があるテオブロミンも含まれている。テオブロミンには気分を高揚させる効果があるが、犬や猫には毒となる。ペットには絶対にチョコレートをあげてはいけないと言われるのはこのためだ。

さらに、チョコレートにはアミノ酸のフェニルアラニンが含まれ、快楽と報酬の神経伝達物質であるドーパミンを生成する。それから、フェニルエチルアミンも含まれている。恋に落ちたときに脳がつくる化学物質で、セロトニンとエンドルフィンの分泌を促す。最後に、アナンダミド。多幸感をもたらすマリファナの主要成分であるテトラヒドロカンナビノール（ＴＨＣ）と似た性質を持っている。ダークチョコレートになればなるほど、これらの気分を高揚させる成分も多く含まれており、カカオの脂肪分が多いほど、痛みを抑える効果も高くなる。

アダム・ドレブノフスキは、ワシントン大学の著名な栄養学者で、被験者に熱いものを一瞬当てて痛みを与えたあとに、高品質で高脂肪のチョコレートを食べさせたところ、不快感が弱まることを発見した。[12] 脂肪分の少ない安いものでは効果が薄かった。これは、脂肪分にエンドルフィン効果を促進する作用があるからである。また、ナロキソン（オピオイドの作用に拮抗する薬剤で、ヘロイン中毒の治療に使われる）を与えると、チョコレート中毒の人のチョコレートを食べたい気持ちを抑えられることも発見した。[13] どうやら高脂肪のチョコレートは麻薬がもたらすような多幸感を引きだすようだ。ヨーロッパのチョコレートはアメリカのものよりも脂肪分が多く含まれているので、つま先をぶつけたときに備えて、フランスの〈ヴァローナ〉を用意しておくといいかもしれない。

とはいえ、家には〈ハーシーバー〉しかないという人も安心してほしい。アメリカのチョコレートには、砂糖が多く使われており、1章で見たように、甘味は痛みをやわらげる効果があるので役立つはずだ。

つま先の痛みをやわらげる効果に加えて、チョコレートの甘味には気分を明るくする効果がある。映画『チャンプ』から、父親が死んで少年が泣いているシーンを三分間流し、被験者の気持ちが沈んだところで、甘いチョコレートを食べてもらうと、食べた人の気持ちはあっという間に上向いた。一方、無糖のチョコレートを食べた人と何も食べなかった人は、ブルーな気分のままだった。[14] 甘いチョコレートの高揚効果はすぐにあらわれるが、持続する時間も短い。被験者の悲しい気持ちはチョコレートを食べて三〇秒以内にやわらいだが、わずか数分後には、ほかの被験者と同じ気持ちに落ちついていた。つまり、チョコレートの気持ちを高める効果は、フラボノールや薬理的な成分よりも、感覚に訴える特性、とくに甘さによるところが大きいということだ。だから、抗うつ剤を捨てて〈ヴァローナ〉を買いこもうとしていたら、考えなおしてほしい。

◎チキンスープ

コンフォート・フードは気持ちを高めるだけではなく、ほかの力も発揮する。哲学や心理学の理論に「身体化された認知」という考えがある。身体的な比喩が本当に体に反映されることを意味し、使った言葉から想起される感覚を実際に体感したりすることをいう。たとえば、氷のような冷たい目で見つめられて、寒気がしたといったケースがこれにあたる。よく引き合いに出される実験では、会ったばかりの人の印象を訊いたとき、熱いコーヒーカップを持った被験者は、アイスコーヒーを手にした被験者よりも、相手のことを寛大だとか親切だと言うことが多いという。[15] では、この身体化された認知はコンフォート・フードにもあてはまるのだろうか。チキンスープは本当に心をあためるのだろうか。

ジョーダン・トロイシは、テネシー州のサウス大学で、人間の基本的な欲求である帰属意識について研究している。彼は、ニューヨーク州立大学バッファロー校のシーラ・ガブリエルといっしょに、二〇一一年、チキンスープの人をほっとさせる特性について調査した。大学生一〇〇人を集めたこの調査で判明したのは、チキンスープは自分にとってまさにコンフォート・フードだという学生が、実際にチキンスープを飲んだあとは、飲まなかったときよりも、〝W□L□□M□〟といった人間関係を示す言葉の欠けたアルファベットを埋めるのがうまくなるということだった（WELCOME　歓迎）。[16] しかし、チキンスープがコンフォート・フードではない、という学生はスープを飲んでも飲まなくても正答率に変化はなかった。

トロイシとガブリエルが出した結論は、チキンスープをコンフォート・フードだと思っている学生は、実際にそれを口にしたことで、無意識のレベルで肯定的な人間関係を思い出したが、コンフォート・フードではない学生にはそれが起きなかったのだろうというものだった。さらに、コンフォート・フードがどのくらい孤独感を癒すのか、ということについても調査された。すると、信頼のおける愛情豊かな環境で育ち、それゆえに人間関係を肯定的にとらえられる人だけが、コンフォート・フードを思い浮かべることで、さびしさがやわらいだという。無条件の愛を与えられずに、人間関係に複雑な思いを持っている人は変化がなかった。

この所見をもとに、トロイシとガブリエルらは、愛着スタイル（人間が対人関係を形成する場面で見られる心理的な傾向のこと）とコンフォート・フードの関係についてさらに調査を進めた。まず、学生たちに標準的な「愛着スタイル診断テスト」を受けてもらい、その結果にもとづいて、安定型と不安型に分けた。[17] それから、参加者の半分に、親密な関係にある人とケンカをしたときのことを思い出してもらった。相手との愛情関係が脅かされる状況である。残りの半分の人たちには、自分の家にある家具を思い出してもらった。人間関係には無縁のテーマだ。そのうえで全員に、ポテトチップスを盛った皿を渡し、おいしいかどうかと、食べているときの気分を訊いた。[18]

家具を思い出した人は、愛着スタイルにかかわらず、全員が同じようにおいしいと言った。しかし、安定型の人は、家具を思い出したグループより、ケンカしたときのことを思い出したグループのほうが、ポテトチップスをおいしいと評価し、楽しい気分になると答えた。これは、安定型の人は、人間関係が脅かされたことを思い出すと、コンフォート・フードからより大きな快楽を得るということを意味する。しかし、悲しいかな、これは社会的あるいは感情的にストレスがたまると、食べすぎてしまうかもしれないということでもある。恋人とうまくいかない、上司からの評価が低かった、義理の母とケンカしたといった問題が生じるたびに、ポテトチップスやカップケーキ、マカロニ・アンド・チーズなどを大食いしてしまうかもしれない。ストレスを受けた安定型の人がそうなるのは、食べ物が、その昔情緒的なつながりを形成した、愛する人の代わりになるからだ。ママがつくってくれたマカロニ・アンド・チーズは、ママがいつもそばにいることを教えてくれた。親友とは大きなポテトチップスの袋に代わる代わる手をつっこんで食べた。厳しい世界に立ち向かうにあたって支えが必要なとき、食べ物は愛する人の代わりになる。

　はじめて気に入った風味や香りというのは、ずっと好きでいるものなので、コンフォート・フードは、子どものころに食べたものが多い。育ててくれた人が与えてくれた食事やご褒美にもらったお菓子など、さまざまな人に囲まれた穏やかで平和な時代に結びつくものである。そうしたものを食べるとき、私たちは愛情の記憶や安らぎに包まれる。間違えてはいけないのは、コンフォート・フードたらしめているのは、デンプン質や砂糖などの成分でも、食べ物に含まれる気分をよくする化学物質でもないということだ。コンフォート・フードとなるごちそうやお菓子には、炭水化物や脂肪分が多く含まれるし、チョコレートも多いことから、コンフォート・フードはこうした特徴を持っていると思われているだけで、コンフォート・フードが持つ安らぎの要素が、含まれる成分によってさらに強化されているというのが本当のところだろう。

　コンフォート・フードはノスタルジーをもたらし、心をあたためてくれる。ノスタルジーとは、過去を懐かしむ気持ちであり、たいていは大切な人との思い出が伴う。ノスタルジーは心理的によい影響をもたらし、気分がよくなる、楽観的になる、自分を大切にするようになる、社会とのつながりを感じる、自我の意識を強く持つ、人生に新たな意味を感じるといった効果があることがわかっている。[19] 愛着スタイルにかかわらず、その香りや風味が幸せな記憶を呼び起こす食べ物は、慰めてくれるだけではなく、私たちをもっと前向きで意味ある存在にしてくれる。ただし、食べすぎたり飲みすぎたりすれば台無しになる。とはいえ、そのあたりのバランスを見極めるのは難しい。コンフォート・フードは諸刃の剣と言えるだろう。

◎ストレス解消

チョコレートを一箱空ける、大型容器に入ったアイスクリームを抱えるようにして食べる、山盛りのフライドポテトを平らげる。いずれも嫌なことがあった日にはよくある行動だ。苦痛——悲しみから退屈まで範囲は広い——に直面したときに食べ物に向かう人は、食べることで確かに一時的にほっとしたり、幸せを感じたりすることができる。高カロリーの食べ物は口のなかに快楽をもたらし、ドーパミンとエンドルフィンを分泌させて脳と体を興奮状態にする。おいしいものを食べれば一時的には気分がよくなるし、酒やドラッグに走るより健康的だろう。しかし、多くの人にとって食の天国には罪悪感がつきものだ。とはいえ、どの程度の罪悪感を覚えるかは、男性か女性か、そして年齢によって異なってくる。

北アメリカで一〇〇〇人以上を対象に調査した結果、女性はアイスクリームやクッキー、チョコレートをコンフォート・フードとして選ぶにもかかわらず、こうしたものを食べると男性より罪悪感をいだくことがわかった。[20] 男性のコンフォート・フードは、パスタやハンバーガーなどボリュームのあるあたたかい食事が多く、それらを食べてもそれほど罪悪感は持たないようだ。女性の体形や食生活へのこだわりを考えれば、とくに驚く結果ではない。意外だったのは、コンフォート・フードと年齢の関係である。

好きなコンフォート・フードをたらふく食べたあとに覚える罪悪感は、一八歳だろうが六〇歳だろうがあまり変わらなかった。しかし、ステーキやハンバーガーとなると、三五歳から五四歳という中年層の人たちが、突出して罪悪感を覚えていた。これは、医者から心臓病や赤身肉の危険性を説かれはじめる年齢だからだろう。また、コンフォート・フードは、性別に関係なく、年齢が上がるにつれて栄養とボリュームのある食事に変わっていく傾向があることもわかった。一八歳から三四歳ではポテトチップスやクッキーなどの菓子類をあげる人が多く、三五歳以上では、ハンバーガーやキャセロールをあげる人が多かった。また、興味深いことに、年齢が上がるにつれて、スープを選ぶ人が増えていた。あたたかいスープに、子ども時代の食事の思い出を重ねる人が多いようだ。私たちは年をとるにつれて過去を振りかえる機会が増えるため、コンフォート・フードにもノスタルジーがより強く反映されるようになるのだろう。一方、若者はもっと短絡的で、高脂肪や砂糖といった目先の快楽に影響されるものと思われる。

ストレスを紛らわせるための食行動をテーマにした研究はたくさんある。なかでもストレスを感じたときにスナック菓子やデザートに走りやすい人は研究対象になりやすい。多いのは女性で、また、いつもダイエットをしている人や、ネガティブな感情を持ちやすく、うつになりやすい人もよく見られる。しかし、最近の研究によれば、悪い条件がそろえば誰でもやけ食いに走る可能性があるらしい。

◎タッチダウンとカロリーの関係

ケイレブはミュージシャンを目指す三〇代前半の男性で、週が開けたこの日、シアトルに住む多くのフットボールファン同様、憂鬱な気分を抱えながら、いつものピザ屋でランチを買うために並んでいた。前日は、バンドの練習をサボって家で観戦したのに、シーホークスは負けてしまった。スーパーボウルではペイトリオッツに負け、今度は開幕戦でラムズに延長戦の末に敗れた。まったくなんてことだ。

うまくいかないことがあれば、誰でもネガティブな感情を経験する。そんなときには、わずかな安らぎを求めて、ピザ屋や食品棚に足が向くかもしれない。意外なのは、うまくいかないことが自分自身に起こらなくても同じだということだ。フットボールでもいいのである。

フェイスブックには九六〇万人のNFLファンがいて、スーパーボウルは一億人以上が毎年観戦し、NFLの年間収入は九〇億ドルを超える[21]。アメリカ人の六四パーセント以上が、自分はフットボールファンだと言う。フットボールへの情熱は、食べ物への情熱とともに盛りあがる。スーパーボウルは、アメリカではサンクスギビングデーに続く食の一大イベントだ。二〇一六年の開催日には、チキンウィングが一三億本消費されたという（普段の日は七八万本[22]）。では、応援するチームが負けたとき、私たちの食には何が起こるだろうか。

この疑問に答えるために、二〇〇四年から二〇〇五年のシーズンの試合データが集められ、三〇チーム、全四七五試合が分析された。食の消費情報のほうは、主要都市に住む平均的なアメリカ人をモニターに持つ市場調査会社を通じて収集された。モニターには、シーズン中の一定期間（一四日間を二回）の食事の内容を記録してもらった[23]。結果は予想どおり、試合のスコアが人々の食事を変えていた。

地元チームが負けた翌日の月曜日は、普段の日にくらべて、ピザやペストリーなど高カロリー、高脂肪な加工食品の消費に一六パーセントの増加が見られた。とくに僅差で負けたときや、熱狂的なファンが多い町では、影響が大きかった。フットボールの影響を総合すると、負けた翌日のやけ食いによって、脂肪分の多い食べ物の消費は二八パーセント増えたことになる。この結果を、1章で見たコーネル大学によるアイスホッケーの調査結果[24]――負けたチームのファンは甘味をあまり感じなくなる――とあわせて考えると、敗北に打ちひしがれた人々は、より多くの糖分を必要とするということなのかもしれない。だから、私たちはブルーな気分を吹き飛ばすために、高炭水化物、高脂肪の食べ物に手を伸ばすのではないか。

逆に、応援するチームが勝った人の翌日の高カロリー食品や加工食品の消費は、平均で九パーセント減った。熱狂的なファンが多い町では、一六パーセントも減った。注目すべきは、試合当日の日曜日には違いが見られなかったことだ。スコアに関係なく、みんながフットボールを観戦しながら、たくさん食べるからだろう。さらに、試合の翌々日の火曜日にも、勝ったからといって、あるいは負けたからといって、食行動に違いは見られなかった。つまり、月曜日に大食いしても、それを帳消しにするために翌日控えめにしたりはしないということだ。男女差もなかった。負けたチームのファンは、男も女もピザを余計に食べたし、勝ったチームのファンには、ダブルチーズとペパローニのピザは不人気だった。

応援するチームが負けたら太るかもしれないというのだから、あまりうれしい話ではない。しかし、その一方で、チームが勝てば、気分は高揚し、ヘルシーで低カロリーな食事に向かうというのだから驚きだ。さらに、チームの勝敗に際してうれしかったり悔しかったりする思いは、自分自身が勝ったり負けたりして感じる思いとほぼ変わらないというのも興味深い。自分だけではなく、思い入れのある人やものが勝利することで得られる喜びや興奮には、食欲を抑える効果がある（いわば軽い躁状態で、恋に落ちたときにも経験する）。このような興奮状態になると、脳はノルアドレナリン、ドーパミン、セロトニンを分泌させるため、活力が増し、心臓の鼓動は速くなり、睡眠や食事は二の次となる。試合で活躍した選手のことを思わずにはいられないし、すばらしい勝利について語らずにはいられないだろう。しかも、セロトニンの分泌が増えるとき、砂糖はいつもより甘く感じる。[25] 一方、思い入れのある対象が失敗したときは、躁状態をつくる神経化学物質がすべて逆方向に流れるため、まるで自分が失敗したかのように落ちこむ。活力は弱まり、食べ物や睡眠を求める気持ちが高まり、食べても味はぼんやりしている。だから、もっと食べたくなる。

スポーツニュースでひいきのチームが負けるところを見ても、みじめな気分になるだろう。コンフォート・フードでも食べて小さな幸せに浸るしかないと思うかもしれない。敗北はストレスだ。スポーツでひいきのチームが負けても、選挙で支持していた候補者が負けても、同僚や友だちや家族とケンカをしてもストレスは感じる。そんなときストレスは、食べ物に向かって人の背中を押す。

二〇一五年、ニューロン誌に掲載されたある実験がある。無作為に集めた、標準体重の健康な若者をふたつのグループに分けて、ストレスのある状況とストレスのない状況を経験してもらうというものだ[26]。ストレスのある状況に割り振られた参加者は、冷たい水に三分間片手をつける。さらに負荷をかけるために、三分以内に手を引きあげてもいいが、その場合は、時間がくるまですわったまま、実験者が見守るなか、ビデオカメラを見つめなければならないという条件をつけた。一方、ストレスなしのほうの参加者は、三分間ぬるま湯に片手をつける。実験者は部屋にいるが、ビデオ撮影はしない。参加者のストレスのレベルを測定するために、唾液に含まれるコルチゾールの値が調べられた。コルチゾールはストレスに反応して副腎から分泌されるホルモンで、値が高いほど、感じているストレスも大きいということになる。

いずれかの状況を体験したあと、参加者は全員、二枚の食べ物の写真——ブロッコリとブラウニーといったように、ヘルシーなものとそうでないもの——を見せられて、いますぐに食べたいと思うほうを選ぶ。そのあいだ脳をスキャンする。その結果、冷たい水に手をつけた参加者のほうが不健康な食べ物を選ぶことがわかった。コルチゾール値が高かった人ほど、つまりストレスを強く感じていた人ほど、キウイよりもキットカットを選ぶ傾向にあった。さらに、ストレスを感じた参加者がキットカットを選んでいるとき、意思決定をおこなう前頭前皮質と、感情や快楽や味覚をつかさどる部分の連絡部は活発に働いていたが、前頭前皮質と自制をつかさどる部分の連絡部は不活発だった。言いかえれば、ストレスは高カロリーな食べ物をさらにおいしく感じさせ、慎重な判断をくだす能力を低下させるということだ。つまり、ストレスを感じて食に走るのは、女性、ダイエットをする人、うつ傾向にある人にかぎらない。ネガティブな感情にとらわれれば、誰でも高カロリーなものに手を出す可能性がある。

◎意志の力

快楽に身をまかせたい衝動を退けるには、意志の力がいる。それは自制する能力であり、これがあるから私たちは誘惑に抵抗することができる。意志力を発揮するのは大変だ。つねに自分の行動を意識し、オスカー・ワイルドのアドバイスに従わないように注意を払わなければならない。

ストレスは心を侵食し、弱らせる。そうなると、努力を重ねることが難しくなり、人生のさまざまな局面で自制が利かなくなる。ストレスを感じているときは、配偶者にちょっとしたことで怒ったり、誘惑に抵抗できなくなったりする。脳をスキャンした若者のように、心がすり減っているときにはブラウニーではなくてブロッコリを選ぶ意志の力は発揮できないかもしれない。ストレスを感じたときにコンフォート・フードを求めるのはこれが原因だ。あまり認識されていないが、精神力を酷使すると、誘惑に耐えるときのストレスは増大する。

リリーは有名な政治学者で、長時間労働もいとわず仕事に打ち込み、努力を重ねた結果、成功した。夜型人間なので、朝の四時まで仕事をすることもめずらしくない。その時間には、精神的に疲れ果てているが、向かう先はキッチンしかない。砂糖の入ったものを食べると心が落ちつき、満たされる。寝る前に甘いお菓子を食べるのは体に悪いと知っているし、痩せたいと思っているので自己嫌悪も感じるが、やめられないと言う。仕事が忙しくないときには、健康的な食生活を保てるし、夜遅くまで起きていても甘いものを食べずにいられる。

ロイ・バウマイスターはフロリダ州立大学の社会心理学者で、たくさんの著書があり、そのなかで人間の精神力には限界があり、ひとつのタスクにそれをつぎこんだときには、同じく精神的な労力を必要とする意志力を発揮するのはずっと難しくなると主張している。リリーの経験は言うまでもなく、多くの研究がバウマイスターの主張を裏づけている。高度な知性を必要とする問題を解く、ストレスや痛みに対処する、苦労しながら人と交流するといった行動は、そのあとの誘惑に抵抗する力を弱める。逆もまた真なり。ある実験で、焼きたてでおいしそうなにおいがするチョコレートチップ・クッキーの誘惑に抵抗したあとに、難しいパズルを解いてもらうと、被験者は、クッキーに自制心を発揮せずに解いてもらったときよりも、ずっと早くにあきらめた。[27]

人間の持つ精神的、心理的なエネルギーは容量が決まっていて、一度に取り組める問題の数はかぎられているという。たとえて言うなら、あなたの家のボイラーが一度に供給できるお湯の量にはかぎりがあるということだ。食洗機と洗濯機を回しながら、シャワーを浴びようとするなら、冷たいシャワーを浴びることになるかもしれない。同様に、意志力と思考能力は供給源を共有している。意志の力を発揮しているときは、思考に使えるエネルギーは少なくなるし、逆も起こりえる。つまり、職場で好意を持っている既婚男性から言い寄られても、誘いを断ることができたら、休憩室でペストリーに手が出てしまうかもしれない。もし、ペストリーの誘惑をはねのけたら、仕事が終わったあとに飲みに行こうという男性の誘いを断るのは難しくなるかもしれない。

精神力は限界のある資源だという考えの根底には、脳のエネルギー源であるブドウ糖が少なくなると自制心が弱くなるということを示す証拠がある。犯罪行為は自制心の弱さが招くものであり、ブドウ糖の代謝の悪さとも関係している。アルコールは脳のブドウ糖を減らし、抑制機能を弱めるとされる。[28] バウマイスターらは数々の実験を行い、砂糖を摂取することで精神力の供給源をふたたび満杯にできることを示した。[29]

ある実験では、被験者に六分間、無音のビデオに映る女性の顔を見つめてもらった。ただし、スクリーンの下部には気が散るような情報が点滅している。見終わると、被験者の半分には砂糖で甘くしたレモネードをグラス一杯（一四〇キロカロリー）、もう半分には人口甘味料で味つけしたノンカロリーのレモネードを渡した。甘さは同じだが、本物のエネルギー源となるのは片方だけだ。砂糖が代謝されるように少し休憩してもらってから、全員にまた労力のかかるタスクを与えた。色の名前を書いたものを見て、その文字が書かれている色を読んでもらうというものだ（たとえば、赤い色で「緑」と書かれたものを見て、「赤」と答える）。結果は一目瞭然だった。ノンカロリーのレモネードを飲んだ被験者は、砂糖入りのレモネードを飲んだ被験者にくらべて、二・五倍もミスをしたのだ。砂糖入りのレモネードを飲んだ被験者の正答率は、ひとつめの実験（余計な文字情報といっしょに女性の顔を見る）に参加しなかった被験者と変わらなかった。これで、午後に甘いお菓子を食べてもいいというお墨付きをもらったことになるだろう。難しいプロジェクトが進まないとき、ペストリーを食べれば、自分が思うより効率よく仕事ができるかもしれない。

とは言え、砂糖を避けるために意志の力を発揮しようとする人はたくさんいる。となれば、精神力を要する仕事をこなすために、砂糖をとるよりいい方法はあるだろうか。アップルパイよりリンゴを選ぶことはできるだろうか。答えはイエスだ。そのひとつが瞑想である。

瞑想は感情をコントロールする力や集中力を高める。いずれもクッキーの箱を遠ざけておくのに必要な能力だ。さらに瞑想は気分をよくする。いまこの瞬間に客観的な意識を向け、脱中心的な視点を持って自分の思考や感情に向き合うという、マインドフルネスにもとづいた訓練を半年おこなっただけで、うつ病を繰り返している人の再発のリスクが四〇パーセント減ったという臨床研究もある。[30] 瞑想は脳も変える。一万時間以上の瞑想をおこなった人の脳は、瞑想しない人の脳よりも大きかったという。[31] これは食にも影響する。大きくなるのは脳のなかでも、物事を判断する前頭前皮質と、味覚や満腹になったという情報の処理に直接かかわる島皮質だからである。

定期的に瞑想をおこなえば、魅力的な同僚やペストリーを容易に拒絶できるようになるかもしれない。瞑想やマインドフルネスに没頭すれば、食べ物を強く認識するようになり、満足感も高まるかもしれない。しかし、そうは言っても、毎日瞑想をおこなうのは大変だし、誘惑をはねのけられるようになるまで修練するのは誰にでもできることではないだろう。もっと手軽にできる方法として、エクササイズのほうがいいかもしれない。

有酸素運動と認知機能の向上に関連があることは、どの年代においても実証されている。とくに、意思決定、推定、注意、記憶、問題解決など、クッキーの誘惑を退けるのに必要な実行機能はエクササイズをすることで強化される。[32] だからといって、ジムに通う必要はない。運動習慣のない六〇歳から七五歳の人に有酸素運動として週に三回、一時間のウォーキングを課したところ、ストレッチや筋力トレーニングを課した人たちよりも、実行機能を要する作業において劇的な向上が見られた。[33] 定期的に運動することがない六〇歳から八〇歳の健康な男女を対象とした別の研究では、散歩をしたり、ガーデニングに精を出したりと、毎日動いている人たちのほうが、すわっていることが多い人たちよりも、脳の活動が活発であることがわかった。とくに記憶と想起を処理する海馬が活発に動いていた。さらに、脳の活動と、認知テストの得点には相関関係があることもわかった。[34]

　若者の場合は、エクササイズの効果はもっと顕著だった。イギリスのチチェスター大学のスポーツと健康を研究している学部でおこなわれた実験によれば、エアロバイクを中程度の強度で三〇分こいだ大学生は男女ともに、問題解決のスピードと認知制御力が上昇したという。[35] さらにうれしいことに、エクササイズを終えて一時間たっても、効果は持続していることがわかった。つまり、若者であれば、三〇分間、適度な運動をするだけで知能を伸ばすことができ、さらに食べ物の誘惑をはねのける意志の力も身につくかもしれない。

　運動してもそれほどカロリーは消費できないかもしれないが、食べ物の誘惑に抵抗する力は得ることができそうだ。少し汗ばむくらいの運動を定期的におこなう。あるいは、ストレスを感じたり、心が沈んだときには、メキシコ料理のテイクアウトを頼んだり、ピザ屋さんに向かうより散歩に出る。そうすれば余計な食欲を抑えることができ、さらに知能も強化できるかもしれない。年齢にかかわらず、体を動かす習慣があれば心が鍛えられ、食べ物の誘惑を断り、健康で快適な生活を送ることができる。意志力につねに燃料を補給し、心の健康を保つことができれば、巧みに操作された食品の広告にも騙されなくなるだろう。

10章　嗜好品の誘惑

黒いレザーに身を包み、斧《おの》を手にした強面《こわもて》のダニー・トレホは、じつはマーシャ・ブレディ（アメリカのホームコメディ『ゆかいなブレディ一家』の長女）で、一九七三年ごろのリビングルームでソファにすわる両親の前に立っている。鼻に絆創膏を貼ったマーシャは、次男のピーターにフットボールをぶつけられたと言って、これじゃダンスに行けないと怒り、コーヒーテーブルに斧をたたきつける。母は、あなたはおなかが空いていると怒りっぽくなるからと言って、〈スニッカーズ〉を差しだす。マーシャは包み紙を勢いよく破るが、一口食べると、さらさらヘアのいつものマーシャ・ブレディに戻り、にこやかな笑みを浮かべる。そこで、スティーヴ・ブシェミが階段の上から、「マーシャ、マーシャ、マーシャ」と姉に嫉妬する次女ジャンの有名なセリフを言う。母は「ジャン、あなたは関係ないでしょ」と答え、それを聞いたスティーヴは「いっつもそうなんだから！」とヒステリックに出ていく。

この三〇秒のコマーシャルは四五〇万ドルかけてつくられ、二〇一五年のスーパーボウルの合間に放映された。〈スニッカーズ〉はアメリカでもっとも人気のあるチョコレートバーで、この「おなかが空いているときのあなたは、あなたじゃない」という広告は、大ヒットした。〈エム・アンド・エムズ〉などもつくる製造元のマース社は、一日に一五〇〇万本以上の〈スニッカーズ〉を生産している。

日々消費者に向けて発信される食品の広告は、私たちの食行動に大きな影響を与えている。そのため企業は、自社の商品に注目してもらうべく広告宣伝に大金をつぎこむ。二〇一四年のアメリカのスナック菓子の広告費は一二億八〇〇〇ドルだった。食品部門の広告費は、世界全体では年間一四〇億ドルにものぼる。これは、自動車を除いたどの部門よりも多い。[1]

食品の広告は、近年、肥満の問題から攻撃の対象とされることが増えてきたが、企業は消費者に購入を控えるように訴えたりはしない。だからといって、食品のマーケティングを根っからの悪者にすることもないだろう。ヘルシーなものを食べたいという気持ちにさせることができるし、そうあるべきだと思う。そのためのひとつの方法が、私たちの感覚の力を利用することだ。

二〇〇八年、私はアラドナ・クリシュナに会った。ミシガン大学のロス・スクール・オブ・ビジネスで教授をしている彼女が、同大学で主催した「感覚マーケティング」の会議の席でのことだった。クリシュナはインドで生まれ育ち、大学まで進み、その後、ニューヨーク大学で博士号を取り、以降はアメリカに住んでいる。著書『感覚マーケティング』[2]では、マーケティングの担当者が販売促進のために人の感覚をどのように利用すべきかを論じ、最近のハーバード・ビジネス・レビュー誌では、感覚マーケティングの第一人者として紹介されている。[3]その研究の中心に据えているのが、においと味が購買行動に与える影響だ。現在、ブリガムヤング大学の教授をしているライアン・エルダー——8章のスナック菓子とピーナッツの実験で一度登場している——は、クリシュナのもとで学んでいたとき、彼女と共同で実験を行い、広告の文言で味覚が変わるかどうかについて調べた。

実験では、架空のポップコーン・ブランドをつくり、ふたつの宣伝コピーを用意した。ひとつは味を前面に押しだした宣伝文になっている。

　エメラルド・アイル・ポップコーンは、あなたの部屋に映画館の味を届けます。手を伸ばすたびに、バターと塩の絶妙なハーモニーが味わえるでしょう。舌の上で躍るバター風味のおいしさ。エメラルド・アイル・ポップコーン、ぜひおやつにどうぞ。

もうひとつのほうは、ほとんど同じ内容だが、複数の感覚に焦点を当てて描写し、味については直接触れていない。

　エメラルド・アイル・ポップコーンは、あなたの部屋に映画館のにおいを届けます。手を伸ばすたびに、バターと塩の絶妙なハーモニーが感じられるでしょう。耳に心地よいカリカリとした食感に、舌の上で溶けだすバターの感触。エメラルド・アイル・ポップコーン、ぜひおやつにどうぞ。

被験者には、すべて同じ地元スーパーのブランドのポップコーンを入れて配り、味を評価してもらった。この実験でも、もうひとつ別の実験でも、複数の感覚を描写したもののほうが、味だけに焦点を当てたものより、高い評価を得た。[4] 味に触れないほうがおいしく感じるというのだから面白い。さらに研究を進めると、複数の感覚について描写したもののほうがおいしく感じられるのは、その文章がポップコーンを食べたときの感覚を連想させるからだということがわかった。

ただし、言葉がどの程度影響するかは状況によって変わるようだ。実際、クリシュナとエルダーの実験では、感覚に訴える広告を読む前に、被験者に何かを記憶してもらい、あとで覚えているかどうかテストすると告げたところ、広告文によってポップコーンがおいしく感じる効果は見られなくなった。つまり、何か別のことに集中しているときには、広告の文言に影響されなくなるということだ。

マーケティングをする人はこうした知見を利用して、消費者に健康的な食を勧めることができる。たとえば、ミューズリーは、ドライフルーツ、ナッツ、オーツ麦が入った栄養価の高い食品で、アメリカではさまざまなブランドで売られているが、あまり健康的とは言えないシリアルのほうが人気は高い。もともとは、二〇世紀初頭に、スイスの医者マクシミリアン・ビルヒャー・ベンナーが患者の治療のために考案したものだ。そのためか現在でも、ミューズリーのパッケージには「食物繊維が豊富」「健康にいい」といったフレーズが並ぶが、それよりも「フレッシュなベリーやナッツとともに風味豊かなオーツ麦が楽しめる」といったほうが、購買につながるかもしれない。

さらに、その食品を食べたときの感覚を表現したフレーズを目にした人は、それが高カロリーの食品だろうとなんであろうと、たくさん食べなくても満足できるのでは、という気になるかもしれない。「ヘルシー」という言葉を見るともっと食べていいという気になり、ぜいたくさを押しだしたものを前にすると自制が働くことは、すでにわかっている。それと同じように、パッケージのラベルによって、食欲をそそる感覚的な特徴に目が向けば、私たちは食べているときにその感覚に集中するようになり、結果として食べる量を少し減らすことができるかもしれない。

◎ながら食べは危ない

何かを食べるときには、その食べ物に集中することが大切だ。そうすれば、風味はより豊かに感じられ、風味が強く感じられれば、満足度も上がる。クリシュナとエルダーの研究結果は、スタンのように風味を感じられない人は、食べ物の見た目、食感、音に集中することで、食事を楽しめるとする主張を後押ししている。スタンだけではなく、誰でも集中して食べることで、より満ち足りた気持ちを味わい、食べる量を減らせる可能性がある。舌の上に何がのっているか意識するだけでも、効果がある。逆に、電話をしながら、テレビを見ながら、雑誌を読みながら、と何かをしながら食べれば、ステーキでもサラダでもポップコーンでもシリアルでも、自分が食べているものをきちんと味わえなくなる。

さらに、食べる量を把握できなくなってしまう。私自身、テレビを見ながらナッツやチョコレート、ポテトチップスなどを食べて、いつのまにかボウルが空になっていて驚いたことは、一度や二度ではない。また、注意して食べないと、満腹かどうかを判断することも難しくなる。[5] 食べながら映画を観たり、仕事をしたりして、そちらに集中していると、満腹になったことに気づかずに、ポップコーンの袋に手を伸ばし続けることになる。

その延長線上には、食べたことすら忘れてしまう症例もある。食に関する心理学の研究で有名なポール・ロジンが記憶喪失の患者を対象にした研究によれば、夕食を食べ終えた患者に、まったく同じものを出して夕食の時間だと告げると、患者はもう一度食べるという。[6] 自分が満腹であることがわからず、二回目の食事を断らないというのは驚きだが、空腹というのは栄養状態――足りないか、満たされているか――を示すものでもあるので、その状態に合った行動をするためには、私たちは空腹かそうでないのかを認識する必要がある。ものすごくおなかが空いているときは無視できないだろうが、空腹感がないときにはなかなか意識がおよばないものである。

テレビの視聴時間

ビルは大規模なリストラで職場を解雇された。失業して四カ月たったころ、ビルは自分がずいぶん太ったことに気づいた。とくに理由は思い当たらなかった。机に向かう代わりにソファに収まるようにはなったが、時間があるので以前よりも頻繁にジムに通っていた。なのに、前かがみにならなければ自分のつま先が見えなくなったのはなぜだろう。ソファで自分は何をしているかと考えてみて気づいたのは、以前よりも長時間、テレビを見ているということだった。確かに起きている時間の半分はテレビの前で過ごしているが、なぜそれでそんなに体重が増えたのか。

平均的なアメリカ人はびっくりするほどよくテレビを見ている。二〇一六年のニールセンのレポートによれば、アメリカの成人は毎日、約五時間はテレビの前にいて、これにテレビ以外のデバイスで見ている時間を加えれば、八時間半にもなるという。ビルもそのなかのひとりだ。悲しいことに、長時間テレビを見れば、確実に太る。多くの研究から、テレビの視聴時間とBMIには直接的な関係があることがわかっている。オーストラリアで三五〇〇人を対象に調査したところ、一日に二時間半から四時間テレビを見ている人たちのなかで太っている人の割合は、視聴時間が一時間以下の人たちにくらべて倍になっていた。四時間以上見ている人たちでは四倍だった。テレビを見る時間が長くなれば長くなるほど、そのあいだに食べることが多くなり、やがては習慣化する。いったん習慣になれば、今度はテレビの前にすわるたびに、何か食べ物を、ということになる。手の届くところにポテトチップスでもあれば、もうだめだ。

ティーンエイジャーについて言えば、テレビ以外のデバイス、とくにスマートフォンが問題になっている。ジャーナル・オブ・ペディアトリックス誌に最近掲載されたある論文によれば、アメリカの若者の大多数は、一日平均三時間スマートフォンを使い、五人にひとりは五時間以上を費やしているという。[7]一方で、五時間以上テレビを見ているティーンエイジャーは八パーセントしかいない。さらに注目すべきは、スマートフォンなどのデバイスに接する時間が長くなればなるほど、砂糖入り飲料の消費が増え、体を動かすことが減り、睡眠に悪影響をおよぼし、肥満のリスクも高くなることだ。

エンターテインメント番組はどんな内容でもほぼ食べすぎを招くが、食に関する番組はとくに危ない。おいしそうな料理をつくっているところや食べているところを見れば、おのずと自分も食べたくなるし、食べているときの幸せな気持ちを思い出してしまう。さらに、アメリカの二〇歳から三五歳の女性を調査したところ、テクニックやアイデアを求めて料理番組を見て、自分でもつくるのが好きだという女性は、単に楽しみのために見ている人にくらべて、ＢＭＩの過体重に分類される人が多く、平均で五キロほど重かった。[8] テレビの料理番組で料理を学ぶのは、ダイエットの観点から言えばあまりよくないようだ。

テレビが過食につながるのは、油たっぷりの焼き餃子を思い出したり、最新のレシピを試してみようという気になるからだけではない。食べていることを意識しなくなるからというのが大きい。アペタイト誌には、被験者に七分間何かをしながら食べてもらい、食に影響があるかどうかを調べた実験が載っている。やってもらったのは、（一）研究者と雑談をする、（二）ドライビング・シミュレーターで運転する、（三）ドラマ『フレンズ』の再放送を見るというものだ。いずれも味の市場調査と言って、被験者にはボウル一杯のポテトチップスを渡し、あとから評価してほしいと告げる。その際、かならず「好きなだけ食べてください」と言い添える。実際には、味の評価はどうでもよく、知りたいのは、どれだけ食べるかだ。結果、テレビがもっとも食に走らせることがわかった。テレビを見ながら食べた人は、おしゃべりしながら、あるいは運転しながら食べた人の二倍の量を食べていた。[9]

別の研究では、大学生にテレビを見ながら、あるいは見ずにマカロニ・アンド・チーズを食べてもらい、あとから食べた量を訊いてみた。すると、テレビを見ながら食べた学生のほうがたくさん食べたが、本人からは、実際に食べた量からかなりかけ離れた答えが返ってきた。[10] 人は物語に没頭しているだけで、食べすぎてしまう。映画も面白くて引きこまれているときのほうが、ポップコーンをたくさん食べ、探偵小説のラジオを聴きながら食事をすれば、静かなところで食べるより、つい食べすぎてしまうこともわかっている。[11] ひとりで食べるより、人と食事をするときのほうが食べる量が増えるのも同じ理由からだ。対戦チームをけなしたり、職場のゴシップに花を咲かせているとき、私たちの関心は皿の上にはなく、また、自分がおなかがいっぱいなのかどうかも意識していない。

逆に言えば、食べるもののすべてを意識すれば、食べる量を減らす手助けになる。ダイエットのために食べたものを記録するとよい、というのはこのためだ。たとえば、スマートフォンのアプリに食べたものを記録する。「クッキーは三枚だけ。その前にランチでピザを二切れ、あ、それから、友だちがもらったドリトスも〝少し〟食べたっけ……」こうしてあなたは自分が思っていた以上に食べていることを自覚し、本当にクッキーやドリトスを食べる必要があるのか自問することになる。とはいえ、三層からなる豪華なケーキやチーズたっぷりのケサディーヤ（トルティーヤにチーズ、玉ねぎ、トウガラシなどを包んで揚げたメキシコ料理）に向ける意識も度がすぎれば、かえって情熱に火をつけることになりかねない。

◎フードポルノ

たっぷりかけたバーベキューソースでてかてかと光るバック・リブ、とろけるチーズをすくうフライドポテト、大きく切り分けたつやつやのチョコレートケーキ——こうしたものを延々と見ていると太るのだろうか。おいしそうな料理の写真をネット上で公開することを「フードポルノ」というが、ランチの写真をインスタグラムに載せるのは、性的な写真を載せるのと同じことなのだろうか。料理番組や食べ物を扱うメディアに対する人気からわかるように、私たちは食べ物を見るのが大好きで、そうした欲望の対象を目にしているうちに、空腹でなくても食欲がわいてくる。

高カロリーの食事は見るだけで、おいしくないものをおいしく感じさせる力がある。舌の上で弱い電流を流すと、電気味覚として知られる不思議な刺激を感じるが、この刺激も、ピザやドーナツの写真を見たあとに流されると、ヨーグルトやサヤインゲンの写真を見たあとに流されるよりも、はるかに好ましく感じるという[12]。

有名シェフのジェイミー・オリヴァーは、インターネットでもっともよく検索されるのは「ポルノ」で、二番目が「食べ物」だと言う[13]。皮肉にも、ネット上で長い時間を過ごすようになった私たちは、実際に自分が食べるものよりも、食べ物の画像に関心を寄せる。これでは食べすぎるのもしかたがない。おいしそうな食事を見れば食欲がわく一方で、実際の食事に意識を集中しなければ、食べている量が把握できなくなり、なかなか満腹感も得られないからだ。

フードポルノは言葉の上だけの話ではない。実際に食欲と性欲にはつながりがある。高カロリーで豪華な食事の画像も、裸身の画像も、脳のなかの同じ場所を刺激する。とくに大脳辺縁系に近い前脳の奥にある側坐核《そくざかく》を活性化させる。報酬や快楽につながる神経伝達物質のドーパミンの中枢となる部分である。私たちが食べ物とセックスを求めるようにできているのは、進化の基本であり、どちらも関心を持たれなかったら、私たちは存在しない。興味深いのは、食べ物を見て側坐核がどの程度活性化するかによって、その人が将来、太るかどうか予想できることだ。

ダートマス大学で、入学したばかりの女子学生を集めて体重を測り、三二〇枚の写真を見せ、見ているあいだの側坐核をｆＭＲＩ（機能的磁気共鳴画像法）で観察するという実験がおこなわれた。[14] 見た写真のうち八〇枚は、シロップがしたたるパンケーキやチーズをたっぷりのせたピザなど、おいしそうな高カロリーの食べ物で、残りの二四〇枚は食べ物には無関係な写真だった。六カ月後、ふたたび被験者たちを集めて体重を測定したところ、パンケーキやピザに脳が反応していた人たちに、「フレッシュマン15」（大学に入学して一五ポンド（約七キロ）太ること）に陥った人が多かった（人によってはフレッシュマン30、つまり約一四キロ太った人もいた）。つまり、パンケーキやピザを見て側坐核が激しく反応した人は、ピザも風景写真も同じように反応した人よりも、誘惑に負けやすく、太りやすいということになる。注目すべきは、食べ物を見て皆が同じように反応するわけではないということだ。食べ物を見てとくに報酬を感じる人だけが、それを見て行動に移し、その結果が体重に反映される。[15]

食べ物を見る行為は人によってはエロチックなものになる。しかし、人が食べているところを見る行為は、のぞき見を別次元に持っていく。なぜかこれが韓国で流行っているのだ。二〇一三年ごろにはじまった「マクバン」ブームにより、ウェブカメラの前で山盛りの餃子やヌードル、肉やシーフードをむさぼるように食べる人を見て、四万五〇〇〇人以上の視聴者がよだれを流している。韓国料理だけではなく、フライドポテトの山盛りや巨大なアイスクリームのときもある。動画を配信する人は大きな音をたてながらひたすら食べ、視聴者のほうはライブで応援コメントを送る。視聴者は配信者にバーチャルな風船をプレゼントすることができる。この風船は換金性があり、有名になれば、三時間ドカ食いしただけで、一二〇〇ドルを稼いだりする。食品や飲料のスポンサー会社から受けとっていると思われる報酬を除いての金額である。三〇〇〇人以上いるマクバンの配信者のなかでもトップ一〇〇にはいるエイボン・イーは、カメラの前で夕食をとるだけで、本職よりも稼ぐことができると言う[16]。

なぜ、マクバンはそんなに人気なのか。考えられる理由はいろいろある。ダイエットをしている人は、誰かが食べている姿を見ることで、太る心配をすることなく、食を楽しむことができる。ひとり暮らしの人も誰かといっしょに食事をしている気になれる。あるいは、韓国で流行りの美容整形と違って、食べるという行為は本物だと思えるから、という考えもあるだろう。いずれにせよ、食べている人を見るにしても、おいしそうな食べ物を見るだけにしても、フードポルノには大勢のオーディエンスがいる。一般的には、とくに害のない楽しみだと思われているが、注意は必要だ。フードポルノは肥満の原因になることがある。とくに子どもがそのターゲットになったとき、問題は深刻なものとなる。

◎子どもを狙え

この三〇年で、肥満の子どもの数は二倍、肥満の若者は四倍になっている。二〇一二年には、アメリカの子どもと若者の三人にひとりは過体重か肥満体だった。二〇一五年九月のアメリカ疾病管理予防センターの報告によれば、アメリカのティーンエイジャーは摂取カロリーの一六・九パーセントをファストフードからとっており、二歳から一一歳までの子どもは、カロリーの九パーセントを同じように品質の低い食品から摂取しているという。[17] ファストフードは、アメリカの若者の肥満率をあげる大きな要因になっている。ある研究で、五歳から七歳までの子ども一〇〇〇人以上を対象に食事と体重を調べ、二年後に追跡調査したところ、高カロリー、高脂肪、低食物繊維――まさにファストフード――の食事と体重増の関連が明らかになった。そうした食事をとっている子どもたちの多くは、二回目の調査のときに大幅に体重が増えていたのである。[18]

肥満体の子どもや若者は、心臓病、糖尿病、腰痛、ひざ痛など、昔だったらその年で罹患することは考えられないような病気のリスクにさらされている。[19] こうした健康問題が、マクドナルドの狡猾な宣伝戦略につながっているようだ。そのひとつが、中学校や高校向けの教材（教師向けの手引きもついている）となった『540 Meals: Choices Make the Difference（五四〇回の食事　選択は違いを生む）』というドキュメンタリーだ。これはアイオワ州の科学教師ジョン・シスナが、二〇一三年に、『スーパーサイズ・ミー』に疑問を持って自らはじめた実験の記録で、九〇日間、一日三食マクドナルドを食べ続けた結果、一七キロ痩せることに成功したというものだ。[20] ただし、実験期間中は、一日四五分間のエクササイズを週に四、五回行い、一日のカロリーを二〇〇〇キロカロリーに制限している。[21]

ドキュメンタリーのなかでは、ビッグマックの代わりにサラダを選ぶこともできる、ハンバーガーは一概に悪とは言えないと主張しているものの、軽快な音楽にのせてうまくつくられているため、もっとファストフードを食べるように子どもたちを誘導するものだとして批判をあびた。[22] 怒った保護者らは、二〇一五年、学校からマクドナルドを締めだすために、キャンペーンサイトのチェンジ・ドット・オーグで署名運動をはじめた。親が心配するのも無理からぬことだった。ドキュメンタリーはブランドを前面に打ちだしている。子どもたちはマクドナルドに行って、何を食べてもいいと思うだろう。最終的にキャンペーンは奏功した。二〇一六年五月、ワシントン・ポスト紙は、マクドナルドは学校への教材の配布を中止した、と報じた。[23]

ブランドは強力なメッセージを発信するため、消費者は同じ商品でもノーブランドのものよりもブランドものを好み、信頼する。同じコーラでも、ただの紙コップから飲むよりも、ブランドのマーク入りの紙コップから飲むほうがおいしく感じる。[24] とくに子どもの場合、企業の本当の意図はどこにあるのか、といったことは考えないので、マーケティング戦略の影響を受けやすい。三歳くらいの子どもでも、マクドナルドの商品を無地の紙袋に入れて渡されるより、マクドナルドのハンバーガーや飲み物だとはっきりわかったときのほうが、喜んで食べる。[25]

子どもが食べ物の広告の攻撃にさらされる一方で、健康的とは言えない食べ物の広告の割合は増えている。二〇一四年には、子どもたちが見たテレビコマーシャルの九〇パーセントが甘いものやスナック菓子の広告で、フルーツやナッツを宣伝したものは、おやつを扱った広告のなかで六パーセントにも満たなかった。[26]

子どもはテレビを見ているあいだに、食べ物の広告にはまっていく。二〇一一年にイギリスで、六歳から一三歳の子ども三〇〇人ほどを対象に調査したところ、食べ物のコマーシャルはおもちゃのコマーシャルよりも魅力的で、記憶にも残りやすいことがわかった。さらに、子どもたちはテレビの前で過ごせば過ごすほど、食べ物の広告の誘惑に弱くなることもわかった。子どものなかでも、一日に三時間以上テレビを見る子がもっとも食べ物のコマーシャルに影響されやすく、特定のブランドの高カロリーなスナック菓子を好んで食べていた。[27] 企業側はすでに、子どもたちが使っているデバイスにも注目しており、オンラインを通じて子どもたちに広告を届けようとしている。子どもたちは、ブランドにかかわらず食べ物のコマーシャルであれば、見るだけで食べたくなる。

イェール大学とラッド・センター・フォー・フードポリシー・アンド・オビーシティは、小学生の食生活が、食べ物のコマーシャルにどのように影響されるかを調べた。参加した子どもたちの半分には、『リセス――ぼくらの休み時間』という人気のアニメの一四分間のエピソードに、三〇秒の食べ物のコマーシャルを四回はさんだものを見せた。残りの半分の子には同じ番組に、やはり三〇秒のゲームなどのエンターテインメント関連のコマーシャルを四本はさんだものを見せた。[28] 子どもたちの前のテーブルには、チェダーチーズ味のゴールドフィッシュ・クラッカーと水を入れたコップを置き、テレビを見ながら好きなだけ食べていいと言う。ただし、このクラッカーのコマーシャルは見てもらう食べ物のコマーシャルに含まれていない。だが、それでも影響は大きかった。食べ物のコマーシャルを見た子どもたちは、ゲームのコマーシャルを見た子どもたちにくらべて、四五パーセントも多くクラッカーを食べたのである。しかし、それは子どもだからであって、大人の自分はそんなコマーシャルに影響されないとお思いだろうか。じつは、大人を対象にした同じ調査から、大人も食べ物の広告には弱いことがわかっている。

一八歳から二四歳の男女を被験者として、野菜からクッキーまでいろいろなものをテーブルに並べて一六分間のコメディ番組を見てもらったところ、あいだにはさまれた食べ物のコマーシャルを見た人のほうが、食べ物以外の商品や栄養食品のコマーシャルを見た人よりも、全種類多く食べるという結果が出た[29]。面白いのは、栄養食品のコマーシャルを見た人がいちばん食べる量が少なかったことだ（食べ物以外のコマーシャルを見た人より少なかった）。しかし、栄養食品のコマーシャルを見たからといって、とくに健康的なものを選んで食べるということにはならなかったようで、被験者はニンジンのスティックと同じように、クッキーにも手を伸ばしていた。栄養食品の広告は、食欲を抑えるが、ヘルシーな食品を魅力的に見せる効果はなさそうだ。もしテレビを放送時にコマーシャルもあわせて見ているとしたら、録画してコマーシャルは飛ばしながら見たほうがいいかもしれない。

食べ物の広告は私たちを誘惑する。子どもをターゲットとした広告は、どれも高カロリーなスナックを楽しそうに伝え、「食べたい」という気持ちを引き出そうと躍起になっている。その一方で、大人向けの広告が、思う存分に食べることを勧めながら、一方では節制することを思い出させようとしているのは皮肉なことだ。ある日、タコベルのにぎやかなコマーシャルのあとに、ライポジンのダイエット薬の広告が流れるのを見た。このように矛盾する広告が流れるのは、片方がもう片方を経済的に支えているからではないだろうか。私たちはお金を出してブリトーを食べて脂肪を身につけ、今度はそれを落とすためにまたお金を使っているのである。

◎メディアを規制する

子どもをターゲットとした食べ物の広告を規制する動きは以前からあり、効果をあげている。スウェーデン、ノルウェー、カナダ、イギリスではすでにそうした対策が取られていて、その結果、ファストフードの消費量が減ったという報告もある。[30] 残念ながら、表現の自由を何よりも大切にするアメリカでは、政府による規制は支持を得られない。ソフトドリンクの特大サイズを禁止しようとして騒動になったニューヨークの一件を思い出せばわかるだろう。アメリカが食べ物の広告を規制するのはこの先も難しいと思われる。しかし、大企業に対して、子ども向けにヘルシーな食べ物を提供するよう働きかけるというのはどうだろう。そのほうが現実的で効果があるかもしれない。

ある実験では、子どもたちは、マクドナルドのロゴつきのパッケージに入ったニンジンのほうが、無地のパッケージのニンジンよりおいしいと評価した。[31] 現在、マクドナルドのハッピーセットには、ブランド名がキューティーズというクレメンタイン（小型のオレンジ）がついている。ほかにもヘルシーな食べ物にかわいらしい名前をつけて提供するのは難しいことではないだろう。子ども向けの市場で健康的な食べ物を強化すれば、大手ファストフード店や生産者にとっても、利益になるはずだ。有名ブランドと楽しさを組み合わせれば、双方が満足できる結果につながるだろう。さいわい、楽しい要素だけでも子どもたちを健康的な選択肢に向かわせることができる。

二〇一五年、八歳から一〇歳の子ども二〇〇人を対象に調べたところ、そのうち六〇パーセントの子どもが、同じヨーグルト、果物、グラノーラでも、普通のパッケージや健康によいといったフレーズが書かれたラベルのついたものよりも、笑ったオウムが、子どもの好きそうな名前つきで描かれるなど、楽しい気分にさせるラベルがついているもののほうをおいしいと評価した。[32] ただし、描かれるキャラクターも重要だ。別の研究者による調査では、プリンターの印刷の品質を評価するという名目で小学生と中学生を集めて、ゼリービーンズをまるまるとしたキャラクターにしたものを描いた紙と、同じキャラクターで細めにしたものを描いた紙を見せ、アンケート後にお礼といってキャンディやクッキーを出したところ、前者の子どもは後者の子どもにくらべて倍以上のお菓子を食べたという。[33] 太ったキャラクターは、子どもの過食のスイッチを入れたり、楽しい気分にさせたりするようだ。いずれにせよ、こうした画像は食べ物の広告とは関係なくても過食に拍車をかけることがわかる。

しかし、このキャラクターを使った調査では、まるまるとしたキャラクターを見せるまえに、「健康にいいものを考えてみて」と、家のなかで遊ぶのと外で遊ぶのはどちらが健康にいいか、あるいは牛乳と炭酸飲料はどちらがいいかといったことを考えさせた子どもは、お礼のお菓子を食べすぎなかった、という結果も出ている。手始めに、学校の廊下や食堂にポスターを貼って、健康に対する意識を喚起するといいかもしれない。ボルティモアでおこなわれた実験は、こうした取り組みの有効性を後押ししている。砂糖入り飲料の売り場に「炭酸飲料やフルーツジュースのカロリーを消費するには、八キロ歩かなければならない」と貼りだしたところ、目に見える効果があり、近所の子どもたちは砂糖入り飲料の代わりに水を買うようになったという。[34]

大人であろうと子どもであろうと、私たちは皆、さまざまな方面から食べ物に関連したメッセージを受けとっていて、それらから大きな影響を受けて行動している。なかには思ってもみないような影響力を持つものもある。

◎エコバッグ

最近は、客にエコバッグを持参するよう呼びかけるスーパーマーケットが増えている。呼びかけるだけのところもあれば、持ってこない客にペナルティーを課すところもある。二〇一五年時点で、アメリカでは三〇以上の町が、何らかの形で、使い捨てのレジ袋の使用を制限している。それ以外の地域でも、エコバッグの持参が心理的、社会的な利益につながるようになってきており、多くの店が持参した客に代わってチャリティに寄付したり、景品が当たるくじびきを用意したりして、この慣習を推奨している。[35]

スーパーにエコバッグを持っていくのは、間違いなく環境にやさしい行為だ。しかし、それは予想もしなかった形で、消費者の行動に変化をもたらしている。ハーバード大学のビジネス・スクールのユマ・カーマーカーとデューク大学のブライアン・ボリンジャーは共同で、二〇〇五年から二〇〇七年にかけて、カリフォルニアの大型スーパーで買い物客の行動を分析した。研究チームは、ポイントカードの情報から、客が購入したものとレジ袋をもらったかどうかを把握した。最終的には、八八四世帯の一四万二九三八回の買い物情報を入手した。二年間にわたる大規模な調査からは、ふたつのことが明らかになった。ひとつは、意外ではないだろうが、エコバッグを持参する客は、持参しない客よりもオーガニック商品を多く購入していたということ。もうひとつは、驚いたことに、エコバッグを持参した客のほうが、デザートやキャンディやポテトチップスなどの嗜好品を多く買っていたということだ。[36]

オーガニックな商品を好む客には、環境保護意識の高い人が多いだろうから、そういう人がエコバッグを持参するのはわかる。しかし、この調査が示しているのは、エコバッグを持参した人は誰でもオーガニック商品を買う傾向にあるということだ。それ自体が環境保護に役立つエコバッグを持つことで、環境に意識が向くからだろう。普段はあまり興味がない人でも、エコバッグを手にしたとたん、環境保護意識は作動するようだ。だから、一般的な商品よりも環境にやさしいとされるオーガニック商品を見ると、つい買い物かごに入れてしまうのだろう。

視界から入ってくる情報はつねに行動に影響をおよぼす。食べ物の広告を目にして、思わず間食してしまうというのはわかりやすい例だが、もっとさりげない例もある。たとえば、お菓子を食べる前に、高級レストランの写真を見た人は、鉄道駅といったまったく関係ない写真を見た人より、きちんとした姿勢で食べるという。[37]

しかし、地球にやさしいバッグを持っていくことが、なぜお菓子の購入につながるのだろうか。この場合、行動を左右しているのは視界に入るエコバッグではなく、エコバッグを持っていくことでいいことをしたと感じる気持ちだ。これが「ライセンシング」を招く。いいことをしたのだから、何かご褒美をもらってもいいという気になり、そして、スーパーでのご褒美は、カロリーたっぷりのおいしいものということになる。こうして、使い捨てのレジ袋をゴミにしなかったご褒美として、チョコレートでコーティングしたチェリーに手が伸びる。しかし、話はそれで終わらない。

カーマーカーとボリンジャーは、エコバッグを持っていったからといって、かならずオーガニック商品や嗜好品を購入するとはかぎらないと言っている。全員が同じように影響されるわけではないようだ。たとえば、エコバッグを持参しないとレジ袋代を払わなければならないという店では、エコバッグ持参の客は、自分用の嗜好品を余計に買うことはないが、普通の卵よりもオーガニックの卵を選ぶ傾向にあった。つまり、ご褒美を買ってもいいと思うためには、自分の意思でいいことをしたと感じる必要があるが、オーガニック商品を買わせるエコバッグの力に持参の動機は影響しないということだ。また、子どもがいて、家族のための食料品を購入する買い物客の場合は、エコバッグの持参の有無がオーガニック商品や嗜好品の購入に影響することはなかった。ご褒美と環境保護意識を両立させるためには、自分のために購入する必要があるのだろう。

嗜好品の購入を思いとどまらせる要因はほかにもある。レジ脇で嗜好品を買うときには、その値段がはっきり見えるかどうかがポイントとなる。値段が大きく書かれていたときには、ご褒美の意識は消えてなくなる。おそらく、財布を取りだすときに値段が目に入ることで、節約の意識が戻ってくるからだろう。しかし、重ねて言うが、これも自分の意思でエコバッグを持参したときだけに起こることだ。店側の方針により持ってきたときには、そもそもそうした品を買うことはほとんどないし、値段を見て購入をやめることもない。

これらの発見は、スーパーの売り上げにとって大きな意味がある。食料品販売業の市場規模は、五五〇〇億ドルだ。カーマーカーとボリンジャーによれば、独身客のエコバッグ持参率が現在の一・六パーセントから三・四パーセントに上昇すれば、オーガニック商品は一三・三パーセント、予定外の嗜好品は七・二六パーセント、それぞれ購入が増えるという。ひとりひとりで見ればたいした金額の差ではないが、売り上げ全体では年間八五〇万ドルの増加になる。しかし、エコバッグ持参は強制すると効果が薄れるので、売る側は気をつけなければいけない。さらに、人々がエコバッグを持っていくことに慣れてしまえば、オーガニック商品や嗜好品の購入に流れることはなくなっていくことも考えられる。

それをふまえて、カーマーカーとボリンジャーは、売り上げアップの戦略をアドバイスする。まず、たいていは店に入ってすぐのところにある、果物や野菜の売り場でひと工夫する。これから買い物をしようというときに、オーガニック野菜と普通の野菜の違いを目立たせたポップを見れば、エコバッグを持ってきたことで刺激された環境保護の意識がますます強まり、自然とオーガニックのものに手が伸びるかもしれない。それから、店内のあちこちに、エコバッグ持参を称賛するメッセージを掲げること。そうすれば、たとえ店側の強制であったとしても、自己満足感が高まり、甘いお菓子を買い物かごに放りこむかもしれない。しかも、7章で指摘したように、それらに「オーガニック」や「フェアトレード」と書かれていれば、購入の確率はさらに高まるだろう。

結局のところ、エコバッグを持参する客は、環境にも自分にもやさしいということになる。しかし、自分にやさしくするための善行は、環境保護のように壮大なものである必要はない。自分へのご褒美スイッチはちょっとしたことで入るからだ。東海岸にある大手スーパーマーケットで、一〇〇〇台以上の買い物カートに無線タグをつけて調査したところ、人々は体にいい商品が並ぶ通路で、ケールやグレープフルーツをカートに入れたあとは、たいてい〝悪徳〟のセクション、アルコールやアイスクリーム売り場に向かうことがわかった。[38] 私たちは善いことをしたときには、快楽で自分に報いるようだ。美徳と悪徳のバランスがとれるように、無意識に行動しているのだろう。

このバランス感覚は、カロリーの摂取に関して、とくに威力が発揮されるようだ。ダイエット中の一二六人を六週間追った調査では、ある週に体重ががくっと落ちた人は、翌週にはあまり落ちなくなるか、減った分以上に増えていた。[39] 私たちは、行動と体重のバランスを取るのがきわめてうまい（そのバランス地点を本人が好むかどうかは別問題だが）。このバランス感覚があるから、ダイエットは失敗するし、もともとケチな人は寄付をしたあとに寛大になれない。善行のあとに悪徳で報いる私たちのバランス感覚は、食以外でも発揮される。日々の生活のなかで道徳的な決断をくだしたときには、ほかで不道徳なことをしてもいいという気になるのである。

◎環境を保護すると意地悪になる？

友人のゾーイは、理由はわからないが、ホールフーズ・マーケットの出口で、救世軍の人たちに募金を呼びかけられるとイライラするのに、ウォルマートの出口なら寛大になれるという。ホールフーズで買う〈オネスト・ティー〉〈ナチュラル・バリュー〉〈ピュアリー・シンプル〉といった商品に共通点はあるのだろうか。どれもオーガニックであることに加えて、どのブランド名にも高潔さが感じられる。ホールフーズにはそういう名前の商品があふれているが、ウォルマートは違う。正しさを感じさせる名前の商品を買った客は、自分が正しいことをしているというかすかな優越感に浸ることになる。悲しいかな、私たちは道徳的な優越感に浸ると、その次には不道徳な行動に走ってしまう。

道徳的な浄化や優越感が、人間性に悪影響をおよぼすことを示す研究はたくさんある。大学生を集めておこなった実験では、昔やった非倫理的な行為を思い出してから除菌シートを使った人は、使わなかった人にくらべて、その後困っている学生を助けようとしない傾向が見られた。[40] こうした流れのなかで、倫理的な食べ物と倫理的な行動の関係についても、最近研究されるようになってきている。

ケンダル・エスキンは、ニューオーリンズのロヨラ大学で、食べ物に関する心理学と道徳について研究しており、そのなかで学生を三つのグループに分けて、さまざまな種類の食べ物の写真を見せる実験をおこなった。ひとつめのグループには、USDAオーガニックのリンゴなど、オーガニックでヘルシーな食べ物の写真、ふたつめのグループには、ブラウニーなどよくあるおやつの写真、最後のグループにはマスタードなど、前のふたつのグループのどちらにも分類されないものの写真を見せた。そのあとで、不道徳な行為について書いたものを六つ読んでもらい、それらがどの程度悪いと思うか評価してもらった。そして、実験の最後に、利他的な行動ができるかどうかを調べるために、これから別の実験に報酬なしで協力してもらえるか、もしできるなら何分くらい大丈夫か、と訊いた。オーガニック食品を見ただけで利己的になることを証明するように、ひとつめのグループの学生は、ほかのグループの学生より、不道徳な行為すべてを厳しく評価した。さらに、ボランティアにさける時間は、ほかの学生の半分だった。[41]

トロント大学でおこなわれた別の実験では、オンライン・ゲームのなかで、オーガニック商品を扱う店で買い物をするか、普通の店で買い物をするかによって、社会的な行動に変化があるかが検証された。こちらの結果も明白だった。環境保護を掲げる店で買い物をしたプレーヤーは、自己中心的になり、お金の分け方をごまかしたり、ずるいことをするようになった。[42]

オーガニック商品についての研究は、オーガニック食品を選ぶのは地球にはやさしいかもしれないが、人間には残念な結果をもたらすことを示している。道徳的に正しい食べ物を見たり、買ったりすれば、私たちは寛容性を失い、きつい判断を下し、自分のことばかり考え、不誠実な行動をとるようになるようだ。倫理性の高いブランドの商品に接すれば、モラルはあがりそうなものだが、実際には逆のことが起きる。

ゾーイがホールフーズの前で寄付を呼びかける救世軍になぜイライラしたのかといえば、オーガニック商品が並ぶ店内でモラルが刺激されたうえに、そこで何か買ったとしたら、その日はいいことをしたという満足感を得て、もう面倒くさいことには煩わされたくないと思ったからなのかもしれない。一方、ウォルマートにはオーガニック商品や、正しさをアピールする名前の商品はそれほどないので、寛大なままでいられたのだろう。倫理的にいいことをしたと感じた客は、財布のひもがかたくなる。だから、募金を集めたいなら、庶民的なスーパーの前で声をあげるといい。

特定の食べ物を示すマークを見たときに受ける影響はさまざまな方面におよぶ。とくにファストフードのマークを見たとき、私たちはせわしなくなるようだ。サイコロジカル・サイエンス誌に掲載された論文によれば、マクドナルドやケンタッキーフライドチキンなどのファストフードのことを考えたり、店のマークを思い浮かべたりした人は、読むスピードが速くなり、リンス・イン・シャンプーなどの時間を節約する商品を選び、さらに一週間後に受けとる金額より減ったとしても、いますぐお金を受けとることを希望したという[43]。時間を節約する技術が発達すればするほど、私たちの忍耐力は失われていくようだ。サイトを開くまでの一〇億分の一秒にいらだったことがない人はいないだろう。

ファストフードは私たちを急きたて、その結果、「急いては事を仕損じる」という皮肉な状況を生みだしている。こうした業態の特徴は、速さに加えて、値段が安く、経済的に厳しい人たちほどよく訪れるというところにあるからだ。ファストフードと肥満に明らかな関係があることはよく知られている。一八歳から六四歳までのミシガン州の住人四三一一人を対象に調査したところ、ファストフード店に行く回数が増えるほど、肥満率が高まるという結果が出た。週に一回以下の人は二四パーセント、週に三回以上の人は三三パーセントだった[44]。さらに、悲しいことに、こうしたファストフード店に通う人には、新鮮な果物や野菜を毎日買うゆとりがないことが多い。

新鮮な果物や野菜をたっぷりとるヘルシーな食生活を送るには、加工食品や精製された炭水化物を中心とした食生活にくらべて、年間約五五〇ドル余計にかかる[45]。アメリカ人の二〇パーセントを占める年収五〇〇〇ドルから二万ドルの人にとっては、この追加分は年収の一一パーセントにもなる。一方、年に九万五〇〇〇ドルから一〇万ドルを稼ぐ八パーセントの人にとっては、わずか〇・五パーセントだ[46]。さらに、世帯収入がもっとも低い層では、収入の三五パーセントを食費に使っており、もっとも高い層ではその割合ははるかに低くなる[47]。つまり、貧しい人は収入に占める食費の割合が高く、経済的にヘルシーなものを選ぶ余裕はなく、さらにファストフードがつねに目に入るために、一生懸命に稼いだお金をせっせとそこにつぎこんでいる、と言えるかもしれない。

次回、スーパーマーケットやレストランに行ったときには、食品のラベルやブランド、マークが購買行動、食行動、倫理行動に影響していること、そして、そこには経済的な負担が伴うことを考えてみてほしい。ファストフード店のドライブスルーで急いで買うのはやめて、地元のお気に入りのレストランや自宅で、チキン料理をゆったりと味わおう。

*11*章　食べ物は愛

スタンがトラックにはねられてから一〇カ月後のクリスマス。子どもたちはそれぞれのパートナーと子どもを連れてきている。結婚生活が暗礁に乗りあげるまえのことで、スタンは妻のシャーリーンが数日かけて用意したごちそうを楽しみにしている。シャーリーンは息子のティムのためにサプライズを用意していた。この数十年つくっていなかった、アプリコットをのせたメープル・スウィートポテト・キャセロールをつくったのだ。シャーリーンはスタンにも喜んでもらいたかった。ハネムーンのあいだ、ほとんど外に出ることのなかった田舎のロッジで、はじめてつくってあげた料理だったからだ。

みんながテーブルにつき、シャーリーンはキャセロールをティムの前に置く。「これってもしかして？」ティムは興奮した面持ちで訊く。「そうよ。さあ、食べてみて」ティムはたっぷりすくって口に入れ、目を閉じる。「信じられない。五歳のときのクリスマスみたいだ。あのヘンテコな靴を買ってくれたんだったよね？　なんだっけ、あれ……」そう言って、少しのあいだ床を見つめてから、はっとした表情で顔をあげる。「思い出した！　ムーンシューズだ」ティムは笑いだす。「あれをはじめて履いた日、もう少しで死ぬところだったんだよな。おっと、あれは誰にも言ってなかったんだっけ」ティムは『不思議の国のアリス』に出てくるチェシャ猫のようににんまりと笑い、思い出に浸りながら面白おかしく事件の顚末《てんまつ》を語る。

スタンは楽しそうな息子を見て幸せを感じるが、同時に不安も感じている。「おい、おれにも一口くれ」スタンは息子に記憶を呼び起こす魔法の料理をまわしてもらい、口に入れる。どろどろした甘いものに、ペカンとアプリコットが歯ごたえと嚙みごたえを加えている。それだけだった。これがおいしいのかどうか、どう反応したらいいのかわからなかった。「ねえ、あなた、私がはじめてこれをつくってあげたときのこと、覚えてる？」シャーリーンは期待をこめて訊く。スタンは料理を見つめ、口をゆがめる。思い出せないことが情けなくて恥ずかしくて、楽しい気分は一気にしぼむ。スタンが感じられたのはキャセロールの基本味と食感だけで、何かの記憶がよみがえることはなく、ただ絶望感に包まれる。

スタンは、フランスの大作家マルセル・プルーストを知らないが、プルーストがマドレーヌをお茶に浸して何気なく口に入れたとき、その香り豊かな風味に、完全に忘れていた幼少時の記憶が解き放たれたと聞いたら、きっと嫉妬するだろう。スタンは、もう二度と複雑な風味を感じる喜びは味わえないし、食べ物の香りに記憶や感情が呼び起こされることもない。

香りは、もっとも感情的な記憶を喚起する。嗅覚をなくすということは、人間ならではのこうした経験ができなくなるだけではなく、自分の一部も失うことを意味する。プルーストは、その体験をした幼少時からマドレーヌを食べるまでのあいだ、そのことを思い出したことは一度もなかったと書いている。同じように、ティムも母がスウィートポテト・キャセロールをつくらなかったら、五歳のときのクリスマスにもらったムーンシューズを思い出すことはなかったかもしれない。香りと風味が、永遠に忘れ去られたかもしれない人生の一場面を呼び起こしたのである。[1]

私たちは個々の記憶が集まってできている。記憶は自我をつくり、過去の自分、あるいは現在の自分をとりまく世界との橋渡しをしてくれる。そして、他者との絆を紡ぐノスタルジーを誘う。その本質において、食べ物は記憶であり、食べ物は感情である。食べ物の香りと風味は、この自我の源と喜びに火をつける。食べ物の香りが、過去に心地よい思いをしたときの感情や記憶にいかに密接に結びついているかを示す実験がある。被験者にお金のにおいや花の香り、香水など一二のにおいを嗅いでもらったところ、パンプキンパイのにおいを嗅いだときがもっともノスタルジーに浸れるという答えが返ってきたのである。[2]

はじめての食べ物の風味を経験するとき、そのときの状況はその食べ物と結びつけられる。だから、のちにそのにおいを嗅いだとき、あるいはその食べ物を味わったときには、最初の出会いの記憶、とくにそのときの感情や自分にとっての意味がよみがえってくる。スタンは、ハネムーンももうすぐ終わりという日の夕暮れ時に、シャーリーンのスウィートポテト・キャセロールをはじめて食べた。もしキャセロールの香りと風味をふたたび味わうことができたら、ティムが子どものころのクリスマスを思い出したように、スタンにもハネムーンの思い出がよみがえってくるだろう。

コンフォート・フードは、安らぎの記憶を呼び起こす。それは、その食べ物にはじめて接したときにいだいていた感情であり、たいていは子ども時代にさかのぼる。そして、成長して悲しいことや苦しいことがあったときには、落ちつくためにこうした特別な食べ物——その風味が、愛情や信頼、守られていたときの感覚を喚起する——を求める。そうして、実際に気分は少しよくなる。コンフォート・フードを、脂肪分が多いからといって悪者扱いすることはない。必要以上に安らがないようにすればいいのだ。しかし、なかなかやめられなくて困っている人でも、口にすることなく安心感を得る方法がある。

◎においで安らぐ

遠くにいる愛する人を想って、その人が着ていた衣類のにおいを嗅げば、安らぎを感じるだろう。[3]軍隊にいる恋人が遠くに駐留したとき、子どもが大学に進学して家を出たとき、配偶者や家族が亡くなったとき、その人のにおいに安らぎを求めるのはめずらしいことではない。誰でも経験することだが、こうした行動は一般的に女性に多いようだ。安らぎのにおいは愛情や安心、そのにおいのもととなる人との結びつきを感じさせる。

私はこれまで研究仲間とともに、被験者に記憶を語ってもらったり、脳の画像を解析したりして、さまざまな研究を重ねてきた。そのどれもが、同じ記憶でも、見る、聞く、触る、読むをきっかけに思い出すよりも、においをきっかけに思い出したもののほうが、鮮やかによみがえってくることを示している。[4]なぜ、においが強い感情とともに記憶をよみがえらせるのかといえば、人間の嗅覚が、扁桃核、海馬、視床下部という、脳のなかで感情、記憶、動機づけを処理する部分に直接つながっているからだ。このにおいの力を利用して、コンフォート・フードのにおいを嗅いで、幸せな気分を思い出すことができれば、実際にはケーキを食べずにすむかもしれない。つまり、心を落ちつかせるにおいを嗅ぐだけで、イライラを鎮めることができ、実際に食べる必要はなくなるのではないか。次回、何か動揺することがあって、安らぎが必要なときには、食べる前ににおいを吸いこんで落ちつくかどうか試してみてほしい。

恋人とけんかをしたときや悪いニュースを聞いたとき、あるいはわけもなくさびしいときには、何か特別なものを食べれば、気持ちを落ちつかせることができる。しかし、それは空腹が満たされるからではなく、その食べ物とにおいに心の飢えが満たされるからだ。炎天下を歩いているときに、脱水症状を起こさないように自然と体が塩分を求めるように、ストレスを感じているときには人は自然と心を満たすものを求める。そのひとつの方法が、特定の食べ物を楽しむことだ。ルー・リードが歌ったように、私たちは「ソウルフードと食べる場所を探して」いる。[5]だが、かわいそうなスタンはどうすればいいのだろう？

◎感覚のサポート

スタンのように、嗅覚を使って過去の幸せな時間をよみがえらせることができない人でも、ほかの感覚を利用すれば、食べ物から感情や記憶を呼び起こすことはできる。たとえば、食べるときに見た目に注意すれば、そこから何か得られるかもしれない。事故にあって嗅覚を失うといった悲劇は誰にでも起こることではないが、加齢により嗅覚が鈍くなっていくのは避けられない。そうなる前から食べ物の見た目にもっと注意を払いながら食べるようにすれば、現在だけではなく将来的にも食事をもっと楽しめるようになるだろう。

特別な食事を写真に撮るというのは、食の体験を豊かにする方法のひとつだ。鼻が利かなくなった人にはとくに役立つだろう。ちょっと変わったキャセロールや芸術的なサラダの写真を見れば、食べた場所や食べたときの気持ちを思い出すはずだ。食べ物の写真だけではなく、いっしょに食べた友人や家族の写真もあれば、さらにいい。たとえば、インスタグラムやスナップチャットを使えば、みんなで食べたごちそうの写真をシェアすることができる。同じようなごちそうを前にしたり、同じメンバーと集ったときに見返せば、そのときに感じた気持ちがよみがえってくるだろう。同様に、たとえば滝のそばなど、普通とは違う音が聞こえるレストランで食事をするとか、ファヒータが焼ける音に唾液がたまるというなら、それらの音を録音してあとから再生すれば、たとえにおいがわからなくても、エキゾチックなカリブ料理を思い出したり、ファヒータをよりおいしく味わうことができる。

写真や音が記憶や感情を喚起する力は、においや風味ほど強くないが、それでも大いに助けになる。スタンがハネムーンに行った時代にセルフィーが流行っていたら、おそらくキャセロールを前にシャーリーンといっしょに写真を撮ったはずで、それを見れば、風味を味わうことはできなくても、当時の愛情を感じることができただろう。愛の力は本当に偉大だ。回避・制限性食物摂取障害（ARFID）の人でも、愛があれば、意外なものが食べられるようになったりする。

ゲイブはある食べ物に夢中になっている。牡蠣だ。子どものころ、ほとんどの食感を受けつけず、なかでも牡蠣のようにぬるぬるとしたものはとくにだめだったことを思えば、これは驚くべきことだ。好き嫌いのない人でも牡蠣は苦手という人は多い。しかし、ゲイブにとって牡蠣は、つきあって八カ月になる恋人のメラニーへの愛を意味する。メラニーは牡蠣が大好きで、三回目のデートのときに、ゲイブに牡蠣を食べさせたのだった。ゲイブにとって、牡蠣を食べることは摂食障害を克服することと同義であり、彼自身、それを成し遂げたことを喜んでいた。彼が牡蠣を食べ続けることができるように、ゲイブとメラニーのつきあいが長く続くことを祈っている。

愛が味覚を変えることは科学的にも示されている。エモーション誌に掲載された、シンガポール国立大学のカイ・キン・チャンらの研究では、数百人の学生に、酸っぱいキャンディ、ビターなチョコレート、蒸留水の味を評価してもらうにあたって、テーマを与えて自身の体験を書いてもらったが、ロマンチックな経験について書いた学生は、幸せな時間やとくにこれといって感情に影響しない時間について書いた学生よりも、すべてを甘く感じていた。[6] 要するに、愛を感じたときのことを考えると、食べ物に含まれる甘さを強く感じるだけではなく、蒸留水のように砂糖を含まないものでも甘く感じるということだ。牡蠣には塩分とともにかすかな甘みがある。ゲイブに牡蠣は甘いか訊いてみると、甘いと言う。牡蠣を食べるときはいつもメラニーと食べているから、きっとそのせいだろうと思う。

愛が食べ物を甘くするというのは、愛を感じるときも甘さを感じるときも脳のなかの同じ報酬回路が機能することを思えば、興味深い現象だ。前帯状皮質は、何かいいことが起こりそうだと予感するときに重要な役割を果たす場所で、愛する人の写真を見ても、砂糖を口にしても活発に動く。

だから、愛情を感じたときに活発化する前帯状皮質が、甘味を感じる感覚を刺激し、そのために何を食べても——実際には甘くないものでも——甘みが感知されるということはあり得るだろう。[7] 想像してみてほしい。高い音を聞きながら、赤い丸い皿に盛って、スプーンを使って、愛する人のことを考えながら、チョコレートケーキを食べればどれだけ甘いことか！　世界各国で見られる、好きな人に甘いものをプレゼントする習慣は、不可解なものではないのかもしれない。思うにそれは、恋をしているときには甘いものはより甘く感じ、また甘みが恋をさらに盛りあげるという自然の摂理によるものなのではないか。恋をしているときには何もかもが甘く感じるものなのである。

◎食と感情

二〇一五年四月一八日、私は車のなかでナショナル・パブリック・ラジオの『アメリカズ・テスト・キッチン』を聴いていた。ゲストは、文化や美食をテーマとするエッセイスト、アダム・ゴプニクで、自身が手がけた『テーブル』という、流行らないレストランを舞台にシェフが奮闘するミュージカルについて語っていた。私はラジオの音量をあげて、ゴプニクが番組ホストのクリストファー・キンボールに語る、四週間のリハーサル期間の出来事に耳を傾けた。

ゴプニクは最初、シェフに料理、ワイン、食の哲学を歌わせていたが、みんなの反応を見て、このままでは大失敗すると悟った。そこで、シェフとその娘に、レストランの様子や、客がディナーを楽しんでいるところを歌わせたが、やはり響かなかった。行きづまったゴプニクは、主役のモデルとなったシェフと話をした。するとシェフは、働いていたレストランでは、そこで婚約したカップルからたくさんの手紙をもらったという話をしてくれた。最終的に店が閉店するまでに、婚約したカップルの数は一二四組にものぼったという。ゴプニクは、すばらしい料理ではなく、食べる人の気持ちだと気づき、レストランで一二四組のカップルが婚約したことを歌った。これは大当たりだった。ゴプニクは、多くの都市で保健局がレストランをA、B、Cとランクづけしているが、それより〝感情局〟をつくってそこがそのレストランでプロポーズをした人、開かれたお祝いの会、離婚した人などの数を示すようにすれば、これからそこで食事をする人の参考になるのではないか、と語った。[8]

料理人は、料理を味わうときの気持ちがいかに大切であるか、さらに、料理とは作り手と食べる人とのあいだのコミュニケーションであることをよく知っている。二〇一五年一一月七日、私はケンタッキー大学で開催された、記念すべきインターナショナル・ソサエティ・オブ・ニューロガストロノミー初のシンポジウムに出席した。[9] ヨーロッパやカナダ、アメリカから有名シェフ、神経科学者、農業と食の専門家、臨床栄養学者が集まり、食の意味、方法、効果をテーマに、啓蒙的な発表やおいしそうなデモンストレーションがおこなわれた。さまざまな情報が交換されるなかで、とくに印象に残ったのは、どのシェフも口をそろえて、料理の作り手は客と会話しなければならないと言っていることだった。完璧な食事をつくるためには、客の気持ちや希望を知る必要があり、それは人によって、機会によって違うというのである。

クリーミーな脂肪の喜び、スパイスの刺激、舌の上に広がる甘みだけではなく、それらをより味わい深くするにおい、言葉、見た目、音も相まって食は人を魅了する。こうした味覚はたしかに重要だが、食べ物を本当にすばらしいものにしているのは、人が食べながら味わう感情だ。アダム・ゴプニクのミュージカルでは、レストランの客が料理のおいしさを歌っても聴衆を感動させることはできなかった。観客の心をつかんだのは、客が見つけた愛だった。想いと食べ物が親密なダンスを繰りひろげるとき、食は信じられないような魅力を放つ。

◎食は人をあらわす

フランスの有名な食の大家、ジャン・アンテルム・ブリア＝サヴァランはフランス革命時には法律を生業《なりわい》とし、その後、食について執筆するようになった。著書『美味礼讃』は、死の二カ月前の一八二五年一二月に出版され、現在まで読み継がれている。食をテーマに、レシピ、考察、美食にまつわる逸話などが記された、後世に残る一冊だ。ブリア＝サヴァランはガストロノミー（美食学）というジャンルを確立したことで知られているだけではなく、名言もたくさん残している。「食べているものを教えてくれたら、あなたがどういう人か当ててみせよう」という言葉はとくに有名だ。

食べるものを育て、料理を発明したという点で、人間はほかの動物とは異なる。さらに、食は、その人がどういう人間であるかを語るときに欠かせない要素だ。食べるものは文化であり、個性である。日本人は朝食に納豆を食べ、西洋人はオムレツを食べる。私の好物はかならずしもあなたの好物ではない。食べ物は人をあらわす。やさしい人は甘いものを好み、砂糖を口にすれば誰でも親切になる。食は人の思考や感情を動かし、思考は私たちの体や食べたものに影響をおよぼす。食べ物が特定の記憶や感情を呼び起こすことからわかるように、人と食べ物との関係はきわめて個人的なものだ。私がいままでに食べたなかでいちばんおいしかったのは、一〇代のころに滞在したジェノバの宿で食べた、ちょっと変わったカルボナーラだ。あれから同じカルボナーラを見たことはないし、何度挑戦してもあの味を再現できたことはないが、あのときの記憶と気持ちは鮮明に残っている。私たちはものを食べているとき、単に物理的な何かを食べているのではなく、心に響く何かを食べているのだ。そこには概念やアイデア、心理的な意味合いがあり、それを用意してくれた人がいる。

　食べ物は心と体を満たすが、食べながら感覚をフルに活用すれば最大限に満たすことができる。普通のサラダをあえてカンディンスキー風に盛りつけなくても、食べ物は感性に訴える。食べ物は私たちを過去に、人に、世界に、そして自身に向き合わせる。食べ物は記憶であり、賛美するものであり、アイデンティティであり、会話であり、感情であり、喜びであり、痛みであり、恐怖であり、嫌悪するものであり、安らぎであり、罪悪感である。食べ物には、香り、塩味、酸味、甘み、苦み、風味、刺激、熱と冷たさがある。食べ物には、風味と味わい、芸術と視覚、音と音楽、質感とデザイン、言葉と詩、神々しさと退廃がある。食べ物は愛であり、食べ物は人生である。そして、何を食べるかによって心と体に与える影響が異なり、感覚や心理が食の体験とその結果を変えることを知るのは、大きな力となる。

訳者あとがき

本書を手にしたあなたは、おそらく食に興味がある、もしくは食べるのが好きという人ではないだろうか。「カリカリベーコンのにおい」を思い出して、口のなかに唾液が……という人もいるかもしれない。もし、そんなあなたが、この先一生、食の楽しみは一切味わえないと宣告されたらどうだろう。絶望するだろうか。

本書には、そういう人が登場する。不幸な事件により無嗅覚症となった男性だ。においが嗅げなくなったことで、料理上手な妻の手料理もおいしいと感じなくなり、体重は四五キロ増え、最終的に結婚生活は破たんする。

私たちは、嗅覚なくしては食べ物を味わうことができない。においと味わいの関係については、近年、ニューロガストロノミー（神経美食学）という学問分野が提唱され、食と脳の関係を科学的に解明しようと研究がすすめられている。しかし、おいしいかどうかを決めるのは、嗅覚だけではない。人の持つあらゆる感覚が、食の味わいに影響する。私たちがおいしいものを食べておいしいと感じるとき、体のなかで、そして脳のなかで、何が起こっているのだろうか。

著者レイチェル・ハーツ博士は、嗅覚心理学を専門とする嗅覚のスペシャリストだが、本書『あなたはなぜ「カリカリベーコンのにおい」に魅かれるのか』では、専門分野である嗅覚にとどまらず、視覚や聴覚なども含めたあらゆる感覚や心理状態が、私たちの食にどのような影響を与えているのか、また、逆に、食が私たちの感情や行動にどのような影響を与えているのかを、豊富な事例や研究結果をもとに解きあかしている。

ダイエット中の人には見逃せない情報も含まれている。たとえば、スーパーで買い物をするとき、「低カロリー」「低脂肪」といった言葉に心ひかれたことはないだろうか。とくにスイーツ。最近は低カロリーをうたったものが数多く並んでいる。ダイエット中の人にとっては、強い味方だ。ところが、それが逆効果だとしたら？　低カロリーをうたったものを食べれば食べるほど、代謝が悪くなって逆に太るかもしれないとしたら？　にわかには信じがたい話だが、人が頭のなかで考える内容によって、食べたもののカロリー消費まで変わってくるかもしれないというのだから驚きである。

そのほかにも、面白い話題が満載だ。ほんの一例をあげてみよう。

- 苦味をおいしいと思う人は、舌の肥えた人ではなくて、舌の鈍い人？　しかもアルコール依存症になるリスクがある？
- 甘いものが好きな人はいい人？
- ダイエットに効果があるにおいとは？
- 友人を招いたときに出すワインを高価なものだと思ってもらいたかったら、どんな音楽をかける？
- お酒を飲みすぎないようにするには、どんなグラスを選べばいい？

・オーガニック商品を買うと、意地悪したくなる?

どのテーマも科学的なアプローチが試みられているが、難しい専門用語はほとんど使われていないので、気軽に楽しんでいただけると思う。思わず「ねえねえ、知ってる?」と誰かに話したくなるような内容ばかりだ。

蛇足ながら、本書のタイトルにもなっている「カリカリベーコンのにおい」に関連して、あまり役に立たなさそうな情報をひとつ。アメリカ人はこのにおいが本当に好きらしく、3章に出てくるベーコンのにおいがする下着は、ジェイ・アンド・ディーズ・フーズ(J&D's Foods)社のウェブサイトで、実際に販売されている。NASAの技術を利用して開発したという、このベーコンが描かれた真っ赤な下着は、男性用だけではなく、女性用もあり、値段はどちらも一九ドル一九セント。洗濯しても大丈夫で、においは六カ月から一年くらいは持つという。ただし、犬を飼っている人、郵便配達人、動物園の飼育係、獣医師、サーカスの芸人(とくにライオン使い)には着用をおすすめしない、とのこと。さらに、同ウェブサイトでは、ベーコンのにおいのする枕カバーも売られている(いい夢が見られるかも?)。興味を覚えた方はのぞいてみてはいかがだろうか。

閑話休題。本書を読み終えるころには、食と五感、食と感情がいかに密接に結びついているかを実感してもらえるのではないかと思う。本当にダイエットに役立つかどうかは定かではない(著者も「食べる量を楽に減らせるとは、誰も言っていない。だから、ダイエットは難しい」と言っている)が、食の世界の新たな領域を楽しんでいただけたら幸いである。

なお、著者も謝辞のなかで言及している、ニューロガストロノミーの第一人者ゴードン・M・シェファード博士の著作には邦訳がある（『美味しさの脳科学――においが味わいを決めている』インターシフト刊）。本書を読んで、ニューロガストロノミーについてもっと詳しく知りたいと思われた方には、こちらをおすすめしたい。

著者は、カナダのトロント大学で心理学の博士号を取得後、ブリティッシュコロンビア大学、アメリカのモネル化学感覚研究所を経て、現在はブラウン大学とボストン・カレッジで教鞭をとる一方、ユニリーバ、SCジョンソン、コカ・コーラ、P&Gといったグローバル企業に対してコンサルティングもおこなっている。これまでに『あなたはなぜあの人の「におい」に魅かれるのか』『あなたはなぜ「嫌悪感」をいだくのか』（いずれも原書房刊）という二冊の著作がある。どちらも肩肘張らずに読める一般向けのサイエンス読み物で、知的好奇心を刺激してくれること請けあいだ。ぜひこちらもあわせて手にとってみていただきたい。

最後に、本書を翻訳する機会を与えてくださった原書房の相原結城さんをはじめ、翻訳作業をサポートしてくださったすべてのみなさまに心からお礼を申し上げます。

二〇一八年六月

川添節子

原注

序章

1 Hayley Dixon, "Cadbury facing revolt over new Dairy Milk," *The Telegraph*, September16,2013, http://www.telegraph.co.uk/foodanddrink/foodanddrinknews/10311826/Cadbury-facing-revolt-over-new-Dairy-Milk.html

1章　すてきな四人組

1 I. Depoortere, "Taste receptors of the gut: Emerging roles in health and disease." *Gut* 3 (2016): 179-90.
2 Y. Peng et al., "Sweet and bitter taste in the brain of awake behaving animals, *Nature* (2015): 512-15
3 K.Hardy et al., "The importance of dietary carbohydrate in human evolution." *Quarterly Review of Biology* 90(2015):22-68.
4 A. Thier, "The Sugar Cure," *Lucky Peach,* October 15, 2015, http://luckypeach.com/the-basics-of-grilling-meat-camino-oakland/.
5 David Owen, "Beyond taste buds: The science of delicious," *National Geographic*, November 13, 2015, http//ngm.nationalgeographic.com/2015/12/food-science-of-taste-text.
6 Marina Piechota, Professor of Psychiatry, Neuroscience and Pharmacology, Yale University, July 14, 2016. 私信
7 H. McGee, *On Food and Cooking: The Science and Lore of the Kitchen* (New York: Simon and Schuster, 2007).
8 B. Mosinger et al., "Genetic loss or pharmacological blockade of testes expressed taste genes causes male sterility," *Proceedings of the National Academy of Sciences* 110 (2013): 12319-24.
9 WNYC, "The Science Behind Obesity." September 8, 2016, http://www.wnyc.org/story/the-science-behind-obesity/.
10 Gina Kolata, "Skinny and 119 Pounds, but with the Health Hall marks of Obesity, *New York Times,* July 26, 2016, http://www.nytimes.com/2016/07/26/health/skinny-fat.html?em_pos=small&emc=edit_hh_20160722&nl=well&nl_art=3&lid=38753975&ref=headline&te=1.
11 G. Boden et al., "Excessive caloric intake acutely causes oxidative stress, GLUT4 carbonylation, and insulin resistance in healthy men, "*Science Translational Medicine* 7 (September 9, 2015): 304re7.
12 K. Keskitalo et al., "Sweet taste preferences are partly genetically determined: Identification of a trait locus on chromosome 16," *American Journal of Clinical Nutrition* 86 (2007):55-63.
13 L. D. Hwang et al., "A common genetic influence on human intensity ratings of sugars and high-potency sweeteners," *Twin Research and Human Genetics* 18 (2015): 361-67.
14 P. V. Joseph, D. R. Reed, and J. A. Mennella, "Individual differences among children in sucrose detection thresholds: relationship with age, gender, and bitter taste genotype, *Nursing Research* 65 (2016): 3-12.
15 J. A. Mennella et al., "Preferences for salty and sweet tastes are elevated and related to each other during childhood," *PLoS ONE* 9 (2014):e92201.
16 Keskitalo, "Sweet taste preferences."
17 A. Drewnowski, "Taste preferences and food intake," *Annual Review of Nutrition* 17 (1997): 237-53.
18 G. E. Kaufman et al., "An evaluation of the effects of sucrose on neonatal pain with 2 commonly used circumcision methods, *American Journal of Obstetrics and Gynecology* 186 (2002): 564-68.
19 同文献
20 "The Bris Ceremony," *Kveller*, http://www.kveller.com/article/the-bris-ceremony/
21 J. A. Mennella, "The flavor world of childhood," *Frontiers in Integrative Neuroscience* "Science of Human Flavor Perception" conference abstract, 2015
22 M. D. Lewkowski et al., "Sweet taste and blood pressure-related analgesia," *Pain* 106 (2003): 181-86.
23 T. Kakeda et al., "Sweet taste-induced analgesia: an fMRI study," *Neuroreport* 21 (2010): 427-31.
24 A. B. Kampov-Polevoy et al., "Sweet preference predicts mood altering effect of and impaired control over eating sweet foods,"*Eating Behaviors* 7 (2006): 181-87.
25 B.P. Meier et al., "Sweet taste preferences and experiences predict prosocial inferences, personalities, and behaviors," *Journal of Personality and Social Psychology* 102 (2012): 163-74
26 M. Al'absi et al., "Exposure to acute stress is associated with attenuated sweet taste," *Psychophysiology* 49 (2012): 96-103.
27 "Testing the Acidity of Vinegar," *Cultures for Health,*

http://www.culturesforhealth.com/learn/kombucha/testing-acidity-strength-vinegar/;"Approximate pH of Foods and Food Products," FDA/Center for Food Safety and Applied Nutrition, updated September 9, 2008, http://www.vldhealth.org/pdf/environmentalPDF/foodPH2007.pdf.

28 Robert Perkins, "Why is that so sour? New mechanism for tasting discovered," *USC News*, December 23, 2015, http://news.usc.edu/90235/why-is-that-so-sour-new-mechanism-for-tasting-discovered/; W. Ye et al., "The K+ channel KIR2.1 functions in tandem with proton influx to mediate sour taste transduction," *Proceedings of the National Academy of Sciences* 113 (2016): E229-38.

29 Jesus Diaz, "Sour Candy Is Almost As Bad For Your Teeth As Battery Acid,"*Gizmodo*, November 17, 2011, http://gizmodo.com/5860593/sour-candy-is-almost-as-bad-for-your-teeth-as-battery-acid.

30 R. Wrangham, "Flavor in the context of ancestral human diets," *Frontiers in Integrative Neuroscience* "Science of Human Flavor Perception" conference abstract, 2015.

31 M. Nakagawa, K. Mizuma, and T. Inui, "Changes in taste perception following mental or physical stress," *Chemical Senses* 21 (1996): 195-200.

32 C. Noel and R. Dando, "The effect of emotional state on taste perception," *Appetite* 95 (2015): 89-95.

33 Nakagawa, Mizuma, and Inui, "Changes in taste perception."

34 T. P. Heath et al., "Human taste thresholds are modulated by serotonin and noradrenaline," *Journal of Neuroscience* 26 (2006): 12664-71.

35 M. Bertino, G. K. Beauchamp, and K. Engelman, "Long-term reduction in dietary sodium alters the taste of salt," *American Journal of Clinical Nutrition* 36 (1982): 1134-44.

36 M. Bertino, G. K. Beauchamp, and K. Engelman, "Increasing dietary salt alters salt taste preference," *Physiology and Behavior* 38 (1986):203-13

37 S. R. Crystal and I. L. Bernstein, "Infant salt preference and mother's morning sickness," *Appetite* 30 (1998): 297-307.

38 S. R. Crystal and I. L. Bernstein, "Morning sickness: Impact on off spring salt preference," *Appetite* 25(1995): 231-40.

39 L. J. Stein et al., "Increased liking for salty foods in adolescents exposed during infancy to a chloride-deficient feeding formula," *Appetite* 27 (1996): 65-77.

40 M. Leshem, "Salt preference in adolescence is predicted by common prenatal and infantile mineral-fluid loss," *Physiology and Behavior* 63 (1998): 699-704.

41 M. O'Donnell et al., "Urinary sodium and potassium excretion, mortality, and cardiovascular events," *New England Journal of Medicine* 371 (2014): 612-23

42 A. Mente et al., "Associations of urinary sodium excretion with cardiovascular events in individuals with and without hypertension: A pooled analysis of data from four studies," *The Lancet* 388 (2016): 465-75.

43 Steven Reinberg, "Americans Still Eat Too Much Salt: CDC," Health Day, http://consumer.healthday.com/public-health-information-30/centers-for-disease-control-news-120/americans-still-eat-too-much-salt-cdc-683236.html

44 レイチェル・ハーツ『あなたはなぜ「嫌悪感」をいだくのか』2012年、原書房

45 G. Bell, and H-J. Song, "Genetic basis for 6-n-propylthiouracil taster and supertaster status determined across cultures," in J. Prescott and B. J. Tepper, eds., *Genetic Variation in Taste Sensitivity* (New York: Marcel Dekker, 2004).

46 J. E. Mangold et al., "Bitter taste receptor gene polymorphisms are an important factor in the development of nicotine dependence in African Americans," *Journal of Medical Genetics* 45 (2005): 578-82.

47 M. D. Basson et al., Association between 6-n-propylthiouracil (PROP) bitterness and colonic neoplasms, *Digestive Diseases and Sciences* 50 (2005): 483-89.

48 A. Milunicova et al., "Hereditary blood and serum types, PTC test and level of the fifth fraction of serum lactatedehydrogenase in females with gynecological cancer (II. Communication)," *Neoplasma* 16 (1969) 311-16.

49 S.T. DiCarlo and A. S. Powers, "Propylthiouracil tasting as a possible genetic association marker for two types of alcoholism," *Physiology and Behavior* 64 (1998): 147-52; V. B. Duffy, J. M. Peterson, and L. M. Bartoshuk, "Associations between taste genetics, oral sensation and alcohol intake," *Physiology and Behavior* 82 (2004): 435-45

50 B. G. Oberlin et al., "Beer flavor provokes striatal dopamine release in male drinkers: Mediation by family history of alcoholism," *Neuropsychopharmacology* 38 (2013): 1617-24.

51 M. Macht and J. Mueller, "Increased negative emotional responses in PROP supertasters, *Physiology and Behavior* 90 (2007): 466-72.

52 R. S. Herz, "PROP taste sensitivity is related to visceral but not moral disgust," *Chemosensory Perception* 4 (2011): 72-79

53 C. Sagioglou and T. Greitemeyer, "Individual differences in bitter taste preferences are associated with antisocial personality traits, *Appetite* 96 (2015): 299-308.

54 K. J. Eskine, N. A. Kacinik, and J.J. Prinz, "A bad taste in the mouth: Gustatory disgust influences moral judgment," *Psychological Science* 22 (2011): 295-99.

55 R. S. Ritter and J. L. Preston, "Gross gods and icky atheism: Disgust responses to rejected religious beliefs, *Journal of Experimental Social Psychology* 47 (2011): 1225-30

56 K. J. Eskine, N. A. Kacinik, and G. D. Webster, "The bitter truth about morality: Virtue, not vice, makes a bland beverage taste nice, *PLoS ONE* 7 (2012): 41159

57 V. Erden et al., "Relation between bitter taste sensitivity and incidence or intensity of propofol injection pain, *European Journal of Anaesthesiology* 24 (2007): 516-20.

58 N. Kälble et al., "Gustatory and olfactory function in the first trimester of pregnancy," *European Journal of Obstetrics and Gynecology and Reproductie Biology* 99 (2001): 179-83.

59 M. A. Carskadon et al., "Circadian influences on smell and taste detection thresholds: Preliminary results from adolescents, *Sleep* 38 (2015): A67.

60 "Immune System Protein Regulates Sensitivity to Bitter Taste," Monell Center, April 21, 2015, http://www.monell.org/news/news_releases/TNF_bitter_taste.

61 P. Feng et al., "Regulation of bitter taste responses by tumor necrosis factor," *Brain, Behavior, and Immunity* 49 (October 2015): 32-42.

62 Jill U. Adams, "Taste Receptors in the Nose Help Fight Infections," *Scientific American*, August 19, 2014, http//www.scientificamerican.com/article/taste-receptors-in-the-rose-help-fight-infections/

2章 おいしい仲間たち

1 "The Taste of Electrie Currents, *improbable Research*, http://www,improbable.com/2014/01/15/the-taste-of-electric-currents-part-1-of -2/; Johann Georg Sulzer," *Wikipedia*, https://en.wikipedia.org/wiki/Johann_Georg_Sulzer.

2 L. M. Bartoshuk, "Taste," in J. E. Wolfe et al., eds., *Sensation and Perception* (Sunderland, MA: Sinauer Associates, 2014) 参照

3 J.Prescott, "Effects of added glutamate on liking for novel food flavors," *Appetite* 42 (2004): 143-50.

4 Harold McGee, "On MSG and Chinese Restaurant Syndrome," *Lucky Peach*, Summer 2011, http://luckypeach.com/on-msg-and-chinese-restaurant-syndrome/.

5 N. Shigemura et al., "Genetic and molecular basis of individual differences in human umami taste perception," *PLoS ONE* 4 (2009): e6717-e6717.

6 David Nield, "Scientists Have Discovered a New Taste, and It Could Help Us Treat Obesity, *Science Alert*, July 21, 2015, http://www.sciencealert.com/scientists-have-discovered-a-new-taste-and-it-could-help-us-treat-obesity.

7 "FDA Approves Fat Substitute, "Olestra," U.S. Department of Health and Human Services, https://archive.hhs.gov/news/press/1996pres/9601242html; "Olestra,"*Wikipedia*, https://en.wikipedia.org/wiki/Olestra.

8 "Essential Fatty Acids," Physicians Committee for Responsible Medicine website, http//www.pcrm.org/health/health-topics/essential-fatty-acids.

9 C. A. Running, B. A., Craig, and R.D. Mattes, "Oleogustus: The unique taste of fat," *Chemical Senses*, published online July 3, 2015; M. Y. Pepeino et al., "The fattyacid translocase gene CD96 and lingual lipase influence oral sensitivity to fatin ohese subjects," *Journal of Lipid Research* 53 (2012): 561-66.

10 P. Platte et al., "Oral perceptions of fat and taste stimuli are modulated by affect and mood induction," *PLoS ONE* 8 (2013): e6500G.

11 B. V. Howard et al., "Low-fat dietary pattern and risk of cardiovascular disease: The Women's Health Initiative Randomized Controlled Dietary Modification Trial," Journal of the American Medical Association 293 (2006): 655-66.

12 S. K. Venn-Watson, "Increased dietary intake of saturated fatty acid heptadecanoic acid (C17:0) associated with decreasing ferritin and alleviated metabolic syndrome in dolphins," *PLoS ONE* 10 (2015) : e0132117.

13 Kat Gilmore, "Study finds high-Eat diet changes gut

microflora, signals to brain," *UGA Today,* July 7, 2015, http://news.uga.edu/releases/article/high-fat-diet-changes.gut-microflora-signals-to-brain-0715/

14 M. G. Tordoff, "The case for a calcium *Appetite* in humans," in C. M. Weaver and R. P. Heaney, eds., *Calcium in Human Health* (New York: Humana Press, 2006), 247-66.

15 Charles Q. Choi, "Sixth 'Taste' Discovered-Calcium," *Live Science*, August 20, 2008, http//www.livescience.com/5059-sixth-taste-discovered-calcium.html

16 "Eating Clay: Lessons on Medicine from Worldwide Cultures, *Enviromedica*, http://www.magneticlay.com/eating-clay.php.

17 Linda Chen, "The Old and Mysterious Practice of Eating Dirt, Revealed." *The Salt*, NPR, April 2, 2014, http://www.npr.org/sections/thesalt/2014/04/02/297881988/the-old-and-mysterious-practice-of-eating-dirt-revealed.

18 M. G. Tordoff et al., "T1R3: A human calcium taste receptor," *Scientific Reports* 2: 496 (2012).

19 "14 Non-Dairy Foods That Are High in Calcium," *Health*, http://www.health.com/health/gallery/o,,20845429-3,00.html.

20 M. G. Tardoff, "The case for a calcium *Appetite* in humans," in Weaver and Heaney, eds., *Calcium in Human Health*. 参照

21 Exact dimensions: 215,000 square feet.

22 Mellhenny Company, Tabasco Sauce website, http://www.tabasco.com/mcilhenny.company/faqsearchives/show.hoteis-each-flavor.

23 "Bhut Jolokia," *Wikipedia*, http://en.wikipedia.org/wiki/Bhut_Jolokia.

24 "Hottest chili," Guinness World Records, http://www.guinnessworldrecords.com/world-records/hottest-chili; "Top 10 Hottest Pepe pers, *Pepperhead*, https://www.crazyhot seeds.com/top-10-worlds-hottest-peppers/

25 I. Borbiro, D. Badheka, and T. Rohacs, Activation of TRPV1 channels inhibits mechanosensitive Piezo channel activity by depleting mem brane phosphoi nositides, *Science Signaling* 8 (2015): r15.

26 M. Chopan and B. Littenberg, "The association of hot red chili pepper consumption and mortality: A large population-based cohort study," *PLoS ONE* 12 (2017): 0169876.

27 N. K.Byrnes and J. E. Hayes, "Personality factors predict spicy food like ing and intake," *Food Quality and Preference* 28 (2013): 213-21.

28 N. K.Byrnes and J. E. Hayes, "Gender differences in the influence of personality traits on spicy food liking and intake," *Food Quality and Preference* 42 (2015): 12-19.

29 L. Begue et al., "Some like it bot: Testosterone predicts laboratory eating behavior of spicy food," *Physiology and Behavior* 139 (2015)-375-77.

3章　嗅覚に従う

1 匿名性を保つために、名前と詳細を変えています。

2 A. Wrzesniewski, C. McCauley, and P. Roxin, "Odor and affect: Individual differences in the impact of odor on liking for places, things and people," *Chemical Senses* 24 (1999): 713-21.

3 *Guides to the Evaluation of Permanent wpirment* 6th Edition (2008). American Medical Association.

4 Dr. Steven Van Toller, July 28, 2010. 私信

5 リチャード・ランガム『火の賜物―ヒトは料理で進化した』2010年、NTT出版

6 ニューロガストノロミー（神経美食学）は、私たちの食体験を決定する料理、生化学、および神経心理学的要因を解明しようとする学問分野。

7 R. Ni et al., "Optimal directional volatile transport in retronasal olfacetion", *Proceedings of the National Academy of Sciences* 112 (2015): 14700=14701: Angus Chen, "Mechanics Of Eating: Why You'll Miss Fla. vor If You Scarf Your Food, *The Salt*, NPR, November 10, 2015, http:// www.npr.org/sections/thesalt/2015/11/10/455475805/mechanics-of-eating-why youll-miss-flavor- if-you-scarf-your-food.

8 Ryn Gargulinski, "Top 5 Causes of Accidental Deathinthe United States, *Listosaur.com*, July 22, 2011, http://listosaur.com/miscellaneous/top-5-causes-of-accidental-death-in-the-united-states/.

9 Herz, R. (January 21, 2008). Buying by the Nose. *ADWEEK*. http://www.adweek.com/brand-marketing/buying-nos-94779/.

10 I. Fedoroff, J. Polivy, and C. P. Herman, "The specificity of restrained versus unrestrained eaters' responses to food cues: General desire to eat, or craving for the cued food?" *Appetite* 41 (2003): 7-13.

11 M. R. Yeomans, "Olfactory influences on *Appetite* and satiety in humans," *Physiology and Behavior* 87 (2006): 800-804.

12 S. Chambaron et al., "Impact of olfactory and auditory priming on the attraction to foods with high

energy density," *Appetite* 95 (2015): 74-80.

13 M. Gaillet-Torrent et al., "Impact of a non-attentively perceived odour on subsequent food choices," *Appetite* 76 (2014): 17-22.

14 C. P. Herman and J. Polivy, "The Self-Regulation of Eating: Theoretical and Practical Problems," in R. F. Baumeister and K. D. Vohs, eds., *Handbook of Self-Regulation* (New York: Guilford, 2004), 492-508; K.E. Demos, W.M. Kelley, and T. F. Heatherton, "Dietary restraint vio. lations influence reward responses in nucleus accumbens and amy dala," *Journal of Cognitive Neuroscience* 23 (2011): 1952-63

15 L. Fedoroff, J. Polivy, and C. P. Herman, "The specificity of restrained versus unrestrained eaters' responses to food cues: general desire to eat, or craving for the cued food?" *Appetite* 41 (2003): 7-13.

16 M. A. Anaya Moreno et al., "Different cerebral connectivity of obese and lean children studied with fMRI," AIP Conference Proceedings 1626 (2014): 106-9; Rick Nauert, "Food Smells Activate Impulse Area of Brain in Ohese Kids," *PsychCentral*, November 25, 2015, http:// psychcentral.com/news/2015/11/25/smell-of-food-activates-impulse-area-of-brain-in-obese-children/95352.html

17 A. R. Sutin et al., "'I know not to, but I can't help it': Weight gain and changes in impulsivity-related personality traits," *Psychological Science* 24 (2013): 1323-28.

18 Mailonline Reporter, "Freshly Baked Bread, Bacon and Freshly Cut Grass: Our Top 50 Favourite Smells Revealed (And the 20 Worst)," *Daily Mail,* May 25, 2015, http://www.dailymail.co.uk/news/article-3096334/Our-50-favourite-smells-revealed-20-worst.html

19 Erin De Jesus, "Oscar Mayer Develops Stunt Bacon Alarm Clock," *Eater*, March 6, 2014, http://www.eater.com/2014/3/6/6267729/oscar-mayer-develops-stunt-bacon-alarm-clock.

20 "Bacon Scented Underwear, J & D's company website, http://www.jdfoods.net/products/getweird/baconscentedunderwear/.

21 D.D. Dilks, P. Dalton, and G. K. Beauchamp, "Cross-cultural variation in responses to malodors," *Chemical Senses* 24 (1999): 599.

22 Whitney Filloon, "Oscar Mayer's Dating App for Bacon Lovers Will Help You Find True, Greasy Love," *Eater*, September 16, 2015, http:// www.eater.com/2015/9/16/9337831/sizzle-bacon-dating-app-oscar-mayer.greasy-love; http://www.cnet.com/news/oscar-mayer-bacon-based-dating-app-sizzl/.

23 R. J. Stevenson, R. A. Boakes, and J. P. Wilson, "Resistance to extinction of conditioned odor perceptions: Evaluative conditioning is not unique," *Journal of Experimental Psychology: Learning Memory and Cognition* 26 (2000): 423-40; J. G. Lavin and H.T. Lawless, "Effects of color and odor on judgments of sweetness among children and adults," *Food Quality and Preference* 9 (1998): 283-89.

24 R. J. Stevenson, J. Prescott, and R. A. Boakes, "The acquisition of taste properties by odors, *Learning and Motivation* 26 (1995): 433-55.

25 H. S. Seo et al., "A salty-congruent odor enhances saltiness: Functional magnetic resonance imaging study," *Human Brain Mapping* 34 (2013) 62-76.

26 M. Emorine et al., "Combined heterogeneous distribution of salt and aroma in food enhances salt perception, *Food and Function* 6 (2015): 1449-59.

27 A. L. Powell et al., "Uniform ripening encodes a Golden 2-like tranescription factor regulating tomato fruit chloroplast development," *Science* 336 (2012) 1711-15.

28 L. M. Bartoshuk and H. J. Klee, "Better fruits and vegetables through sensory analysis," *Current Biology* 23 (2013): R374-78.

29 P. Dalton et al., "The merging of the senses: Integration of subthreshold taste and smell." *Nature Neurosciences* (2000): 431-32.

30 D. M. Small et al., "Experience-dependent neural integration of taste and smell in the human brain," *Journal of Neurophysiology* 92 (2014): 1892-1993

31 Seo et al., "Asalty-congruent odor enhances saltiness."

32 D. G. Liem et al., "Health labelling can influence taste perception and use of table salt for reduced-sodium products," *Public Health Nutrition* 15 (2012): 2340-47.

33 J. Prescott, Taste Matters: *Why We Like the Foods We Do* (London: Reaktion Books, 2013).

34 J. Prescott and J. Wilkie, "Pain tolerance selectively increased by a sweet-smelling odor, *Psychological Science* 18 (2007): 308-11.

35 P.G. Hepper et al., "Long-term flavor recognition in humans with prenatal garlic experience," *Developmental Psychobiology* 55 (2013): 568-74.

36 Mennella, "The flavor world of childhood."

37 R. Haller et al., "The influence of early experience

with vanillin on food preference in later life," *Chemical Senses* 24 (1999): 465-67.

38 Kathleen Doheny, "One Person's 'Healthy, May Be Another's Junk Food," *WebMD*, November 19, 2015, http://www.webmd.com/diet/20151119/blood-sugar-diet-food?page-2.

39 Jonah Comstock, "Campbell's Soup Invests $32M in Personalized Nutrition Startup Habit," *Mobi Health News*, October 26, 2016, http:// www.mobihealthnews.com/content/campbells-soup-invests-32m-personalized-nutrition-startup-habit.

40 I. Dudova et al., "Odor detection threshold, but not odor identification, is impaired in children with autism," *European Child and Adolescent Psychiatry* 20 (2011): 333-40.

41 詳しくはこちらを参照のこと。レイチェル・ハーツ『あなたはなぜあの人の「におい」に魅かれるのか』2008年、原書房

42 Y. Endevelt-Shapiraet al., "Disinhibition of olfaction: Human olfactory performance improves following low levels of alcohol," *Behavioural Brain Research* 27 (2014): 66-74.

43 D. Hanci and H. Altun, "Hunger state affects both olfactory abilities and gustatory sensitivity," *European Archives of Oto-Rhino-Laryngology* 273 (2016): 18371641.

44 A. Andries et al., "Dronabinol in severe, enduring anorexia nervosa: A randomized controlled trial," *International Journal of Eating Disorders* 47 (2014): 18-23.

45 E. Soria-Gómez et al., "The endocannabinoid system controls food intake via olfactory processes, *Nature Neuroscience* 17 (2014): 407-15.

46 R. S. Herz et al., "The influence of circadian timing on odor detection, *Chemical Senses* (2017).

47 N. Thiebaud et al., "Hyperlipidemic diet causes loss of olfactory sensoryneurons, reduces olfactory discrimination, and disrupts odor-reversal learning." *Journal of Neuroscience* 34 (2014): 6970-84.

48 L. D. Stafford and A. Whittle, "Obese individuals have higher preference and sensitivity to odor of chocolate," *Chemical Senses* 40 (2015): 279-84.

49 B. P. Patel et al., "Greater perceived ability to form vivid mental images in individuals with high compared to low EMI," *Appetite* 91 (2015): 185.

50 L. F. Donaldson et al., "Taste and weight: Is there a link?" *American Journal of Clinical Nutrition* 90(2009): 800S-803s.

４章　食べ物との闘い

1 レイチェル・ハーツ『あなたはなぜ「嫌悪感」をいだくのか』2012年、原書房

2 P. Pliner and K. Hobden, "Development of a scale to measure the trait of food neophobia in humans," *Appetite* 19 (1992): 105–20. Reproduced with permission from Patricia Pliner, August 12, 2015.

3 P. Pliner, "Development of food neophobia in children," *Appetite* 29 (1994): 247-63.

4 N. Zucker et al., "Psychological and psychosocial impairment in preschoolers with selective eating. *Pediatrics* 136 (2015): 589.90.

5 Dr. Dina Kulik, "The Little-known Eating Disorder Your Picky Kids Could Have," *Globe and Mail*, June 28, 2015, http://www .theglobeandmail.com/life/health-and-fitness/health-advisor/ the-little-knows-eating-disorder-your-picky-kids-could-have/article25141129/.

6 Dina Rose's website, *It's Not About Nutrition*: "The Argument Against Making Food Fun for Toddlers," May 7, 2015, http:// itsnotahoutnutrition.com/home/tag/picky-eater, and "Dina's Book," http://itsnotabout nutrition.com/dina-rose-book/.

7『DSM-5 精神疾患の診断・統計マニュアル』改訂第５版、2014年、医学書院

8 "Anorexia Nervosa," National Eating Disorders Association website, https//www.nationaleatingdisorders.org/anorexia nervosa.

9 Statistics: How Many People Have Eating Disorders?," Anorexia Nervosa and Related Eating Disorders website, https://www.anred.com/stats html.

10 K.T. Legget et al., "Harnessing the power of disgust: A randomized trial to reduce high-calorie food appeal through implicit priming." *American Journal of Clinical Nutrition* 102 (2015): 249-55.

11 D. M. Bernstein et al., "False beliefs about fattening foods can have healthy consequences." *Proceedings of the National Academy of Sciences* of the United States of America 102 (2005): 13724-31.

12 Stuart Wolpert, "Dieting Does Not Work, UCLA Researchers Report," *UCLA Newsroom*, April 3, 2007, http://newsroom.ucla.edu/releases/ Dieting Does Not-Worlo-UCLA-Researchers-7892; Statistics on Diet ing and Eating Disorders," Monte Nido & Affiliates website, https://www.montenido.com/pdf/montenido_statistics.

pdf.
13 R. A. de Wijk et al., "Food aroma affects bite size," *Flavour* 1 (2012):3-8.
14 R. M. Ruijschop et al., "Acute effects of complexity in aroma composition on satiation and food intake," *Chemical Senses* 35 (2009): 91-100.
15 "Grapefruit Diet," *Wikipedia,* http//en.wikipedia.org/wiki/Grapefruit_diet; Maureen Callahan, "The Grapefruit Diet, *Health*, last updated October 4, 2010, http://www.health.com/health/article/0,,20410196,00.html.
16 R. Chudnovskiy et al., "Consumption of clarified grapefruit juice amesliorates high-fat diet induced insulin resistance and weight gain in mice, *PLoS ONE* 9 (2014): e108408.
17 A. Niijima and K. Nagai, "Effect of olfactory stimulation with flavor of grapefruit oil and lemon oil on the activity of sympathetic branch in the white adipose tissue of the epididymis, *Experimental Biology and Medicine* 228 (2003): 1190-92.
18 Anahad O'Connor, "Is the Secret to Olive Oil in Its Scent?," *New York Times* "Well blog, March 29, 2013, http://well.blogs.nytimes .com/2013/09/29/is-the-secret-to-olive oil-in-its-scent/?_r=D; Per sonal communication, Malte Rubach, March 9-10 and September 29, 2015; *Fettwahrnehmung und Sättigungsregulation: Ansatz zur Entwicklung fettreduzierter Lebensmittel* (Bonn: University of Bonn Press, 2012)
19 J.G. Lavin and H.T. Lawless, "Effects of color and odor on judgments of sweetness among children and adults," *Food Quality and Preference* 9 (1998): 289-89.
20 S. Frank et al., "Olive oil aroma extract modulates cerebral blood flow in gustatory brain areas in humans, *American Journal of Clinical Nutrition* 98 (2013): 1960-66.
21 B. Suesset al., Theodorant (R)-citronellal attenuates caffeine bitterness by inhibiting the bitter receptors TAS2R 43 and TAS246." Journal of Agricultural and Food Chemistry (2016). DOI: 10.1021/acs.jafc.tb03554.
22 Kara Platoni's website, "Live, Fast, Die Old," http://www.karaplatoni.com/stories/calorierestriction.html
23 E. Kemps and M. Tiggemann, "Hand-held dynamic visual noise reduces naturally occurring food cravings and craving-related consumption," *Appetite* 68 (2013): 152-57.
24 J. Skorka-Brown et al., "Playing Tetris decreases drug and other crareings in real world settings." Addictive Behaviors 51 (2015): 165-70.
25 J. Andrade et al., "Use of a clay modeling task to reduce chocolate craring, *Appetite* 58 (2012): 955-63.
26 D. J. Kavanagh, J. Andrade, and J. May, "Imaginary relish and exquisite torture: The elaborated intrusion theory of desire," *Psychological Review* 112 (2005): 446-67.
27 R. Kabatznick, *The Zen of Eating: Ancient Answers to Modern Weight Problems* (New York: Berkeley, 1998).
28 U. Khan and R. Dhar, "Where there is a way, is there a will? The effect of future choices on self-control," *Journal of Experimental Psychology General* 196 (2007): 277-88.
29 N. J. Buckland, G. Finlayson, and M. M. Hetherington, "Pre-exposure to diet-congruent food reduces energy intake in restrained dieting women," *Eating Behaviors* 14 (2019): 249-54.
30 E. Kemps, M. Tiggemann, and S. Bettany, "Non-food odorants reduce chocolate cravings," *Appetite* 58 (2012): 1087-90.
31 E. Kemps and M. Tiggemann, "Olfactory stimulation curbs food crareings," *Addictive Behaviors* 8 (2013): 1550-54.
32 M. W. Firmin et al., "Effects of olfactory sense on chocolate craving," *Appetite* 105 (2016): 700-704.

5章 目で味わう

1 B. Wansink, "Environmental factors that increase the food intake and consumption volume of unknowing consumers," *Annual Reviews of Nutrition* 24 (2004): 455-79.
2 G. J. Privitera and H. E. Creary, "Proximity and visibility of fruits and vegetables influence intake in a kitchen setting among college stuedents," *EaterEnvironment and Behavior* 45 (2013): 876-86.
3 C. Michel et al., "A taste of Kandinsky: Assessing the influence of the artistic visual presentation of food on the dining experience," Flavour 3 (2014): 1-11.
4 G. Morrot, F. Brochet, and D. Dubourdieu, "The color of odors, "*Brain and Language* 79 (2001): 309–20.
5 M. Shankar et al., "An expectations based approach to explaining the Cross-modal influence of color on orthonasal olfactory identification: The influence of the degree of discrepancy," *Attention, Perception, and Psychophysics* 72 (2010): 1981-93.

6 K. Dutton, "The power to persuade," *Scientific American* Mind 21 (2010): 24-31; F. Brochet, "Chemical object representation in the field of consciousness," 2001, application presented for the grand prix of the Academie Amorim following work carried out towards a doctorate. From the Faculty of Oenology, General Oenology Laboratory, Talence, France.

7 H. Plassmann et al., "Marketing actions can modulate neural representations of experienced pleasantness," *Proceedings of the National Academy of Sciences* 105 (2008): 1050-54.

8 R. S. Herz and J. von Clef, "The influence of verbal labeling on the perception of odors: Evidence for olfactory illusions?" *Perception* 30 (2001): 381-91.

9 I. E. de Araujo et al., "Cognitive modulation of olfactory processing." *Neuron* 46 (2005): 671-79.

10 B. C. Regan et al., "Fruits, foliage and the evolution of primate colour vision," *Philosophical Transactions of the Royal Society B: Biological Sciences* 356 (2001): 229-83.

11 J. Johnson and F. M. Clydesdale, "Perceived sweetness and redness in colored sucrose solutions," *Journal of Food Science* 47 (1982): 747-52.

12 R. Fernandez-Vazquez et al., "Color influences sensory perception and liking of orange juice," *Flavour* 3 (2014): 1.

13 M. U. Shankar et al., "The influence of color and label information on flavor perception," *Chemosensory Perception* 2 (2009): 53-58.

14 D. A. Zellner, A. M. Bartoli, and R. Eckard, "Influence of color on odor identification and liking ratings," *American Journal of Psychology* 104 (1991): 547-61.

15 M. Shankar, C. A. Levitan, and C. Spence, "Grape expectations: The role of cognitive influences in color-flavor interactions," *Consciousness and Cognition* 19 (2010): 380-90.

16 粒状にするために分子ガストロノミーで用いられる古典的な調理法。

17 D. Wadhera and E. D. Capaldi-Phillips, "A review of visual cues associated with food on food acceptance and consumption, *Eating Behaviors* 15 (2014): 132-43. 参照

18 B. Wansink, "Environmental factors that increase the food intake and consumption volume of unknowing consumers," *Annual Reviews of Nutrition* 24 (2004): 455-79.

19 B. Piqueras-Fiszman and C. Spence, "The influence of the color of the cup on consumers' perception of a hot beverage." *Journal of Sensory Studies* 27 (2012): 324-31; N. Guéguen, "The effect of glass colour on the evaluation of a beverage's thirst-quenching quality,"Current Psychology Letters, *Behaviour, Brain and Cognition* 11 (2003): 1-6.

20 V. Harrar, B. Piqueras-Fiszman, and C. Spence, "There's more to taste in a coloured bowl," *Perception-London* 40 (2011): 880-82.

21 B. PiquernseFiszman et al., "Is it the plate or is it the food? Assessing the influence of the color (black or white) and shape of the plate on the perception of the food placed on it," *Food Quality and Preference* 24 (2012): 205-9.

22 O. Genschow, L. Reutner, and M. Wänke, "The color red reduces snack food and soft drink intake," *Appetite* 58 (2012): 699-702.

23 A. Geier, B. Wansink, and P. Roxin, "Red potato chips: Segmentation cues can substantially decrease food intake," *Health Psychology* 31 (2012): 398-401.

24 Charles Spence, remarks at the International Society of Neurogastron amy Symposium, November 7, 2015, University of Kentucky.

25 "Feeling blue? Key to happiness is eating yellow food," *Sunday Erpress*, October 13, 2016, http://www.express.co.uk/news/uk/720769/eggscheese-yellow-food-happiness-scientific research.

26 N. Diliberti et al., "Increased portion size leads to increased energyintake in a restaurant meal," *Obesity Researck* 12 (2004): 562-68.

27 B. Wansink, "Environmental factors that increase the food intake and consumption volume of unknowing consumers," *Annual Revietes of Nutrition* 24 (2004): 455-79.

28 B. Wansink and J.Kim, "Bad popcorn in big buckets Portion size can influence intake as much as taste," *Journal of Nutrition Education and Behavior* 37 (2005): 242-45.

29 D. Marchiori, O. Corneille, and O. Klein, "Container size influences snack food intake independently of portion size," *Appetite* 58 (2012) 814-17.

30 D. Wadhera and E. D. Capaldi-Phillips, "A review of visual cues associated with food on food acceptance and consumption," *Eating Behaviors* 15 (2014): 132-43.

31 同文献

32 B. Wansink, K. van Ittersum, and J. E. Painter, "Ice cream illusions: Bowls, spoons, and self-served portion sizes," *American Journal of Preventive Medicine* 31

(2006): 240-13.

33 B. Wansink, K. Van Ittersum, and J. E. Painter, "Ice-cream illusions: Bowls, spoons, and self-served portion sizes," ***American Journal of Preventive Medicine*** 31 (2006): 240-43; K. Van Ittersum and B. Wane sink, "Plate size and color suggestibility: The Delboeuf Illusion's bias on serving and eating behavior," ***Journal of Consumer Research*** 39 (2012): 215-28.

34 B. Wansink, J. E. Painter, and J. North, "Bottomless bowls: Why visual cues of portion size may influence intake," ***Obesity Research*** 13 (2005):93-100.

35 B. Wansink and C. R.Payne, "Counting hones: Environmental cues that decrease food intake," ***Perceptual and Motor Skills*** 104 (2007) 273-76.

36 Wansink, Painter, and North, "Bottomless hows."

37 Wadhern and Capaldi-Phillips, "A review of visual cues associated with food." 参照

38 B. Wansink and P. Chandon, "Meal size, not body size, explains errors in estimating the calorie content of meals." ***Annals of internal medicine*** 145 (2006): 326–32.

39 https://www.ers.usda.gov/amber-waves/2011/march/will-calorie-labeling); Stephanie Rosenbloom, "Calorie Data to Be Posted at Most Chains, ***New York Times***, March 29, 2010, http//www.nytimes.com/2010/03/24/business/24menu.html?_=r0.

40 D. W. Tang, L. K. Fellows, and A. Dagher, "Behavioral and neural valuation of foods is driven by implicit knowledge of caloric content," ***Psychological Science*** 2 (2014): 2168-76.

41 Chris Fuhrmeister, "Google Wants to count the Calories in Your Food Porn Photos, ***Eater***, June 2, 2015, http://www.eater.com/2015/6/2/8715449/google-calorie-count-photos-im2calories.

42 J. Cantor et al., "Five years later: Awareness of New York City's calorie labels declined, with no changes in calories purchased," ***Health Affairs*** 34 (2015): 1893-1990.

43 S. N. Bleich et al., "Reducing sugar-sweetened beverage consumption by providing calorie information: How black adolescents alter their pur. chases and whether the effects persist," ***American Journal of Public Health*** 104 (2014): 2417-24.

44 "Harvard Health Publications: Harvard Medical School, Calories burned in 30 minutes for people of three different weights," updated January 27, 2016, http://www.health.harvard.edu/diet-and-weight-loss/calories-burned-in-30-minutes-of-leisure-and-routine-activities.

45 https://sageproject.com/product/driscolls-strawberries-16-oz.

46 B. Wansink and K. Van Ittersum, "Bottoms up! The influence of elone gation on pouring and consumption volume," ***Journal of Consumer Research*** 30 (2003): 455-63; Wansink, "Environmental factors that increase the food intake and consumption volume of unknowing consumers."

47 A. S. Attwood et al., "Glass shape influences consumption rate for alcoholic beverages," ***PLoS ONE*** 7 (2012): 43007.

48 Dixon, "Cadbury facing revolt."

49 C. Spence, "Assessing the influence of shape and sound symbolism on the consumer's response to chocolate," ***New Food*** 17 (2014): 59-62.

50 M. T. Fairburst et al., "Bouba-Kiki in the plate: Combining crossmodal correspondences to change flavour experience, ***Flavour*** 4 (2015): 92.

51 P. C. Stewart and E. Goss, "Plate shape and colour interact to influence taste and quality judgments," Flavour 2 (2013): 27.

52 P. Liang et al., "Visual influence of shapes and semantic familiarity on human sweet sensitivity, ***Behavioral Brain Researck*** 253 (2013): 42.

53 Spence, "Assessing the influence of shape and sound symbolism on the consumer's response to chocolate."

54 C. Spence and M. K. Ngo, "Assessing the shape symbolism of the taste, flavour, and texture of foods and beverages," ***Flavour*** 1 (2012):12, 参照

55 V. Harrar and C. Spence, "The taste of cutlery: How the taste of food is affected by the weight, size, shape, and colour of the cutlery used to eat it," ***Flavour*** 2 (2013): 1-13.

56 A. J. Bremner et al., "Bouba' and "Kiki' in Namibia? A remote culture make similar shape-sound matches, but different shape-taste matches to Westerners," ***Cognition*** 126 (2013): 165-72.

57 Wadhera and Capaldi-Phillips, "A review of visual cues associated with food."

58 同文献

59 K. Okajima, J. Lleda, and C. Spence, "Effects of visual texture on food perception," ***Journal of Vision*** 13 (2013): 1078, http://jov.arvojournals org/article.aspx?articleid=2143185.

6章　音と感覚

1 From WD-50, in New York City in 2013.

2 https://www.starchefs.com/features/ten-international-pioneers/recipe-sound-of-the-sea-beston-blumenthal.shtml.

3 A. S. Crisinel et al., "A bittersweet symphony: Systematically modulating the taste of food by changing the sonic properties of the soundtrack playing in the background," *Food Quality and Preference* 24 (2012): 201-4.

4 C. Spence, "Crossmodal correspondences: A tutorial review," *Attention, Perception and Psychophysics* 73 (2011): 971-95.

5 C. Spence, M.U.Shankar, and H. Blumenthal," Sound bites': Auditory contributions to the perception and consumption of food and drink," in F. Bacci and D. Melcher, eds., *Art and the Senses* (London: Oxford University Press, 2010).

6 F. Rudmin and M. Cappelli, "Tone-taste synesthesia: A replication," *Perceptual and Motor Skills* 56 (1983): 118.

7 リチャード・E・シトーウィック『共感覚者の驚くべき日常──形を味わう人、色を聴く人』2004年、草思社

8 C. Offord, "Hearing things." *The Scientist Magazine*, March 1, 2017: 17-18.

9 As reported by James Petri, chef at the Pat Duck, in an interview on *The World*, Public Radio International, February 16, 2012.

10 C. Spence and O. Deroy, "On why music changes what we think) we taste," *i-Perception* 4 (2013): 137-40.

11 M.Zampini and C. Spence, "The role of auditory cues in modulating the perceived crispness and staleness of potato chips," *Journal of Sensory Studies* 19 (2004): 347-63.

12 Spence, Shankar, and Blumenthal, "Sound bites".

13 Max Read, "The New Sun Chips Bags Are Louder Than a Lawnmower," *Gaaker*, August 17, 2010, http://gawker.com/5615444/the-new-sun.chips-bags-are-louder-than-a-lawnmower.

14 デシベルは対数表記。つまり、95デシベルの〈サンチップス〉の開封音は、70～75デシベルの通常の袋の開封音の約10倍の騒音にあたる。

15 50デシベルは70デシベルの4分の1の騒音。

16 A. T. Woods et al., "Effect of background noise on food perception," *Food Quality and Preference* 22 (2011): 42-47.

17 K. S. Yan and R. Dando, "A crossmodal role for audition in taste perception," *Journal of Experimental Psychology: Human Perception and Performance* 41 (2015): 590-96.

18 D. Michaels, "Test flight: Lufthansa searches for savor in the sky," *Wall Street Journal*, July 27, 2010, http://www.wsj.com/articles/SB100014240527480929490457538495-4227906006.

19 K. Yasumatsu et al. "Umami taste in mice uses multiple receptors and transduction pathways," *Journal of Physiology* 590 (2012): 1155-70.

20 A. North, D. J. Hargreaves, and J. McKendrick, "In store music affects product choice," *Nature* 390 (1997): 192.

21 P. Jackman, "Of Wine and Song," *Globe and Mail*, May 15, 2008.

22 L. D. Stafford, E. Agobiani, and M. Fernandes, "Perception of alcohol strength impaired by low and high volume distraction," *Food Quality and Preference* 28 (2013): 470-74.

23 M. Sullivan, "The impact of patch, volume and tempo on the atmospleric effects of music," *International Journal of Retail and Distribution Management* 30 (2002):329-30.

24 C. Caldwell and S. A. Hibbert, "The influence of music tempo and musical preference on restaurant patrons' behavior,"*Psychology and Marketing* 19 (2002): 895-927.

25 R. E. Milliman, "The influence of background music on the behavior of restaurant patrons," *Journal of Consumer Research* 13 (1986): 286-89.

26 T. C. Rohalley et al., "The effect of music on eating behavior," *Bulletin of the Psychonomic Society* 23 (1985): 221-22.

27 C. Spence and M. U. Shankar, "The influence of auditory cues on the perception of, and responses to food and drink," *Journal of Sensory Studies* 25 (2010): 406-30.

28 B. Wansink and K. Van Ittersum, "Fast food restaurant lighting and music can reduce calorie intake and increase satisfaction," *Psychologie cal Reports* 111 (2012): 228-32.

29 C. G. Farde et al., "Texture and savoury taste influences on food intake," *Appetite* 60 (2012): 180-86.

30 B. Piqueras-Fiszman and C. Spence, "The influence

of the feel of product packaging on the perception of the oral-somatosensory texture of food," *Food Quality and Preference* 26 (2012): 67-73.

31 B.G. Slocombe, D.A. Carmichael, and J. Simner, "Cross-modal tactile-taste interactions in food evaluations," *Neuropsychologia* 88 (2015) 58-64.

32 S. A. Cermak, C. Curtin, and L. G. Bandini, "Food selectivity and sense sory sensitivity in children with autism spectrum disorders," *Journal of the American Dietetic Association* 110 (2010): 298–46.

33 C. Nederkoorn, A. Jansen, and R. C. Havermans, "Feel your food: The influence of tactile sensitivity on picky eating in children," *Appetite* 84 (2015): 7-10.

34 L. M. Bartoshuk et al., "Effects of temperature on the perceived sweetness of sucrose," *Physiology and Behavior* 28 (1982): 905-10.

35 L. Engelen et al., "The effect of oral and product temperature on the perception of flavor and texture attributes of semi-solids," *Appetite* 41 (2003): 273-81.

36 A. Cruz and B. G. Green, "Thermal stimulation of taste," *Nature* 403 (2000): 89-92.

37 B. Piqueras-Fiszman et al., "Does the weight of the dish influence our perception of food?" *Food Quality and Preference* 22 (2011): 753-56.

7章　マインドの魔力

1 Wadhera and Capaldi-Phillips, "A review of visual cues associated with food on food acceptance and consumption"; Wansink, "Environment tal factors that increase the food intake and consumption volume of unknowing consumers."

2 A. V. Madzharov and L.G. Block, "Effects of product unit image on consumption of snack foods," *Journal of Consumer Psychology* 20 (2010): 398-409.

3 B. E. Kahn and B. Wansink, "The influence of assortment structure on perceived variety and consumption quantities," *Journal of Consumer Research* 30 (2004): 519-33.

4 Wansink, "Environmental factors that increase the food intake and consumption volume of unknowing consumers."

5 "Home Activities," *Calorie Lab*, http://calorielab.com/burned/?mo-se&groog&ti-home activities&q&w=150&un-lh&kg-68.

6 B. Wansink, C. R. Payne, and M. Shimizu, "The 100 calorie semi-solution: Sub-packaging most reduces intake among the heaviest," *Obesity* 19 (2011): 1098-1100.

7 "Reduced Fat & Low Calorie Foods," *Sugar Stacks*, http://www.sugarstacks.com/lowfat.htm.

8 V. Provencher, J. Polivy, and C. P. Herman, "Perceived healthiness of food: If it's healthy, you can eat more!" *Appetite* 52 (2009): 340-44.

9 J. Koenigstorfer and H. Baumgartner, "The effect of fitness branding on restrained eaters' food consumption and post-consumption physical activity," *Journal of Marketing Research* 53 (2015): 124-38.

10 K. Wilcox et al., "Vicarious goal fulfillment: When the mere presence of a healthy option leads to an ironically indulgent decision," *Journal of Consumer Research* 36 (2009): 380-93.

11 A. Chernev, "The dieter's paradox," *Journal of Consumer Psychology* 21 (2011): 178-83.

12 "U.S.consumers across the country devour record amount of organic in 2014," *Organic* Trade Association website, April 15, 2015, https://www.ota.com/news/press-releases/18061.

13 "US Obesity Levels, 1990-2015," ProCon.org, http://obesity-procon.org/view.resource.php?resourceID-006026.

14 J. P. Schuldt and N. Schwarz, "The 'organic' path to obesity? Organic claims influence calorie judgments and exercise recommendations," *Judgment and Decision Making* 5 (2010): 144-50.

15 J. P. Schuldt, D. Muller, and N. Schwarz, "The "fair trade effect health halos from social ethics claims," *Social Psychological and Personality Science* 3 (2012):581-89.

16 A. J. Crum and E. J. Langer, "Mind-set matters: Exercise and the placebo effect," *Psychological Science* 18 (2007): 165-71.

17 Gretchen Reynolds, "A Placebo Can Make You Run Faster," *New York Times* "Well" blog, October 14, 2015, http://well.blogs.nytimes.com/2015/10/14/a-placebo-can-make-you-run-faster/2_r-O.

18 A. J. Crum et al., "Mind over milkshakes Mindsets, not just nutrients,determine ghrelin response," *Health Psychology* 90 (2011): 424-29.

19 *Morning Edition*, NPR, April 30, 2014, http://www.npr.org/player/v2/media Player.html?action=i&t=1&islist=false&id=299179468&m=302858884, and Alix Spiegel, NPR blog post, April 14, 2014, http://www.npr.org/blogs/health/2014/04/14/299179 468/mind-overmilkshake-how-your-thoughts-fool-your-

stomach.
20 https://www.nhlibi.nih.gov/health/educational/lose_wt/eat/shop_fat_free.htm.
21 C. P. Herman, D. A. Roth, and J. Polivy, "Effects of the presence of others on food intake: A normative interpretation," *Psychological Bulletin* 129 (2003): 873-86.
22 J. M. de Castro and E. M. Brewer, "The amount eaten in meals by humans is a power function of the number of people present," *Physiology and Behavior* 51 (1992): 121-25.
23 J. M. de Castro, "Social facilitation of duration and size but not rate of the spontaneous meal intake of humans," *Physiology and Behavior* 47 (1990): 1129–35. ジョン・デ・カストロ教授の率いるチームが食物摂取における社会的促進効果を研究した記録のひとつ。
24 V. I. Clendenen, C. P. Herman, and J. Polivy, Social facilitation of eating among friends and strangers," *Appetite* 23 (1994): 1-19.
25 C.P. Herman and J. Polivy, *Breaking the Diet Habit: The Natural Weight Alternative* (New York: Basic Books, 1983).
26 S. J. Goldman, C. P. Herman, and J. Polivy, "Is the effect of a social model on eating attenuated by hunger? "*Appetite* 17 (1991): 129-40.
27 Herman, Roth, and Polivy, "Effects of the presence of others on food intake."
28 D. A. Roth et al., "Self-presentational conflict in social eating situations: A normative perspective," *Appetite* 36 (2001): 165-71.
29 R. F. Baumeister, "A self-presentational view of social phenomena," *Psychological Bulletin* 91 (1982): 3-26.
30 R. C. Hermans et al., "Mimicry of food intake: The dynamic interplay between eating companions," *PLoS ONE* 7 (2012): e1027.
31 M. lacoboni, "Imitation, empathy, and mirror neurons," *Annual Review of Psychology* 60 (2009): 653-70.
32 M. Shimizu, K. Johnson, and B. Wansink, "In good company: The effect of an eating companion's appearance on food intake," *Appetite* 83 (2014): 263-68.
33 Roth et al., "Self-presentational conflict in social eating situations."
34 A. B. Lee and M. Goldman, "Effect of staring on normal and overweight students," *Journal of Social Psychology* 108 (1979): 165-69.

8章　満腹感の秘密

1 S. H. A. Holt et al., "A satiety index of common foods," *European Journal of Clinical Nutrition* 49 (1995): 675-90.
2 D. Mozaffarian et al., "Changes in diet and lifestyle and long-term weight gain in women and men," *New England Journal of Medicine* 364 (2011): 2392-2404.
3 J. M. Brunstrom, N.G. Shakeshaft, and N. E. Scott-Samuel, "Measuring'expected satiety' in a range of common foods using a method of constant stimuli," *Appetite* 51 (2008): 604-14.
4 A. Farmer et al., "Neuroticism, extraversion, life events and depression: The Cardiff Depression Study," *British Journal of Psychiatry* 181(2002): 118-22.
5 "Correlation," adapted from David W. Stockburger, "Introductory Statistics: Concepts, Models, and Applications," http://www.2.websteredu/-woolflm/correlation/correlation.html. **6** Brunstrom, Shakeshaft, and Scott-Samuel, "Measuring expected satiety."
7 K. D. Vohs et al., "Rituals enhance consumption," *Psychological Science* 24 (2013): 1714-21.
8 M. I. Norton, D. Mochon, and D. Ariely, "The IKEA effect: When labor leads to love," *Journal of Consumer Psychology* 22 (2012): 453-60.
9 S. Dohle, S. Rall, and M. Siegrist, "I cooked it myself: Preparing Food increases liking and consumption," *Food Quality and Preference* 33 (2014): 14-16.
10 Norton, Mochon, and Ariely, "The IKEA effect."
11 "Overview of FDA Labeling Requirements for Restaurants, Similar Retail Food Establishments and Vending Machines," U.S. Food and Drug Administration, http://www.fda.gov/Food/IngredientsPackagingLabeling/LabelingNutrition/ucm248732.htm.
12 L. Thach, "Time for wine? Identifying differences in wine-drinking occasions for male and female wine consumers," *Journal of Wine Research* 23 (2012): 134-54
13 Kenneth Chang, "Artificial Sweeteners May Disrupt Body's Blood Sugar Controls," *New York Times* "Well" blog, September 17, 2014, http://well .blogs.nytimes.com/2014/09/17/artificial-sweeteners-may-disrupt -bodys-blood-sugar-controls/; Dr. Mercola, "How Artificial Sweeteners Confuse Your Body into Storing Fat and Inducing Diabetes," Mercola website,

December 23, 2014, http://articles.mercola.com/sites/articles/archive/2014/12/23/artificial-sweeteners-confuse-body.aspx

14 Dan Charles, "In The Search For The Perfect Sugar Substitute, Another Candidate Emerges." *The Salt*, NPR, August 25, 2015, http://www.npr.org/sections/thesalt/2015/08/25/434597445/in-the-hunt-for-the-perfect-sugar-substitute-another-candidate-emerges.

15 L. Cordain et al., "Influence of moderate daily wine consumption on body weight regulation and metabolism in healthy free-living males," *Journal of the American College of Nutrition* 16 (1997): 134-39.

16 P. M. Suter and A. Tremblay, "Is alcohol consumption a risk factor for weight gain and obesity?" *Critical Reviews in Clinical Laboratory Sciences* 42 (2005): 197-227.

17 C. S. Lieber, "Perspectives: Do alcohol calories count?" *American Journal of Clinical Nutrition* 54 (1991): 976-82; Suter and Tremblay, "Is alcohol consumption a risk factor for weight gain and obesity?"

18 Suter and Tremblay, "Is alcohol consumption a risk factor for weight gain and obesity?"

19 "Questions and Answers on the Menu and Vending Machines Nutrition Labeling Requirements," U.S. Food and Drug Administration, http://www.fda.gov/Food/IngredientsPackaging Labeling/LabelingNutrition/uem248731.htm.

20 "Binge Eating Disorder," National Eating Disorders Association website, https://www.nationaleatingdisorders.org/binge-eating-disoder.

21 M. Cabanac, "Physiological role of pleasure." *Science* 173 (1971): 1103-7.

22 B.J. Rolls, E.A. Rowe, and E. T. Rolls, "How sensory properties of foods affect human feeding behavior," *Physiology and Behavior* 29 (1982): 409-17.

23 M. M. Hetherington and B.J. Rolls, "Sensory-specific satiety: Theoretical frameworks and central characteristics," in E. D. Capaldi, ed., *Why We Eat What We Eat: The Psychology of Eating* (Washington DC: American Psychological Association, 1996), 267-90.

24 M. Hetherington and B.J. Rolls, "Sensory specific satiety and food intake in eating disorders," in B. T. Walsh, ed., *Eating Behavior in Eating Disorders* (Washington, DC: American Psychiatric Press, 1988), 141-60.

25 B. J. Rolls et al., "Variety in a meal enhances food intake in man," *Physiology and Behavior* 26 (1981):215-21; Rolls et al., "How sensory proper ties of foods affect human feeding behavior."

26 B.J. Rolls and T. M. McDermott, "Effects of age on sensory-specific satiety," *American Journal of Clinical Nutrition* 54 (1991): 988-96.

27 R. C. Havermans, J. Hermanns, and A. Jansen, "Eating without a nose: Olfactory dysfunction and sensory-specific satiety." *Chemical Senses* 35 (2010), 735-41.

28 E. T. Rolls and A. W. L. de Waal, "Long-term sensory-specific satiety: Evidence from an Ethiopian refugee camp," *Physiology and Behavior* 34 (1985): 1017-20.

29 C. K. Morewedge, Y. E. Huh, and J. Vosgerau, "Thought for food: Imagined consumption reduces actual consumption," Science 303 (2010): 1530-33.

30 J. Larson, J. P. Redden, and R. Elder, "Satiation from sensory simulation: Evaluating foods decreases enjoyment of similar foods," *Journal of Consumer Psychology* 24 (2013): 188-94.

31 Oscar Wilde, "The Picture of Dorian Gray," *Lippincott's Monthly Magazine*, July 1890.

9章　コンフォード・フード

1 Oriana Schwindt, "Election Night Ratings: More than 71 Million TV Viewers Watched Trump Win." *Variety,* November 9, 2016, http:// variety.com/2016/tv/news/election-night-ratings-donald-trump-audience-1201913855/.

2 Virginia Chamlee, "On Election Night, Americans Self-Medicated With Delivery Food and Booze," *Eater*, November 14, 2016, http://www.eater.com/2016/11/14/13621652/election-night-food-postmates-grubhub.

3 Maria Lamagna, "Here Are the Comfort Foods America Binged on as the Election Unfolded," *MarketWatch*, November 16, 2016, http://www.marketwatch.com/story/this-is-what-americans-ate-on-election-day-and-after-2016-11-11.

4 A. Pearlman, *Smart Casual: The Transformation of Gourmet Restaurant Style in America* (Chicago: University of Chicago Press, 2013, 182.

5 B. Wansink, M.M. Cheney, and N. Chan, "Exploring comfort food preferences across age and gender," *Physiology and Behavior* 79 (2003): 739-47.

6 Corsica, Joyce A., and Bonnie J. Spring. "Carbohydrate craving: Adouble-blind, placebo-controlled test of the

self-medication hypothesis." *Eating Behaviors* 9 (2008): 447-54.

7 J. E. Gangwisch et al., "High glycemic index diet as a risk factor for depression: Analyses from the Women's Health Initiative," *American Journal of Clinical Nutrition* 102 (2015): 454-63.

8 "Global Chocolate Market worth $98.3 billion by 2016," *Marketsand Markets*, http://www.marketsandmarkets.com/Press Releases/global-chocolate-market-asp.

9 Crystal Lindell,"Mintel: U.S. Chocolate market to hit $25B in 2019," *Candy Industry,* April 1, 2015, http://www.candyindustry.com/articles/86698-mintel-us-chocolate-market-to-hit-25b-in-2019.

10 "The Chocolate League Tables 2014: Top 20 Consuming Nations," *Target Map*, http://www.targetmap.com/viewer.aspx?reportid-38038; こちらも参照 Jon Marino, "Prescription-Strength Chocolate," *Science News*, February 10, 2004, http://www.cacao-chocolate.com/health/chocprescribe.html.

11 G. E. Crichton, M. F. Elias, and A. A. Alkerwi, "Chocolate intake is associated with better cognitive function: The Maine-Syracuse Longitudinal Study," *Appetite* 100 (2016): 126-32.

12 Adam Drewnowski, January 27, 2009. 私信

13 A. Drewnowski et al., "Naloxone, an opiate blocker, reduces the consumption of sweet high-fat foods in obese and lean female binge eaters," *American Journal of Clinical Nutrition* 61 (1995): 1206-12.

14 M. Macht and J. Mueller, "Immediate effects of chocolate on experimentally induced mood states." *Appetite* 49 (2007): 667-74.

15 L. E. Williams and J. A. Bargh, "Experiencing physical warmth promotes interpersonal warmth," *Science* 322 (2008): 606-7.

16 J. D. Troisi and S. Gabriel, "Chicken soup really is good for the soul: 'Comfort food' fulfills the need to belong." *Psychological Science* 22 (2011): 747-53.

17「安定型」の愛着スタイルの例として：*It is easy for me to become emotionally close to others. I am comfortable depending on others and having others depend on me. I don't worry about being alone or having others not accept me. Example of "insecure attachment style: I am uncomfortable getting close to others. I want emotionally close relationships, but I find it difficult to trust others completely, or to depend on them. I worry that I will be hurt if I allow myself to become too close to others.*

18 J. D. Troisi et al., "Threatened belonging and preference for comfort food among the securely attached," *Appetite* 90 (2015): 58-64.

19 From C. A. Reid et al., Scent-evoked nostalgia," *Memory* 23 (2015): 157-66.

20 この調査において女性は602人、男性は401人；Wansink, Cheney, and Chan, "Exploring comfort food preferences across age and gender."

21 "Statistics and Facts on the National Football League (NFL)," *Statista*, http://www.statista.com/topics/963/national-football-league/

22 Kathleen Burke, "Guess How Many Chicken Wings Americans

Will Consume During the Super Bowl?" *Market Watch*, February 7 2016, http://www.marketwatch.com/story/super-bowl-consumption-by-the-numbers-2016-01-29; "How many chicken wings are eaten per day in the US?" *Answers,* http://www.answers.com/Q/How_many_chicken_wings_are_eaten_per_day_in_the_US?-slide=2.

23 Y. Cornil and P. Chandon, "From fan to fatVicarious losing increases unhealthy eating, but self-affirmation is an effective remedy," *Psycho logical Science*

24 (2013): 1936-46. 24 C. Noel and R. Dando, "The effect of emotional state on taste perception," *Appetite* 95 (2015) 89-95.

25 T. P. Heath et al., "Human taste thresholds are modulated by serotonin and noradrenaline," *Journal of Neuroscience* 26 (2006): 12664-71.

26 S. U. Maier, A. B. Makwana, and T. A. Hare, "Acute stress impairs selfcontrol in goal-directed choice by altering multiple functional connections within the brain's decision circuits," *Neuron* 87 (2015): 621-31.

27 R. F. Baumeister et al., "Egodepletion: Is the active selfa limited resource?" *Journal of Personality and Social Psychology* 74 (1998): 1252-65.

28 For review, see M. T. Gailliot et al., "Self-control relies on glucose as a limited energy source: Willpower is more than a metaphor," *Journal of Personality and Social Psychology* 92 (2007): 325-36.

29 同文献

30 J. D. Teasdale et al., "Prevention of relapse/recurrence in major depression by mindfulness-based cognitive theraphy," *Journal of Consulting and Clinical Psychology* 68 (2000): 615-23.

31 M. Ricard, A. Lutz, and R.J. Davidson, "Mind of the meditator," *Scientific American* 311 (2014): 38-45.

32 K. Hötting and B. Röder, "Beneficial effects of physical exercise on neuroplasticity and cognition,"

Neuroscience & Biobehavioral Reviews 37 (2013): 2243-57. 参照
33 A. F. Kramer et al., "Ageing, fitness and neurocognitive function," *Nature* 400 (1999): 418-19.
34 A. Z. Burzynska et al., "Physical activity is linked to greater moment-to moment variability in spontaneous brain activity in older adults," *PLoS ONE* 10 (2015): e0134819.
35 J. Joyce et al., "The time course effect of moderate intensity exercise on response execution and response inhibition," *Brain and Cognition* 71 (2009): 14-19.

10章 嗜好品の誘惑

1 "Kantar Media Reports U.S. Advertising Expenditures Increased 0.9 Percent in 2013, Fueled by Larger Advertisers," *Business Wire*, March 25, 2014, http://www.businesswire.com/news/home/20140325006324/en/Kantar-Media-Reports-U.S.-Advertising-Expenditures-Increased.VWDEPIVhHy.
2 A. Krishna, *Customer Sense: How the 5 Senses Influence Buying Behavior* (New York and London: Palgrave Macmillan, 2013).
3 "The Science of Sensory Marketing," *Harvard Business Review*, March 2015, https://hbr.org/2015/03/the-science-of-sensory-marketing.
4 R. S. Elder and A. Krishna, "The effects of advertising copy on sensory thoughts and perceived taste," *Journal of Consumer Research* 36 (2010): 748-56.
5 J. Ogden et al., "Distraction, the desire to eat and food intake: Towards an expanded model of mindless eating," *Appetite* 62 (2013): 119-26.
6 P. Rozin et al., "What causes humans to begin and end a meal? A role for memory for what has been eaten, as evidenced by a study of multiple meal eating in amnesic patients," *Psychological Science* 9 (1998): 392-96.
7 E. L. Kenney and S. L. Gortmaker, "United States adolescents' television, computer, videogame, smartphone, and tablet use: Associations with sugary drinks, sleep, physical activity, and obesity," *Journal of Pediatrics* 182 (2016): 144-49.
8 L. Pope, L. Latimer, and B. Wansink, "Viewers vs. Doers: The relationship between watching food television and BMI," *Appetite* 90 (2015): 131-35.
9 Ogden et al., "Distraction, the desire to eat and food intake."
10 J. Moray et al., "Viewing television while eating impairs the ability to accurately estimate total amount of food consumed," *Bariatric Nursing and Surgical Patient Care* 2 (2007): 71-76.
11 B. Wansink and S. Park, "At the movies: How external cues and perceived taste impact consumption volume," *Food Quality and Preference* 12 (2001): 69-74; F. Bellisle and A.M. Dalix, "Cognitive restraint can be offset by distraction, leading to increased meal intake in women," *American Journal of Clinical Nutrition* 74 (2001): 197-200.
12 K. Ohla et al., "Visual-gustatory interaction: Orbitofrontal and insular cortices mediate the effect of high-calorie visual food cues on taste pleasantness," *PLoS ONE* 7 (2012): e32434.
13 Carole Cadwalladr, "Jamie Oliver's FoodTube: Why He's Taking the Food Revolution Online," *Guardian*, June 22, 2014, http://www.theguardian.com/lifeandstyle/2014/jun/22/jamie-oliver-food-revolution-online-video.
14 K. E. Demos, T. F. Heatherton, and W. M. Kelley, "Individual differences in nucleus accumbens activity to food and sexual images predict weight gain and sexual behavior," *Journal of Neuroscience* 32 (2012): 549-52.
15 R. B. Lopez et al., "Neural predictors of giving in to temptation in daily life," *Psychological Science* 25 (2014): 1337-44.
16 Elise Hu, "Koreans Have An Insatiable *Appetite* for Watching Strangers Binge Eat," *The Salt*, NPR, March 24, 2015, http://www.npr.org/sections/thesalt/2015/03/24/392430233/koreans-have-an-insatiable-Appetite-for-watching-strangers-binge-eat.
17 "Caloric Intake From Fast Food Among Children and Adolescents in the United States 2011-2012," NCHS Data Brief No. 213, September 2015, National Center for Health Statistics, Centers for Disease Control and Prevention, http://www.edc.gov/nchs/data/databriefs/db213.htm.
18 L. Johnson et al., "Energy-dense, low-fiber, high-fat dietary pattern is associated with increased fatness in childhood," *American Journal of Clinical Nutrition* 87 (2008): 846-54.
19 "Childhood Obesity Facts," Centers for Disease Control and Prevention, http://www.cdc.gov/healthyschools/obesity/facts.htm.
20 Khushbu Shah, McDonald's Turns Teacher's Weight Loss Story Into Propaganda Film to Show in

Schools," *Eater*, October 12, 2015, http://www.eater.com/2015/10/12/9507663/medonalds-weight-loss-story-propaganda-film-for-schools; Anna Almendrala, "Teacher John Cisna Says McDonald's Diet Helped Him Lose Weight-But Is It Actually Healthy?" *Huffington Post*, January 8, 2014, http://www.huffingtonpost.com/2014/01/08/mcdonalds-diet_n_4557698.html.

21 同文献

22 Bettina Elias Siegel at http://www.thelunchtray.com/ 参照

23 Brenna Houck, "McDonald's Axes Controversial School Nutrition Campaign," *Eater*, May 14, 2016, http://www.eater.com/2016/5/14/11676156/mcdonalds-ends-school-nutrition-campaign-weight-loss. https://www.washingtonpost.com/news/wonk/wp/2016/05/13/medonalds-is-no-Ionger-telling-kids-in-schools-that-eating-french-fries-most-days-is-fine/?utm_term=.12a14ec9bf2a.

24 S.M. McClure et al., "Neural correlates of behavioral preference for culturally familiar drinks," *Neuron* 44 (2004): 379-87.

25 T.N. Robinson et al., "Effects of fast food branding on young children's taste preferences," *Archives of Pediatrics and Adolescent Medicine* 161 (2007): 792-97.

26 "Snack FACTS 2015," UConn Rudd Center for Food Policy and Obesity, November 2015.

27 E. J. Boyland et al., "Food commercials increase preference for energy dense foods, particularly in children who watch more television," *Pediatrics* 128 (2011): e93-e100.

28 J. L. Harris, J. A. Bargh, and K. D. Brownell,"Priming effects of television food advertising on eating behavior," *Health Psychology* **28** (2009): 404-13.

29 同文献

30 Rick Nauert, "Is Obesity a Product of Market Greed?" *PsychCentral*, http://psychcentral.com/news/2015/08/31/is-obesity-a-product-of-market-greed/91616.html.

31 Robinson et al., "Effects of fast food branding on young children's taste preferences."

32 L. Enax et al., "Food packaging cues influence taste perception and increase effort provision for a recommended snack product in children," *Frontiers in Psychology* 6 (2015): 882.

33 M. C. Campbell et al., "Kids, cartoons, and cookies: Stereotype priming effects on children's food consumption," *Journal of Consumer Psychology* 26 (2016): 257-64.

34 Bleich et al., "Reducing sugar-sweetened beverage consumption by providing caloric information."

35 Trader Joe's incentive in Rhode Island, 2016.

36 U. R. Karmarkar and B. Bollinger, "BYOB: How bringing your own shopping bags leads to treating yourself and the environment," *Journal of Marketing* 79 (2015): 1-15.

37 H. Aarts and A. Dijksterhuis, "The silence of the library: Environment situational norm, and social behavior," *Journal of Personality and Social Psychology* 84 (2003): 18-28.

38 S. K. Hui, E.T. Bradlow, and P. S. Fader, "Testing behavioral hypotheses using an integrated model of grocery store shopping path and purchase behavior," *Journal of Consumers Research* 36 (2009): 478-93.

39 M. Hennecke and A. M. Freund, "Identifying success on the process level reduces negative effects of prior weight loss on subsequent weight loss during a low-calorie diet," *Applied Psychology: Health and Well Being* 6 (2014): 48-66.

40 C. B. Zhong and K. Liljenquistk, "Washing away your sins," Science 313 (2006): 1451-52.

41 K. J. Eskine, "Wholesome foods and wholesome morals? Organic foods reduce prosocial behavior and harshen moral judgments," *Social Psychological and Personality Science* 4 (2013): 251-54.

42 N. Mazar and C. B. Zhong, "Do green products make us better people?" *Psychological Science* 21 (2010): 494-98.

43 C. B. Zhong and S. E. DeVoe, "You are how you eat: Fast food and impatience," *Psychological Science* 21 (2010): 619-22.

44 B. Anderson et al., "Fast food consumption and obesity among Michigan adults, *Preventing Chronic Disease* 8 (2011): A71.

45 M.Rao et al., "Do healthier foods and diet patterns cost more than less healthy options? A systematic review and meta-analysis," *BMJ Open* 3 (2013): e004277.

46 "Wage statistics for 2014," Social Security Administration, https://www.ssa.gov/cgi-bin/netcomp.cgi?year=2014.

47 "Food Prices and Spending," U.S. Department of Agriculture Economic Research Service, http://www.ers.usda.gov/data-products/ag-and-food-statistics-charting-the-essentials/food-prices-and-spending.aspx. 高所得者層は収入の約5～7%を食費に使っている。

11章　食べ物は愛

1 レイチェル・ハーツ『あなたはなぜあの人の「におい」に魅かれるのか』2008年、原書房

2 C. A. Reid et al., "Scent-evoked nostalgia," *Memory* 23 (2015):457-66.

3 M. L. Shoup, S. A. Streeter, and D. H. McBurney, "Olfactory comfort and attachment within relationships," J*ournal of Applied Social Psychology* (2008): 2954-63.

4 R. S. Herz, "Odor-evoked memory," in J. Decety and J. Cacioppo, eds.,*The Oxford Handbook of Social Neuroscience* (New York: Oxford University Press, 2011), 265-76.

5 Lou Reed, "Walk on the Wild Side," on *Transformer,* 1972.

6 K. Q. Chan et al., "What do love and jealousy taste like?" Emotion 13　(2013): 1142-49.

7 同文献 1142.

8 "Pig Tails: A True Story of Smart Pigs, Dumb Farmers, and the American Pork Industry," *America's Test Kitchen*, NPR, April 17, 2015.

9 R. S. Herz, "Birth of a Neurogastronomy Nation: The inaugural symposium of the international society of neurogastronomy," *Chemical Senses* 41 (2016): 101-3.

◆著者　レイチェル・ハーツ　Rachel Herz
心理学者、認知神経科学者、嗅覚心理学における第一人者。カナダ・トロント大学で心理学の博士号を取得、ブリティッシュコロンビア大学、米国・モネル化学感覚研究所を経て、現在はブラウン大学およびボストン・カレッジで教鞭を執っている。また複数のグローバル企業でコンサルタントも務めている。著書に『あなたはなぜあの人の「におい」に魅かれるのか』(2008年)、『あなたはなぜ「嫌悪感」をいだくのか』(2012年、いずれも原書房）がある。

◆訳者　川添節子（かわぞえ・せつこ）
翻訳家。慶應義塾大学法学部卒。主な訳書に『刑務所の読書クラブ』『フランス人が「小さなバッグ」で出かける理由』(小社)、『シグナル＆ノイズ』『バランスシートで読みとく世界経済史』(ともに日経ＢＰ社)、『ムーンショット！』(パブラボ)、『専門家の予測はサルにも劣る』(飛鳥新社）などがある。

あなたはなぜ「カリカリベーコンのにおい」に魅《ひ》かれるのか
においと味覚《みかく》の科学《かがく》で解決《かいけつ》する日常《にちじょう》の食事《しょくじ》から摂食障害《せっしょくしょうがい》まで

2018年7月30日　第1刷

著者……………………レイチェル・ハーツ
訳者……………………川添節子《かわぞえせつこ》
ブックデザイン………小口翔平＋山之口正和 (tobufune)
カバー写真……………iStockphoto
発行者…………………成瀬雅人
発行所…………………株式会社原書房
〒160-0022 東京都新宿区新宿 1-25-13
電話・代表　03(3354)0685
http://www.harashobo.co.jp/
振替・00150-6-151594
印刷・製本……………図書印刷株式会社

ISBN 978-4-562-05586-9 Printed in Japan